新 潮 文 庫

溺 れ る 魚

戸梶圭太著

新 潮 社 版

6558

溺《おぼ》れる魚

第1章

1

「まず初めに、氏名、年齢、生年月日、階級、所属を」

女性特別監察官は冷たい声で言った。

秋吉は女と二人きり、壁がクリーム色に塗りつぶされた息の詰まりそうな正方形の箱部屋に居た。部屋の中央に机があり、机の上にはスタンドに固定されたマイクが秋吉の方を向いている。

マイクのケーブルはリノリウムの床に垂れ、そこから監察官の背後の壁の隅に開いた小さな穴の中へと消えていた。隣の部屋にはテープデッキがあり、静かに回っている。

普段から青白い顔をさらに青白くした秋吉は、喉《のど》の奥につかえた唾《つば》の塊を飲み込んでから、顔を俯《うつむ》けたまま視線をマイクスタンドに貼《は》られたナショナルのロゴマークに固定して話し出した。

「秋吉、宗貴《むねたか》。三十三歳、昭和三十九年六月十九日生まれ。階級は警部補、所属は警視庁刑事部捜査一課強行犯第二係……です」

秋吉は身長一六三センチとやや小柄。色白で体毛は少なく、痩《や》せていた。顔も小さく、各パーツに女性的な繊細さが見られた。

「秋吉警部補。率直に、明確に答えて下さい。なぜデパートで女性用の化粧品を万引きなどしたのです？」

秋吉より五歳から十歳ほど年上の女性特別監察官の声には、隠しようもない侮蔑《ぶべつ》と嫌《けん》悪《お》の感情が含まれていた。

率直に、明確に答えろとの命令なので秋吉はその通りに答えることにした。ここで隠し立てしても、どうせ部屋を暴《あば》かれれば（それは到底避けられないであろう）ばれることだ。

今頃この女の仲間が既に部屋を引っ掻《か》き回しているかもしれない。

「それは、女装のためです」

秋吉が自分の女装癖を他人に打ち明けたのは、残念なことに目の前に座っている二流の男みたいなグレーのスーツを着た、女らしさの欠片《かけら》も感じられないこの特別監察官が初めてであった。

自分の言葉に相手がどんな反応を示すのか、顔を見たいような気も一瞬したが、すぐにそんなことどうでもいいやと思い直し、顔を上げるのはやめた。

「あなたには女装癖があるのですか」

その声からは特に何の感情も汲《く》み取れない。

「そうです」

「女装して街を歩いたりするのですか」

「ええ、そうです。映画館やパチンコ屋にも入ります」

「トイレはどうしているのです?」

「トイレですか?　当然女性用に入ります」

額の辺りに監察官の突き刺すような視線を感じた。

(変態だって言いたいんだろ。なんとでも言えよ)

秋吉は、いつか破滅を招くとわかっていながら誘惑に負けて万引きを繰り返した自分の弱さ、そしてすべての犯罪者や犯罪者予備軍、ひいてはあらゆる人間が根源的に持っている誘惑に対する弱さについての哲学的考察に沈み込もうとしたが、監察官がそうはさせなかった。

「あなたはホモセクシャルなのですか?　警部補」

なんでそうなるんだよ、と秋吉は言いたかった。

女装と同性愛はまったく違うものじゃないか。だが、男でも女でもないようなこんな人間にはそんな基本的な区別すらつかないに違いない。

「違います」

「調べればわかることですよ」

世の中の性意識が変化し、同性愛者達のカミングアウトが増え、そして一般人の考えが同性愛容認の方向へと緩やかに変化しつつあっても、ここ桜田門では同性愛はあくまでも悪なのである。アカと同じくらいに。ホモであることが上にバレればまず間違いなく出世への道は断たれ、仲間からも疎《うと》まれる。そういう意識は二十一世紀になっても変わらないだろう。

「本当に違います。私は純粋な女装嗜好者《しこうしゃ》です」

純粋な女装嗜好者？　なんだそりゃ。秋吉は自分の言葉に恥ずかしくなった。

緊張と不安で口の中はカラカラだったが、無論冷たいお茶が運ばれてくる事など期待していなかった。

俺の処分は一体どうなるのだろう、としきりに考えていた。

特別監察官室という部署は、不正を行なった警察官を、その不正が殺人や強盗など凶悪犯罪でない限り、内密に処分したがるという噂《うわさ》を同僚から聞いたことがある。

警察官の犯罪は、世間の警察に対する信頼を著しく損なう。だから隠し通せるものは隠し通すのだ、と。本当だろうか。

万引きは隠し通す類《たぐい》のものだろうか。

今日という日に限って何故《なぜ》か私服の巡回ガードマンに万引きを発見されてしまい、捕まって、売り場の裏に連れ込まれて軟禁状態に置かれた。ガードマンは単なる警備員なので、警官みたいに身分証明書を提示させる権限はない。そうわかっていたので、貝のように口を閉ざしていた。

そのふてくされた態度は当然保安係の人間を怒らせる結果となり、一一〇番通報され、最寄りの交番から巡査が二名駆けつけ、引き渡され、交番へ連れていかれた。

そこで初めて自分が警視庁の警官、しかも彼ら二人よりも二階級も上の人間であることを明かしたのだった。

「あなたの今後についてですが、正式な処分が決まるまで自宅謹慎とします。外出の自由はありません」

買い物にも出かけるなということか。

「あの、買い物なんかは……」

秋吉はおずおずと顔を上げ、監察官の顔を見た。

規則、規則、規則の世界で生きてきた者特有の、人間味の感じられない、鋼鉄でできたような顔だった。

その顔面の皮膚には、すべてにうんざりしているような表情がほんの微《かす》かだが見て取ることができた。

　意志の弱い、愚かな人間ばかりを目《ま》の当たりにしてきて疲れたのかも知れない。

「それに関しては必要に応じて監視員を派遣しますので彼らと行動してもらいます」

　特別監察官室は暇なのか、人が余っているのだろうか。

「それから友人、知人に電話をかけることも禁止します。かかってくる電話にも出てはいけません」

「親兄弟からの電話も？」

「当然です。あなたは一時的にプライバシーを剝奪《はくだつ》されるのです。それから合鍵《あいかぎ》も作らせてもらいますから、そのつもりで」

　脅しなどではないだろう。電話だって傍受される。

「謹慎の期間については現時点では何も言えません」

「……わかりました」

「こちらの指示に背いた場合には」

「背いたりなどしません」

　これ以上脅しをかけられるのは我慢できないので、秋吉は女性特別監察官の言葉を遮って言った。

「以上です。これからあなたを車で自宅へ送ります。迎えの者が来るまでここで待ってもらいます」

特別監察官は立ち上がり、別れの挨拶《あいさつ》もなしに秋吉の脇《わき》を擦り抜けてドアから出ていった。


迎えの人間はいつまで経《た》っても現れなかった。四十分を過ぎた頃から尿意を覚え、立ってドアを開けようとしたがドアは開かなかった。ノブには鍵穴がなく、テルテル坊主《ぼうず》の頭みたいだった。人を呼んでも、ドアを拳骨《げんこつ》で叩《たた》いても、答える者はなかった。

明らかな精神的拷問《ごうもん》である。

たまりかねて、マイクに向かって怒鳴った。

「おい、いい加減出してくれよ。こんなのは陰険過ぎるぞ」

それでも返事はなかった。耐え難い尿意が膀胱《ぼうこう》を責め苛《さいな》んだ。

それから更に十五分が経過した。

「頼む、誰か」秋吉は半ば芝居、半ば本気の涙声で再びマイクに向かって訴えた。

それでも何も起きず、誰も来なかった。壁が自分に向かって迫ってくるような錯覚を覚え、息が苦しくなった。そしてこの部屋の圧倒的な静寂が更に恐怖を増幅させた。

これ以上ここに閉じ込められていたら、気が狂ってしまいそうだ。

秋吉は一人惨《みじ》めに体を震わせた。

絶望して小便を漏らしかけた時、突然ノックもなしにドアが開き、スーツ姿の男二人が入ってきた。

一人にされてから実に一時間十八分が経っていた。秋吉の神経はすっかり参ってしまっていた。


秋吉の住むアパートは中野区野方にあった。

部屋の中はさぞかし目茶苦茶に掻き回され、夥《おびただ》しい数の女性用の衣服は監察官室の連中に持ち出されただろうと思っていたのだが、意外にも部屋は出ていった時と表面上変化はなかった。

ここまで車で送ってくれた二人の物言わぬ刑事が出ていくと、秋吉はパイプベッドのマットレスに体を投げだし、胎児のように体を丸めて何十分もそのままの姿勢でいた。

これから何日間、この異様な軟禁状態が続くのか。自分の運命は特別監察官に握られている。何も選べないし、何も期待できない。

警視庁に復職することだけは絶対にありえないだろう。まったくこれ以上不名誉な退職はない。

〝あなたはホモセクシャルなのですか？　警部補〟

特別監察官の言葉が頭に蘇《よみがえ》った。

勿論《もちろん》、違う。だが、普通の男並みに若い女に興味があるかというと、それも違う。正直言うと、男にも女にも興味が持てない。他人との関わりは年々煩《わずら》わしくなるばかりだ。友達と呼べるような人間も今は一人もいない。心に刺激が欲しいのに、周囲にいるのは退屈窮《きわ》まりないルーティン人間ばかりだ。

仕事にも昔ほどの熱意を燃やすことはなくなった。秋吉の所属している強行犯第二係は、犯人検挙に至らず、捜査本部が解散してしまったような事件を引き継ぎ、継続捜査する部署である。犯人逮捕は気の遠くなるような先か、永久にないか、そのどちらかが多い。

ようするに他人の嚙《か》み終わったガムを嚙むような仕事だ。

自分は人生の倦怠期《けんたいき》に差しかかっているのかもしれない。

今回のトラブルは考えようによっては、警察組織とおさらばして、次の新しい人生を踏み出すためのきっかけになるかもしれない。

そうだ、物は考えようだ。

ほんの少し気が楽になり、これからの謹慎期間、せいぜい本でもたくさん読んで有意義に過ごそうと心に決めた。

ベッドから起き、本棚の前に立つ。

エドガー・アラン・ポオ全集の第一巻を手に取った。

2

「白洲《しらす》警部補、君は、あくまで落合警部補が金を着服した事に気がつかなかったと主張するんだな」

ひと睨《にら》みしただけで花を萎《しお》れさすような陰気な目をした特別監察官が念を押した。

「そうです」

警視庁刑事部捜査一課強盗犯第一係の白洲勝彦は答えた。

それにしてもこの白い壁といい天井といい、なんて窮屈で息苦しいんだろう。段々部屋が小さくなっているような気さえする。

「本当に君は一円たりとも着服していないと言うのだな」

(何度も言わせるんじゃねえよ)

「ええ、そうです」

白洲はあくまで言い張った。

「もう一度おさらいといこう。あの部屋に真っ先に突入したのは君と落合警部補。最初に発砲したのは君だ。その次に犯人の一人が発砲して、君たちの次に突入しようとした水城警部は胸に一発被弾してその場に倒れた。水城のすぐ後ろに待機していた同僚二人は彼の手首を摑《つか》んで階段の方へ引っ張っていき、流れ弾から守ろうとした。そしてだ、階段のおり口に待機していた同僚に引き渡そうとしたところで、タイミングを誤って水城を階段に落とし、自分たちもドミノ倒しみたいにバタバタと一階まで倒れていった」

馬鹿《ばか》か、とでも言いたげな口調だ。白洲は適当に相槌《あいづち》を打つ。「その間も部屋からは続けざまに銃声が鳴り響き、態勢を立て直した突入部隊が部屋に飛び込んだ時は犯人二人は死亡していた。この間約二十秒だったと指揮を執った山崎警部は証言している」

白洲は黙って頷《うなず》いた。

「銃撃は五秒も続かなかったことは部隊の全員が証言した。すると残りの十五秒の間に落合警部補は札束を着服したということになる。それでも君は何も知らないと言うのだな」

「知りません。私は被疑者の片方の生死の確認をしていました。落合警部補も同様のことをしていると思っていました」

二十秒。まるで一年にも感じる長い長い二十秒だった。その二十秒の間に、人間を二人射殺(一人は即死、もう一人は病院に運ばれてから死んだ)して、二、三カ月は遊べる金を手にしていた。

落合の大馬鹿野郎。女に振られたくらいで自殺なんかしやがって。おかげで俺がこんなにもまずい立場に追いやられたんだぞ。

白洲の頭に、今またあの瞬間が鮮明に浮かび上がった。

真っ先に撃ったのは白洲だった。

卓袱台《ちゃぶだい》の上に札束と自動拳銃《けんじゅう》が二丁乗っていて、二人が同時に拳銃に手を伸ばしたのだ。白洲にとってはそんな状況で威嚇《いかく》もへったくれもない。

しかし、落合はそうは考えなかった。二人の性格の違いか、冷静さの違いか、それはわからない。

落合が二人に銃を向けて、動くな、と叫ぶのと、白洲が右側のあぐらをかいていた金髪の若い男の腹に向けてニューナンブの引き金を引いたのが同時だった。

落合の警告の声は当然銃声に掻き消された。

金髪の若造はあぐらをかいたまま後ろにひっくり返った。

落合は啞然《あぜん》として一瞬固まった。危険な一瞬だった。

左側のデブ男が落合に向けて一発撃った。弾丸は二人の間を掠《かす》め、開け放たれたドアから今まさに突入しようとしていた水城という同僚の防弾チョッキの胸に当たり、奴《やつ》はぶっ倒れた。

今度は落合が撃った。デブ男の左頰に穴が開き、後頭部から脳味噌《のうみそ》と血の塊が飛び散った。白洲もデブの首と心臓に二発撃ちこんだ。

そして金髪の方に目を転じると、男は立ち上がろうとしていた（しかし、今考えると、あれは立ち上がろうとしていたのではなく、撃たれたショックで痙攣《けいれん》を起こしていただけなのだと思う）。

白洲は金髪男の腰の辺りにもう一発撃ち込んだ。

それから白洲が金髪、落合がデブにそれぞれ飛びついた。

白洲は金髪から拳銃を取り上げ、頸動脈《けいどうみゃく》に指先を当てて脈を見た。脈は弱いが、あった。目は虚《うつ》ろで何も見ていないようだった。

隣を見ると、なんと落合がテーブルの上の一万円札の束を防弾チョッキの下のシャツの中に押し込んでいた。

落合が白洲の視線に気づき、二人は一瞬見つめあった。

実に驚くべきことだが、これだけで二人の間に確固たる了解と、共犯関係が成立したのである。

白洲と落合は特に気が合う間柄というわけではなかった。だが、日頃からなんとはなしに落合が自分と似た雰囲気を漂わせていることに気づいていた。表面には滅多に現れないがごくまれに爆発する凶暴性、心の一部が麻痺《まひ》したような無関心、矯正しようのない警察組織への非忠誠心、白洲は落合を同類として一目置いていた。

白洲が振り向くと、水城は消えていた。後ろに待機していた連中が引きずっていったらしい。そして外の階段からあわてふためくような数人の声が聞こえる。

「馬鹿！　早く起きろ」「脚どけろ、脚！」「原田が頭打った！」「救急車！　救急車！」

なんだかよくわからないが、混乱しているらしい。

白洲も一万円札を一束、シャツの下に捩《ね》じ込んだ。

倒れて血を流している二人は、この三カ月で豊島、新宿、北の三区にまたがり、信用金庫の集金係ばかりを狙《ねら》って犯行を繰り返していた連続強盗傷害犯であった。

このヤサが見つかったのは、片割れのデブの元刑務所仲間による密告が発端だった。

その男は二日前の日曜日にデブと西武園競輪場でばったり再会した。男は、デブの金遣いが尋常でなかったことから、何かうまい仕事をやってやがるなと直感して、俺にも一枚噛ませろと擦り寄った。すると、お前みたいなトーシローのうっかり八兵衛みたいな野郎にこなせる仕事じゃないと言われた。八兵衛はカッとなって馬鹿にすんじゃねえと突っかかったが、デブに襟首《えりくび》摑まれて、失《う》せろと凄《すご》まれた。力ではかなわないので、後でサツにタレこんでやると心に決めて、言われるままに失せた。

腹いせの密告電話を受けたのは、男の自宅の所轄《しょかつ》である池袋警察署だった。男が話した片山洋一という前科者のデブと、襲われた集金係が証言した二人組のうちの太った方の人相風体が似ていたので、池袋署の刑事課は警視庁に連絡し、強盗犯一係の出動となった。

派手に金を使いまくっていたということは、今ここでいくらかの金が落合と白洲のシャツの中に消えても誰にもわからないということだ。

「落合っ、白洲っ、大丈夫か！」

部屋の外から山崎警部のヒステリックな声がした。

落合が喉《のど》の奥で呻《うめ》くと、突如デブの死体の傍らに四つん這《ば》いになって畳に反吐《へど》をぶちまけた。

人間を射殺したという衝撃、ネコババがばれはしないかという恐怖、それらが落合の胃の中で文字通り渦巻いたに違いない。

白洲も熱にうなされたような非現実感から醒《さ》めた。改めて倒れた二人のありさまを見る。

飛び散ったデブの脳味噌が畳や窓や壁にへばりつき、ゆっくりと筋を作って流れ落ちていた。金髪男のヘソの上から入った弾丸は右脇腹から飛びだし、そこから破裂寸前の巨大ミミズのような腸が溢《あふ》れ出て畳の上をのたくっていた。

これで吐かないわけがない。

白洲も落合に劣らぬ勢いで吐いた。

結局、金髪男は病院に運ばれて三十分後、一言も喋《しゃべ》らずに死んだ。

ネコババの事実を知るのは白洲と落合だけだった。

それ以後二人は、仕事で顔を合わせても金のことは一切口にしなかった。それどころか、どちらからともなく互いに相手を避けるようになった。

白洲は着服した金を命を張った自分への報奨金と考えた。

まず手始めにホンダのVTR250CCバイクを買った。車体横の鋼管トラスフレームがなんといっても格好良いマシーンだ。残りの金はピンサロやソープランドに消えた。テレクラで女漁《おんなあさ》りもした。まかり間違えば命を落としたかもしれない経験の後の激しいセックスは最高だった。

そうして六十数万円が瞬《また》く間に消えた。どうせ悪銭だ。悪銭はこうするのがもっとも正しい使い方なのだ。

しかし落合の金の使い方は少し違った。

落合には夢中になっている美樹という名のホステスがいた。無口で人づき合いの悪い落合には、警察官に相応《ふさわ》しくないこうした女性とのつき合いを戒める面倒見の良い仲間や上司がいなかった。落合は着服した金で、ホステスの心を自分に向けさせようといつも高価なプレゼントをし、最高級レストランへ何回も連れていき、頃合を見て結婚してくれと申し出た。

何と言って断られたのかはわからないが、とにかくプロポーズは受け入れられなかった。

自宅のマンションに帰ってから、落合は残っていたウイスキーのボトルを空にして、オジー・オズボーンのヘヴィメタルを大音量で鳴らし、直下型地震の最中に書いたような判別しにくい文字で遺書を書いた。遺書は自分を捨てた女への恨みで満たされていた。最後に七階の窓から飛んで、潰《つぶ》れた。

落合の自宅の所轄署である板橋警察署の刑事は、遺書で名指しされていた美樹を引っ張ってきて、数時間にわたって落合との関係について、半ば脅しまじりに洗いざらい聞き出した。

例の突入騒ぎの直後から落合の羽振りが急に良くなったという女の証言から、この件をただの自殺で片づけるわけにはいかなくなった。

警察庁の特別監察官室が調査に乗り出し、そして今日、白洲が特別監察官室へ出頭する事態になったのだ。

無益な問答が続いて、白洲は最低の気分だった。

「君をしばらく自宅謹慎処分とする」

最後に監察官は告げた。

「どうしてですか。私は何もしていませんよ」

心底怒っているという声を作って、白洲は反論した。誰も自分の不正を証明できないのだ。ここはあくまで強気でいた方がいい。

「それを客観的に証明するのに時間が必要なのだ。その間だけの謹慎処分だ」

「疑わしきは被告人の利益に、ではないんですか」

白洲は相手を下の階級の人間にあるまじき目つきで睨んだ。

「それは一般人のケースだ」

監察官は取り合わなかった。

「外出は禁止する。どうしても必要な時は監視係と行動を共にすること。電話をかけることも、電話にでることも禁止だ」

「どうせ何も証明できないくせに」

それはとんでもなく無礼な言葉だったが、監察官は聞き流した。

「君を自宅へ送り届ける。それまでここで待つんだ」

「警察をやめろと言うんなら、やめますよ。そうすりゃあんた方は満足なんだろう」

白洲は嚙みついた。

「こちらの調査が終わるまで勝手にやめることは許さない」

「ふざけるな！　ここは警察独裁国家か」

白洲は椅子《いす》から立ち上がった。

立つと、一七九センチの白洲は監察官より十センチほど高かった。

背後でドアが開き、男が二人踏み込んできた。

「やるか、てめえ！」

後ろを振り返って白洲は身構えた。

監察官が背後からスタンガンを白洲の太股《ふともも》に押し当て、白洲はあっけなく床に倒れた。

3

謹慎五日目。

秋吉が意を決してアパートから出ていくと、アパートに面した細い路地の脇《わき》に駐車している紺色のクラウンの運転席側のウインドウが下がり、男の特別監察官が怪訝《けげん》そうな顔を覗《のぞ》かせた。

秋吉はぎこちない笑みを浮かべながら車に近寄り、言った。

「実はその……考えたんだけど」

監察官は、友好的なようすの欠片《かけら》もない顔で次の言葉を待った。

「今日でもう五日間、誰とも口をきいていない。昨日までは本を読んだり、音楽を聴いたりして過ごしてきたんだけど、今日になってどうにも息が詰まりそうになったんです」

監察官の目が、それがどうしたと言っていた。

「いやあ、それにしても暑いですねえ。いくらエアコンをきかせても車の中は大変でしょう」

ねぎらいの言葉をかけても監察官は眉《まゆ》ひとつ動かさなかった。

さんざん躊躇《ためら》ったあげく、秋吉は切り出した。

「ああ、その、もし、職務に支障をきたさないようなら……私の部屋で何か冷たい物でも飲みませんか？　その、世間話なんかしながらでも」

相手がやっと口を開いた。

「何を企《たく》んでいるのか知りませんが……」

「何も企んでなんかいませんよ。ただちょっと話し相手が欲しいなって……」

「私はあなたと世間話をするためにここにいるのではありません」

（ほらな、やっぱり）秋吉は心の中でため息をついた。

「いやあ、勿論《もちろん》それはその通りですが」

「用がなければ部屋に戻ってください」

監察官は一方的に会話を打ち切った。

秋吉は苦笑いを浮かべて、肩をすくめた。

「ついでにちょっと訊《き》きたいんですが……ビールなんかを買って飲んじゃいけないんで

すかね」

監察官の目がぎらりと光った。

「アルコール類の摂取は一切認めません」

「わかりました。それじゃ部屋へ戻ります」

秋吉は肩を落としてアパートへ戻った。

部屋に入り、鈍い動作で突っかけサンダルを脱ぐ。

我ながら馬鹿《ばか》な提案をしたものだ。あんな鉄仮面男とまともな会話なんか成立するわけないじゃないか。だが、あんな奴でもいいから何か会話が欲しいと考えるほどに、俺の神経は参っているのだ。

なら、あれをやるしかない。

反省の意味で謹慎初日から我慢してきたのだが、もう限界だ。

まっすぐ浴室に向かい、ジーンズを脱ぐと丸椅子に腰掛けて、シャワーで両足を濡《ぬ》らした。それから石鹼《せっけん》を塗りたくり、すね毛を剃刀《かみそり》で丁寧に剃《そ》り始めた。終わるとさっぱりして少しいい気分になった。

居間に戻り、遮光カーテンを引いて夕暮れの西陽を部屋から締め出した。CDラックからお気に入りの一枚を抜きだし、プレイヤーにセットして再生ボタンを押す。

クールでうねるような重低音ベースが無機的で軽いドラムマシーンと一体になってイ

ントロのフレーズを奏《かな》で始める。

自然に体が反応し、肩と腰が独立して動き始める。

曲はスウィングアウトシスターの『ゲット・イン・タッチ・ウィズ・ユアセルフ』だ。自分自身を知れというメッセージのこめられた歌で、いつも秋吉の気持ちを慰めてくれる。

外にいるあいつにはばれやしない。部屋にいさえすれば何をしようが勝手だ。クローゼットの一番下の引き出しを開けると、ありとあらゆる色のパンティーやブラジャーやキャミソールが隙間《すきま》なくぎっしりと詰まっていた。ほとんどが万引きした物だ。

これこそが変身への扉である。

これらを没収しなかった監察官達に感謝した。もっとも、彼らは没収しても処分に困るからそうしなかっただけだろう。

今日は水色のレースのフリルのついたパンティーと、それとお揃《そろ》いのブラ（ちなみにDカップだ）を選んだ。

Tシャツとトランクスを脱ぎ捨てて素っ裸になると、居間の隅に立てかけてある姿見の前に立ち、下着を身に付けた。

ミントを飲み込んだみたいに胸がすうっとして、背中がぞくぞくとした。歌がコーラスの部分に差しかかった。

「ベラゲェ～リンタッチウィジョセエエル」

腰の振りがさらに大胆になる。

秋吉の体には余分な贅肉《ぜいにく》がこれっぽっちもついていず、かといって痩《や》せすぎで骨が浮き出ているということもない。

もう大分昔になるが、当時つきあっていた恋人（無論、女性だ）に、私より綺麗《きれい》な体をしていると僻《ひが》み半分で言われたことがある。

「ドウワッチュフィィル、オオメイキッリアアアル」

だしぬけにドアが三回、ゴゴゴンとせっかちに叩《たた》かれた。

「秋吉警部補、入りますよ」

声はあの女性監察官だった。鍵《かぎ》が差し込まれ、ガチャリと鳴った。

「うわっ、ま、待って！」

秋吉がドアを押さえようと突進すると同時にドアが開けられた。

下着姿の秋吉は監察官に体当たりを食らわせるような格好でぶつかり、二人はもつれあって廊下へと転がり出た。

監察官が秋吉に胸を潰され、ウゲッ、と呻いた。

4

チェンジマイピッチアップ、スマックマイビッチアップ！

居間の天井に勝手にねじ穴を開け、そこに取り付けたフックからぶら下げたサンドバッグに、汗まみれの白洲はプロディジーの歌に合わせてパンチを叩き込み、蹴《け》りをぶち込んだ。

謹慎五日目、忍耐の限界はとっくに超えてしまっていた。髪の毛が逆立ちそうな苛立《いらだ》ちと怒りをぶつける対象は他にない。

白洲は手足が長く、胸板と腹筋はよく発達していた。ボディービルダーのようにありとあらゆる筋肉が浮き出ているというのではなく、実用的な部分だけが、必要十分に鍛えられている。

「おうりゃあああああ！」

パンチと蹴りが炸裂《さくれつ》する度に部屋はズシンズシンと大きく揺れた。曲がブリッジパートに移った時、ドアのチャイムがたて続けに三度鳴らされた。

監察官の野郎が正式な処分の知らせでも持ってきたか。

裸の上半身にバスタオルをひっかけ、顔の汗を拭《ぬぐ》いながら玄関に向かう。チャイムは執拗《しつよう》に鳴り続ける。

「うるせえな、馬鹿野郎」

怒りに顔を歪《ゆが》めて、ドアを押し開けると、白洲と同じぐらい怒りに顔を歪めた中年男が立っていた。

このマンションのひとつ上の階に住んでいる小菅という住人だ。

白洲は面食らった。

マンションの外には監察官が、白洲が勝手に出ていくのを防ぐべく車に乗って待機している。それなのにマンション内部の人間の行動にはまるで無頓着《むとんちゃく》なのだ。その間抜けさ加減がおかしくなった。

「あ、どうも」白洲は挨拶《あいさつ》した。

小菅は薄い髪を丁寧過ぎるほどぴっちりと撫《な》で付けているのに、首から下はまるでだらしなかった。ヨレヨレのTシャツには油の染《し》みが見えるだけで二カ所あったし、グレーのスウェットパンツの裾《すそ》はすっかり綻《ほころ》びている。

首から上だけまだ会社にいるみたいだ、と白洲は思った。

「あのねえ、白洲さん。私もこんなこと言いたくないんだけど、ズシンズシンうるさくて眠れんのですよ。何やってんだか知らないけどやめてもらえませんか」

小菅の声はどことなく萩本欽一に似ていた。

「ボクシングです」

　とてもボクシングと呼べるようなものではないが、白洲はそう答えた。

「こんなマンションでボクシングなんかしないで下さいよ。大体あなた警察官でしょう。警察官が近所に迷惑かけてどうすんですか」

「はあ……すみません」

　あまり反省の見られない顔と声で白洲は謝った。

「とにかくもうやめてくださいよ。私は疲れて休んでいるんですから。それから音楽のボリュームももっと下げてください」

　小菅は言いたいだけ言って帰っていった。

「ちぇっ」白洲は居間に戻り、ステレオの音量を下げた。

　黒い無地のTシャツを着る。

　また玄関のチャイムが鳴った。

（オヤジめ、まだ何か文句あるのか？）

　玄関まで行き、はい、とうんと感じの悪い声で応《こた》えた。

「白洲さん？」女の声だった。

「亜美ちゃん」

　急に声の調子が変わる。

ドアを開けると、眩《まぶ》しいくらいに色の白い、実に白洲好みのスレンダーな肢体と大きな胸の、若い女の子が立っていた。

「よお、久しぶりじゃないか」

「えへへ、元気？　ごめんね、またうちの父さんが文句言いにきたでしょ。ひどいこと言った？」

亜美はいつも上機嫌で、はつらつとしていた。

白洲は、下から上へと亜美の全身に素早く視線を走らせた。

青いペディキュアを塗った素足、デニムのミニスカートから伸びている完璧《かんぺき》な脚線美、キュッとくびれた腰、そしていつもながら圧倒される大きな胸。まだあどけなさの残る卵形の小さな顔に艶々《つやつや》と光る茶色くて長い髪が実によく似合う。

いくら母親がそれなりの美人だからといって、あのオヤジの精子からどうしてこんなにも素晴らしい娘が誕生したのか不思議でならない。

「いや、全然。悪いのは俺だからな」

白洲はにこにこして言った。

「あたしだって夜中にギターの練習してるんだからおあいこよね」

亜美は二十歳。大学二年生で、サークルでガールズロックバンドを組んでいた。担当はリードギターだ。

夜中に寝ていると、天井から歪んだエレキギターの音が聞こえてくる。たどたどしくつっかえながら同じフレーズを何度も繰り返し練習する。いつも同じフレーズでトチる。やっとクリアーできたと思ったら、その次の簡単なフレーズをトチる。聞いてる方がハラハラしてしまう。他の奴《やつ》ならストレスになるだけだが、可愛《かわい》い亜美が一生懸命弾いているのならば、許してしまう。

「どお、練習はかどってる？　ズンズンチャズズチャ、ギュイーン、ダラリラリラ……すっかり覚えちゃったよ」

亜美は廊下に響き渡る声で笑い、ああ恥ずかしいと言ってまた笑った。

「あれ、誰の曲なんだ」

「あれ？　ホワイトゾンビよ」

そうか、あのゴリゴリしたギターリフがらしいといえばらしいな、と思いながら、白洲は「おお」と感嘆の声を上げた。

「ねえ、白洲さん、あたし今度、下北でライブやるんだ」

「すごいじゃないか」

白洲は亜美のピンク色の唇と水色のTシャツの胸にせわしなく視線を往《ゆ》き来《き》させながら、大げさに感心してみせた。

「ねえ、お願い。チケット買ってくれない？」

「ああ、いいとも」亜美の喜んだ顔が見られるのなら安い物だ。

亜美の顔が更に輝きを増した。

「ありがとう。とりあえず二枚持ってきたから、友達誘って見に来てくれる？」

「ああ、そうする」財布を取ってきて亜美に金を渡し、チケットを受け取った。

「白洲さん、都合つきそう？」

わからなかった。でもそんな事は口に出さない。

「大丈夫、必ず行くよ」

「またチケットの押し売りやってるな！」

亜美の背後で少年の声がした。

亜美が眉間《みけん》にしわを寄せ、うんざりした声で言った。

「あああ、デカおたくが来たよ」

〝デカおたく〟とは小菅家の長男、亜美の弟の伸吉だった。亜美とは四つ違い、高校一年生だ。

「うるせえやい」

少年がこちらに向かって歩いてくる。

前面にブルース・リーが印刷された黒のTシャツ、オレンジ色の短パン、ナイキのスニーカーという格好だった。

「あんたも白洲さんに用なの？」

亜美は弟を睨《にら》みつけて言った。

「そうだ。用が済んだら早く帰れよ」

「こいつムカツク」

亜美は伸吉の頭を半ば本気で叩き、白洲に向かって、じゃまた今度ねと、手を振って部屋に帰っていった。

「なんかあったらまたいつでもおいで」

白洲も言って手を振った。

廊下には白洲と伸吉だけになった。あらためて伸吉を見る。今日も頭の天辺《てっぺん》が寝癖で跳ねていた。いつだってそうなのだ。

一丁前にピアスをつけているが、全然似合っていない。

伸吉は大のガンおたくで、しかも警察おたくだった。本人が杉並の水野晴郎と自称するくらいの。

このマンションに越してきて間もない頃、菓子を持って小菅家に挨拶に行った時に、伸吉の母親に警視庁に勤務していると話すと、母親に心配顔で、ウチの息子が警察マニアでどうしようもないんですよ、なんとかしてやってくれませんかと頼まれてしまった。

実際、伸吉のおたくぶりは半端《はんぱ》じゃなかった。いつも白洲を質問責めにする。日本の警察はなぜパトカーにショットガンを装備しないのか、ニューナンブの38スペシャル弾のストッピングパワーは果たして充分なのか、突入の時にはスタングレネードを使うのか、MP5サブマシンガンを装備した人質救出部隊は本当に実在するのか、実在するとしたらどこでどのような訓練をしているのか。

白洲に答えられる質問はほとんどなかった。職務上の機密で答えられないのではなく、知らないし、わからないから答えられないのだ。

やや寄り目なのと姿勢が悪いのとで、最初は気味の悪い奴に思えたが、根は素直でいい少年だった。もっとも学校では完全に浮いているらしいが。

「見て、これ」

仲吉は得意気に、背後に隠した物を白洲の目の前に差し出した。

一丁のエアーガンだった。

「買ったのか」

「違うよ。改造したんだよ」

「パワーアップは違法だぜ」

「違うってば、パワーアップしたんじゃなくて、こいつを組み込んだんだ。見てよ」

仲吉は右手で銃を握り、銃口を床に向けた。

すると汚れた白いリノリウムの床に小さな赤い点が現れた。

「赤外線レーザーか？」

「当たり、自分でレーザーサイトを組み込んだんだ。これ、グロック17っていうガンなんだけど、グリップの後部が軽量化のために空洞になっているんだ。その空間にバッテリーとアクティベイトスイッチを収納したんだ。こうするとフレームの下に取り付けるタイプの物より、はるかに小型で取り回しが楽なんだ」

最近はエアーガンショップに行けばこうした本物の銃に取り付けるアクセサリーが簡単に買える。買えないのは本物の銃と実弾だけだ。

レーザーサイトに関する知識は白洲にもあった。

銃本体の銃身下部に取り付けた小型の赤外線照射装置を標的に向けると、標的に赤い点が浮かび上がる。その点を目標に移動させ、引き金を引けばそこに着弾するのだ。銃を腕と肩と目で作る直線上に構えて狙《ねら》う、という動作が必要ない。慣れれば腰だめの状態からでもかなり正確にヒットできるし、何より薄暗い場所での戦闘に威力を発揮する。

欧米の警察特殊部隊にはとっくに装備されているが、日本ではそのような動きはまったくない。

「グリップをギュッと握り込めば自動的にスイッチオンになるっていう仕掛けなんだ」

「凄《すご》いな。ちょっと見せてくれよ」

白洲も好奇心に駆られ、少年から銃を受け取った。

「軽いな。やっぱりおもちゃだ」

「軽くていいんだよ。グロックはもともと半分以上のパーツが強化プラスチックでできた画期的なガンだからさ。軽くて、マルファンクションも限りなくゼロに近いし、近距離戦では最高のガンなんだよ」

「わかったわかった」

　白洲はヘソの上辺りで銃を水平に構え、グリップを握り締めた。約七メートル先の廊下の突き当たりの壁に赤い点が出現した。小さいが光量は充分あり、非常にはっきりと視認できる。

「なるほどこりゃ便利だ。高かったろう」

「援交したんだ。えふぇふぇふぇふぇふぇふ」

　伸吉が珍しく冗談を言って笑った。笑い声が凄くへんてこでおかしかった。白洲も伸吉の顔を見ながら大いに笑った。

　しかし、伸吉は突如笑いを引っ込めた。廊下の奥を見つめている。白洲はその視線の先を追った。

　特別監察官が階段を上り切った所に、顔面を引きつらせ、肩をいからせて立っていた。監察官は銃を構えた白洲と、自分のスーツの胸の赤い点を交互に何度も見た。

「今回の件以外にも、かなりの余罪があると、私たちは考えている」

堀内という、受け口に太い黒縁眼鏡の監察官は言った。

「君の部屋にあった衣類や装飾品のかなりが万引きした物だろう」

堀内は完全に決めつけていた。

秋吉は反論せず、ただ机の一点を見て黙っていた。堀内の推測は図星だったし、処分がどう決まったのか早いところ知りたかったからだ。

「品物から小売店を辿《たど》ることはできる。そうすれば具体的な被害額を知ることもできる」

ということはまだ調査をやっていないということだ。それではこいつらは五日間一体何をしていたのだ？　机でも磨いていたのか。

「まあ、おそらくかなりの額になるだろう。違うかね」

「……よく、わかりません」

秋吉は消え入りそうな声で曖昧《あいまい》な返事をした。

「穏便に済ませるには困難な金額だ」

堀内は自分を納得させるような口ぶりだった。

単なる諭旨免職では済みそうにない雰囲気になってきた。秋吉は息を詰め、続きを待った。

「警察官の犯罪は一般人よりも重い刑が科せられるケースが多いことは知っているね」

顔から血が引いていく音が聞こえるようだった。胃が絞られるように痛み、首と肩の筋肉が石のように固まって吐きそうな気分だった。

なまじ刑務所生活の知識があるだけにいっそう恐怖が大きい。

腰紐《こしひも》と手錠をかけられて護送車に乗せられ、刑務所への移送。私物検査が終わると、素っ裸になり、体内に何も隠していないか尻《しり》の穴に指を突っ込まれて徹底的に調べられるのだ。このケツ穴洗礼で大の男が泣き出すこともしばしばある。

入浴は週二回、たったの十五分。刺青《いれずみ》をしたやくざ者や、よぼよぼのくたばりかけている老人、右と左の区別もつかないような阿呆《あほう》、そういう連中と一緒くたにもみくちゃにされ、ろくに体を洗うこともできない。便所に行くときには職員の前で直立不動になり「○○工場○○番、○○、便所に行ってきまーす！」と報告しなければならないのだ。

はっきりいって死んだ方がましだ。

「君を迎えに行った時、君は女性の下着をつけ、音楽に合わせて踊っていたそうだね。迎えに行った監察官から君はまるで自分の罪を恥じてもいないし、反省もしていないと報告を受けた」

謹慎中の問題行動は致命的だった。

(刑務所はいやだ刑務所はいやだ刑務所はいやだ刑務所はいやだ)

ついに体が震え出した。

「君の行動を見ていると刑務所行きを望んでいるような気さえするよ」

「反省しています」秋吉は潤《うる》んで血走った眼を監察官に向けた。

「どうかな」監察官はさもどうでもいいことのように言い、それきり黙ってしまった。

「本当です」その言葉はしかし、煙のように空気に溶けて消えてしまった。それから無音の十数秒が流れた。

秋吉は自分がいかにこれまでの行ないを恥じ、後悔しているかを懸命に訴えようかとも考えたが、そんなことをすれば、かえってこの精神的いじめが好きそうな監察官を喜ばせるだけのような気がしたので止《や》めた。

それにここで今更秋吉が何を言おうと、処分はもう決まっているのだ。知るのは恐《こわ》いが、それを今すぐ聞かせてもらいたいし、監察官の顔もこれ以上見たくない。

堀内監察官は眼鏡をかけ直し、切り出した。

「結論を言おう」

秋吉は息を詰めた。

(刑務所だ、いや懲戒免職だ、いや、やっぱり刑務所だ、そこまでいくもんか、執行猶《ゆう》予《よ》付有罪だ、ああもう駄目だ、もう駄目だあぁ)

　頭の中で何人もの秋吉が口々に叫んだ。

「ある任務を遂行すれば不問に付そう」

　あまりにも唐突で、まったく予想外の言葉だったので、秋吉は反射的に「は?」と間抜けな裏声で訊《き》き返してしまった。

「ある任務を遂行すれば、今回の件は不問に付す」

　堀内はもう一度ゆっくりと言った。

「……おっしゃっていることが、よくわからないのですが」

「煙草《たばこ》は吸うかね?」

　堀内はまた唐突に訊いた。

「いえ、吸いません」

「そうか」

「それで、どういうことなのですか」

　堀内は改めて秋吉を値踏みするように眺めた。嫌な視線だった。

「落ち着いて聞いてもらいたい」

　そう言っている堀内の方がなんとなくそわそわしているように見えた。また眼鏡をかけ直す。

「……はい」

「私がこれから君に話すことは特別監察官室の機密に属することだ」

機密だと？　一体何なのだ、なぜ俺に監察官室の機密などを漏らすのだ。俺の万引き問題は一体どうなったんだ。

「もしも君が私から聞いた話を他人に漏らせば、君を逮捕して、ただちに刑務所へ送る」

「そんなに重要な機密をなぜ私なんかに……」

「私も気が進まないよ。だが、仕方ないんだ」

何がどう仕方ないのかまったくわからない。が、とにかく堀内が決めたのではないということだ。

「あの、話を聞くことを拒否する権利はあるんでしょうか」

秋吉はおずおずと訊いた。どんな話か知らないが、この部署の機密が穏やかなものであるわけがない。

拒否する権利、と聞いて堀内の眉《まゆ》が上がった。まさかそんな生意気な言葉を耳にするとは思わなかったようだ。

「逮捕されたいのだったら、拒否すればいい」

無茶苦茶だった。

「話を聞いてから決めるのは……」

「駄目だ」コンマ二秒で答えが返ってきた。

「では、話を聞いたら後戻りできないということですね」

「その通り」

要するに堀内監察官は、何がなんでもある任務とやらを引き受けて、遂行しろと言っているのだ。それしか万引きによる懲罰を逃れる方法はないと。

「では、これだけ教えてください。その任務で命の危険はあるんですか。それぐらいは聞く権利があると思いますが」

「命の危険？」

堀内の顔が歪《ゆが》んだ、と思ったら実は笑ったのだった。

「まさか、そんなものあるわけがない」

「ないんですね」秋吉は念を押した。

「皆無だ」

(皆無ね……)

「聞きましょう」

刑務所のケツ穴洗礼及びその後の虫けらのような地獄生活と引き換えなら何だってし

よう。

「よろしい。ではは場所を変えて説明しよう。ついてきてくれ」

堀内は言って立ち上がった。

6

「で、どうだったんです？」

後部座席に腰掛けた白洲は、隣に座っている佐山という角刈り頭の特別監察官に不機嫌を隠さぬ声で尋ねた。

「俺が強奪金を着服したという証拠は上がったんですか？」

佐山と、運転席の阿倍という監察官が一瞬目配せした。それから佐山が、言う。

「君は一昨日、スーパーへ買い物に行ったね。阿倍警部が同行した」と運転席の阿倍を目で示す。

「それが何か」

一昨日、乏しい食料が底をついたので上石神井《かみしゃくじい》駅前のスーパーへ食料品と日用品を買いに行った。買い物には許可が要るので阿倍が同行した。カートを押す白洲の後ろを、棺桶《かんおけ》の付添人みたいにひっそりとついてくる青白くて陰気な阿倍の存在は、あまりにもうっとうしかった。

「君は一万円札で支払いをしたね」

白洲の回想は佐山の声で断ち切られた。

「そうですが」嫌な予感が胸に広がった。

あの一万円札は強奪金だったか？　着服した金と自分の金が財布の中で混ざってしまったのでわからない。だが、札の番号を控えているわけはないし、金を手に入れたその夜に、札に血痕《けっこん》が付着してはいないかとちゃんと調べたのだ。そんなものはついていなかった。

「実はスーパーにはもう一人別の監察官が居てね。君が顔を知らない人間だ。その彼は、君が精算を済ませてスーパーを出た後、君が使った一万円札をレジ係と店の責任者に断って持ち帰り、科警研へ持っていった」

白洲は黙ったまま佐山を睨《にら》み、続きを待った。

「検査結果にはあまり期待はしていなかったんだが、今回は私たちにツキがあった。札には乾いた唾液《だえき》の成分がわずかに付着していたんだ。ＤＮＡ鑑定をしたところ、片山洋一の物と完全に一致した。君と落合警部補が射殺した片山だよ」

白洲は自分が時間の流れからぷっつりと切り離され、漂い始めたような気分になった。窓の外を流れる景色も急に現実感を失い、そこに存在するのにどんどん遠ざかっているような錯覚に陥る。

もはや何も言うことはなかった。犯した罪を後悔しても、もう遅いのだ。

「後は本庁でゆっくり話をしよう」

白洲はもはや聞いていなかった。暖房のない、冬には凍るような刑務所の、囲いのない外から丸見えの便所に腰掛けて震えている自分の姿が頭に浮かんだ。死んだ方がましだ。白洲は生まれて初めてそう思った。

7

「君に任務の説明をする前にいくつかの予備知識を持ってもらう必要がある」堀内はそう切り出した。

秋吉は「はあ」と生返事し、部屋を見渡した。なんのことはない。場所を変えたといっても、さっきの部屋が少し広くなっただけだ。それと壁に縦一メートル、横二メートルほどのマジックミラー（そうに決まっている）があるだけだ。

テーブルに乗ったふたつのコーヒーカップにはどちらも手をつけず、コーヒーはただ湯気を立ててぬるくなっていくだけだ。

「今回の件で君もよくわかったと思うが、警察庁長官官房特別監察官室は、警察官による犯罪の摘発とその予防が最大の任務だ。そして警察に対する国民の信頼を築き、それを守ることだ」

秋吉は素直にうんうんと頷《うなず》いた。

「原則的に私たち特別監察官は、警察に所属するあらゆる警察官に対して調査を行なう権限がある。調査には、事情聴取、家宅捜索、監視、尾行などの行為が含まれる。それにごくまれだが、こちらが必要と判断した場合には盗聴を行なうこともある」

つまり、何でもできるということだ。一般市民に対しては面倒な手続きが必要とされるケースも、警察官相手なら簡単、そういうことなのだ。警察官は人であって人でない、警察というピラミッド型巨大組織の所有物だ、という認識は秋吉に限らず、警官なら誰しもが一度は、或《ある》いは何度も持ったことがあるだろう。堀内の話で、秋吉は改めてその認識を強固なものにした。

堀内が秋吉に目配せした。ここまでは理解できたか？　と目で訊いているように思えたので、目で頷いてみせた。

「さっき私は原則的にとわざわざ断ったが、それはその原則が必ずしも適用されない現実があるからだ」

堀内監察官の表情から、彼がその現実を快く思っていないことが見て取れた。

「しかし、特別監察官室は長官官房という警察組織の頂点の一部署じゃありませんか」

「そう、その通りだ。だが、現実はそうすんなりとはいかない。内部で不正が行なわれても、上に知られるのを恐れて部署や署ぐるみで内々に処理しようとするケースは、それこそ枚挙にいとまがない」

「そうでしょうね」

当たり前だ。皆自分の身が可愛《かわい》い。勇気ある告発なんて言えば聞こえはいいが、馬鹿《ばか》な部下の管理責任を取らされる上司や、不正を見て見ぬ振りしなければ組織内で苛《いじ》めにあう平刑事の立場を少しでも考えればわかりそうなものだ。

「警察官の犯罪防止という任務の性質上、組織の非透明化は好ましくないが、その非透明性、秘密性こそが組織の本質だということになると、我々としては非常にやりにくい」

「公安のことですか」

秋吉のその言葉は大分先走ったものだったらしい。堀内の唇の端がわずかに上がった。

「鋭いね」

誉《ほ》められても嬉《うれ》しくもなんともない。

「その通りだよ。特別監察官室は公安と相性が悪い。お互いのトップが警備局と長官官房という警察庁の両頭だからということもあるが、とにかく公安警察官に対する調査はうまくいったためしがない。大抵、警備局から長官官房に抗議がいって途中で潰《つぶ》される」

堀内の顔に初めて苛立《いらだ》ちが現れた。

「エリートの特別監察官でも、思い通りにならないことがあるんですね」

秋吉の言葉は皮肉と受け取られたようだ。別にそんなつもりはなかったのだが。

堀内の顔が険しくなったので、あわてて言葉を付け足す。

「では、これまで公安警察官の不祥事は見過ごされてきたのですか？　あ、いや、暴《あば》くことができなかったんですか」

いちいち気に障《さわ》る言い方をしやがる、とでもいうふうに堀内が睨んだ。

「たとえば我々が、警察官という立場を利用して良からぬことをしている疑いのある公安警察官を内偵したとする。するとどこでどう嗅《か》ぎつけたものか、必ずといっていいほど警備局長から、官房長に抗議がいく。〇〇捜査官は現在重要な事件を担当しているので捜査の邪魔をするな、とね。下手にいさかいを起こしたくない官房長は、とりあえず内偵をしばらく休止しろという。そしてそのままうやむやになる。そんなことがこれまで何度もあった。つまり公安警察官は何をしても、すべては捜査のためだと言えるということだ」

「それは大袈裟《おおげさ》じゃありませんか？」

「大袈裟ではない。もともと公安は仕事の性質上単独行動が多い。なかでも新たな情報提供者を獲得したり、提供者から情報をもらったりする仕事の大部分は単独行動だ。そこに非透明性が生じる。少し前の話だが、我々は警視庁公安二課のある警部を内偵したことがあった。仮にKと呼ぶが、Kがある大手企業の労働組合の幹部の息子を覚醒剤《かくせいざい》所持の現行犯で逮捕した。その息子はこれまで覚醒剤など服用したことはなく、買ったこともなかった。Kが労務担当役員からなにがしかの賄賂《わいろ》を受け取って、組合潰しのためにやった疑いがあり、我々はKの身辺調査を始めたんだが、Kが感づいて上司に報告し、それが本庁の警備局長にまで伝わって官房長に抗議が来た。調査中止命令が下り、我々は結局Kの行為を立証することができなかった」

秋吉は肩をすくめた。

「こんなこともある。ある右翼団体幹部と広域暴力団幹部との個人的交流の暴露本を書いたフリージャーナリストが自宅を銃撃され、出版差し止めと回収の要求を飲まなければ娘と息子を殺す、と書いた脅迫状が送られた事件があった。脅迫状には娘と息子が通っている私立中学の名前も書かれていた。そのジャーナリストは筆名で本を書いたので、本名や自宅の住所、ましてや娘と息子がいるなどという情報が脅迫者に知られたという事実が不可解でならなかった。だが、彼はそこでひとつの可能性に思い当たった。問題となった本の執筆の際、極秘でインタビューに応じてくれるよう頼んだものの断られた警視庁公安三課の警部だ。彼がその右翼団体の幹部に、ジャーナリストの個人情報を流した可能性があった。この件が長官官房まで伝わり、我々がその警部の内偵調査を始めたのだが、半月ほど経《た》った頃、また警備局から抗議がきて我々に中止命令が下った。問題の警部がある右翼団体幹部を内偵中だから、邪魔するなとね」

気のめいる話だった。秋吉は小さくため息をつき、「確かに相性が悪いですね」と呟《つぶや》いた。

堀内の話が自分の任務とどう繫《つな》がってくるのか、なんとなく予感があった。

堀内がとっくに冷めたコーヒーを一口すすり、口を湿らせた。

「我々は今、また新たな公安警察官の内偵を始めている」

「今度は潰されないといいですね」

堀内はその言葉を無視した。そして机の引き出しを開けると意外な物を取り出した。リモコンだった。リモコンを鏡に向け、スイッチを押すと、鏡が一瞬にして素通しガラスに変わり、目映《まばゆ》い光が向かいの壁に照射された。

「悪いがそこのスイッチを切ってくれ」

堀内に言われ、秋吉は椅子《いす》から立ち上がって壁に埋め込まれた天井のライトのスイッチを切った。

8

「これは目黒区上目黒三丁目にある、ヒル・ストーン・ヴィラという店舗と住居の複合ビルだ。山手通りから少し奥まった所に建っている。店舗は四つ入っていて、その中のひとつに会員制のバーがある」

白洲は火照《ほて》った頭の中になんとか佐山の説明をインプットしようと頑張っていた。まったく予期しない運命の急転に白洲はただただ驚き、狼狽《ろうばい》していた。

ある極秘の任務を遂行すれば罪は不問に付す、ときた。これが狼狽せずにいられるか。任務を引き受けなければ刑務所行きとなれば、選択の余地などはなからなかった。

白洲に心の準備をする暇も与えずに、佐山は部屋を暗くして、壁に埋め込まれた投映機を動かした。

「この店の名前は『クリング・クラング』といって……」

「なんですって?」

「『クリング・クラング』だ。ドイツ語の擬音で、日本語でいうとさしずめガタンゴトンというところだ」

「ガタンゴトン……」しょうもない名前だな、と白洲は思った。

「店のオーナーは相沢弘樹。元俳優だ。昔の芸名は響堂弘樹。知ってるかね？」

白洲は目を丸くした。

「知ってますよ。俺が高校生の頃『首都大捜査線』という刑事ドラマでデカ長役で出ていた。映画にもよく出ていた」

「そうだ。その響堂弘樹だ」

「すっかり顔を見なくなったと思ったら引退していたんですね」

佐山は頷いて、「六年前に胃癌《いがん》の手術を受けた直後に芸能界から引退して、夫人とどこかへ雲隠れした。それが二年前にひょっこり東京に現れてこの店を作った。店は夫人と共同経営だ。会員制だから当然、客は限定される。我々が独自に調査したところ、この店にはかなり、ユニークで急進的な人間が集まってくるようだ。例えば」

画面が暗転し、次のスライドが映し出された。明らかに上方遠距離から撮影された、暗くて粒子の粗い写真だ。ビルのアーチ状になった門から出てくる二組のカップルが映っていた。

「右端の眼鏡をかけたずんぐり体型の中年男は篠田義文、映画監督だ。知ってるかね」

「名前だけは」白洲は答えた。

「その左隣の小柄な女は芦田頼子といって、サーチングプロダクツという輸入代行会社の女社長だ」

「へえ、そっちのサングラスのでかい男は？」

白洲は他の三人より頭一つ半飛び出した、ひときわ背の高い痩《や》せた男を指さして訊《き》いた。

「男じゃない、女だ」

「えっ！」白洲は思わず上半身を前方へ乗り出し、目を凝らした。

暗いので服装は黒っぽいスーツだということぐらいしかわからない。幅広い肩、がっしりとした顎《あご》、茶色っぽくて短い髪。やはり男にしか見えない。だが、肌の色は男にしては白く、透明感があるように見えた。

「これが女……」

「有川奈美というファッションモデルだ。父親はフランス人で、ハーフだ」

「どうりで……で、左端の髭《ひげ》もじゃの奴《やつ》は？」

「岡部哲晃というゲイの写真家だ。去年、初めての写真集を出したばかりの新人だ。男のヌードを撮っている。それから……」

また新たなスライドが映し出された。今度は一組のカップルだった。二人とも暗くて顔はよく見えない。

「女の方だが……実はこれが男で、女装していた」

「女装？」白洲は左右の眉《まゆ》をくっつかんばかりに寄せた。

「ああ、渋沢泰人という前衛舞踏家だ。なんでも素っ裸にペンキを塗りたくって舞台の上で喚《わめ》きながらのたうち回るという芸をやっているらしい」

白洲は想像してみた。そして見たくねえな、と思った。

「そして男の方だが」

「まさか男装した女だなんて言いませんよね」

「実はその通りだ」

白洲は自分の立場を忘れて、思わず笑いそうになった。

「広野昌子。六本木にある会員制ＳＭクラブのオーナーだ。かなり有名で、高級な店だ」

「なるほど、こりゃ急進的だ」

それからさらに何枚かのスライドを見せられた。いずれも『クリング・クラング』の客だ。

ベンチャー企業の社長、作家、無職の金持ちの御曹司、前衛音楽家、劇団の研究生、有名無名を問わずいずれも癖のある人間ばかりだ。それ以上に驚きだったのは彼らの相当数が女装、あるいは男装して店に出入りしていることだ。また佐山によると、外見は普通でもゲイやレズビアンが多いということだった。そういった事実から客達が性に関しても急進的な考えの持ち主であることが窺《うかが》えた。

曲がりなりにも警官である白洲にとって、まったく違う世界の住人だった。ひたすらやりたいことだけをやっている人間、あるいは社会的に成功して一風変わった刺激を求めている人間、世間の枠組《わくぐ》みを軽々と突き抜けた人間、そういう人間達が『クリング・クラング』の客だった。

「最近、この店の客に新たなメンバーが加わった。それが外事一課の警部だ」

「そんな馬鹿な」白洲の声が思わずうわずった。「警視庁のマル公がこんなすげえメンツの仲間になんかなれるわけがない。きっと身分を隠して潜入捜査をしているんですよ。胡散《うさん》くさい人間が多いですからね」

「確かに彼は店に集まる客たちに、自分はフリーのジャーナリストだと言っている。だが、潜入捜査なのかどうかはわからん」

「どうして知っているんです？」

「連中の会話を盗聴したんだ」佐山はこともなげに言った。

新たなスライドが投映された。

マンションの階段を下りてくる男の横顔と上半身が映っていた。

髪は、上は長めで後ろと横は刈り上げている。頬はややふっくらしているが、太っているわけではない。首は細めで、肩幅は広い。

公安警察と刑事警察の畑の違いはあってもなお、雰囲気は警察官そのものだ。

「警視庁公安部外事一課警部、石巻修次。四十七歳。警察学校時代の成績は常に上位五パーセントに入っていた優秀な男だ。君も知っていると思うが、成績の良い者は大抵公安に行く。二十九歳の時に結婚して、十七歳の娘が一人いる」

「会話を盗聴したと言いましたね。一体どうやってマイクを店の中にしかけたんですか？」

「あそこは客のために数種類の新聞をとっているんだ。読売、毎日、日経、スポーツ新聞、だが朝日新聞はとっていなかった。そこで阿倍警部が朝日の勧誘員を装《よそお》い、強引に店の中へ入って響堂と押し問答した。そして隙《すき》を見てカウンターの裏に盗聴器を仕掛けた」

　話を聞きながら、白洲は下を向いてクックッと笑い出した。佐山の顔が強《こわ》ばる。

「何がおかしい」

「いや、日本警察も変わったもんですね」

「何を言いたい」

「よりによってデカが一般市民に朝日新聞を勧めるとはね」

「もう充分笑ったかね」

　白洲は笑いを引っ込めた。「ええ、先をどうぞ」

「連中の会話を録音したテープがある。重要だと思われる部分だけを編集し、紙に書き写した。これだ」

佐山は白洲に数枚の書類を手渡した。「石巻は、店では筒井という偽名を使っている」と言って、机の引き出しからまた別のリモコンを取り出し、投映機の方に向けてボタンを押した。

前方の壁に埋め込まれた二台のスピーカーから奇妙な音楽が流れ出した。

原始的な太鼓のやや不規則なリズムにシンセサイザーの複雑な和音（時には不協和音としか聞こえない）、それに金属を引っ掻《か》くような効果音がかぶさっていた。

店に流れている音楽らしい。

白洲は会話のメモを見ながら耳を澄ました。

メモの頭には会話の録音された日付が記されていた。最初は六月四日。

岡部（ゲイの写真家）「どうですか、最近仕事の方は」
石巻「ぼちぼち新しい仕事を始めようかと思っているところです。ここんところずうっと怠けていたもんで、そろそろ働かないとね（笑）」
有川（モデル）「今度はどんなテーマを？」
石巻「ええ、世界は麻薬の合法化を真剣に考える時期に来ているのではないかというテーマです」

岡部「そりゃすごい。実を言うと、僕もそろそろ麻薬の合法化を考えてもいい時期なんじゃないかと思っていたんだ。すくなくともマリファナやダウナー系のドラッグならね」

有川「あたしもマリファナは賛成。だって全然有害じゃないもん。アルコールの方がよっぽど体に悪いわよ。筒井さん、マリファナはやるの？」

石巻「うん、月に一服くらいだけど」

有川「あたし週に三服やってるんだ……ははは」

（三人の笑い）

石巻「麻薬を合法化することは犯罪組織の最大の資金源を断つことになるから、僕は賛成なんだ。司法関係の人たちも密《ひそ》かにそういう考えを抱いている人は少なくないと思う。ただ、そんなこと表だっては言えない。そこを僕がなんとか説得して言わせるように仕向けようかな、と」

岡部「うん、それは偉い。是非やるべきだ」

テープが止まった。

佐山と目が合った。感想を求められているような気がした。

「現職のマル公が麻薬の合法化について議論ですか。まあ、マル公にしちゃ進歩的かもしれない。でも、別にこういうことについて議論したからって悪いことなんかないでしょう？」

佐山はまたリモコンのスイッチを押した。

広野（SMクラブのオーナー）「……ウチの常連には現職の警察官や検事や弁護士も何人かいるのよ。皆、かわいそうなくらい日常生活にウンザリしているのよ。あなたにだって変身願望はあるでしょう？」

石巻「そりゃありますよ。でもMはちょっとなあ、どちらかと言えばSの方が性に合っていそうだ」

広野「一度いらっしゃいよ。秘密は厳守するから安心よ。あなたの仕事に役立つような、警察や司法関係の人と知り合えるかもよ」

「やるなあ、石巻」白洲はぽつんと漏らした。

9

「石巻警部のキャラクターというか、パーソナリティーについては大体わかってもらえたと思うが」

「まあ、なんとなくですが」秋吉は答えた。

「どう思うかね？」堀内はただでさえ出ている下顎をさらに突き出して訊いた。

「どう思う、といっても……別に悪いことはしていないのでしょう？　彼が何かたくらんでいるとでも？」

「少なくとも放っておいてもいい人間だとは、我々は考えていない」

「警察官としてあるまじき思想を持ち、性に関する歪《ゆが》んだ意識を持った怪しげな人種と付き合っているからという理由で監視の対象になってしまうんですか。私が思うに、これは彼にとって仕事なんじゃないでしょうか」

「仕事？」

「ええ、この店に現れる客の誰かと接触するために潜り込んだんですよ」

「もちろんその可能性もなくはない」

「あの、不思議に思ったのですが、そもそも彼を監視することになったきっかけは何だったんです？」

「密告電話だ」堀内は答えた。「我々の部署にはしょっちゅう匿名《とくめい》の密告電話がかかってくる。そのほとんどが警官だと思われる。自分の所属部署で不正が行なわれているのを見過ごすことはできないが、実名で告発すれば後が恐《こわ》いから匿名で密告する、或《あ》いは上司や仲間からいじめにあっている警官が復讐《ふくしゅう》のために相手の弱みを摑《つか》んで、我々に教えてどこかに飛ばしてもらおうとする、パターンはいろいろだ。今回の件も石巻という警視庁公安部外事一課の警部が警官にふさわしくない店に出入りしているという電話がかかってきて、それで調べてみたわけだ」

「外事一課は彼のこういった行動を把握しているんでしょうか」

「わからない。外事一課はロシア担当だが、ロシアのマフィアと関係していそうな人間が客の中にいるとはどうも思えない。絶対に仕事と関係ないとは言い切れないが、そうでない可能性の方が高いと我々は考えている」

堀内は言い、ぬるくなったコーヒーのカップに手を伸ばしかけて、やめた。

「それに、石巻が我々にマークされるのはこれが初めてじゃない。三度目だ」

堀内は〝三度目〟という部分を強調した。

「前は何をやらかしたんです？」

「彼がまだ公安二課に在籍していた頃、ダイトーという大企業の経営陣が組合幹部を懐柔する現場に、彼が立ち会っていたという疑惑が持たれた。もう一件は外事課に移ってからだが、旧ソビエトの特殊部隊であるスペツナズが使っていた特殊ナイフを輸入・販売しようとした人間から、今後外事一課の要注意人物のリストに登録しない見返りとして、かなりの金品を受け取ったという疑いが持たれた。結果から言えば、我々は二件とも立証することができず、負けたわけだが」

いかにも悔しそうな言い方だった。なんだかその時の恨みからこだわっている気がして、嫌な感じだった。

「それで、僕は何をすればいいんですか？」

そう言いながら、秋吉には大体想像がついていた。

「石巻警部の目的を探り出して欲しい。なぜ君か、という答えはおそらくもうわかっているだろう」

「僕に女装癖があるから」

堀内は頷《うなず》いた。「それに、もうひとつ理由がある。特別監察官でない君を送り込むことで、これまでのような警備局とのいざこざを避けたいからだ」

「君が捕われても当局は一切関知しないからそのつもりで、ということですか」

「まあ、テレビドラマ風にいえばそういうことだ」

秋吉は驚くやら呆《あき》れるやらで、すぐには言葉が出てこなかった。

「あの……つまり、なんといいますか……要するにあの……スパイ、ということですよね」

秋吉は堀内の顔色を窺いながらおずおずと言った。

堀内はスパイという言葉を聞いても顔色ひとつ変えない。

「どうしてもそうする必要が生じた場合だけだ。我々の人数は限られているし、表だって監視できない場合も多い」

悪びれるふうでも、言い訳するふうでもなく、淡々と答えた。

「うまくいくと思ってらっしゃるんですか？」

「無理があると？」

「ありますよ。女装癖があるというだけで、あのバーに出入りできると考えるのは甘いですよ。それに、僕の身分はどうするんです？」

「まず、あの店の常連の一人と親しくなることから始めるんだ。ターゲットに相応《ふさわ》しい人間は我々が選ぶ。君の身分は芸術家ということにすればいい。面倒な身分証明が必要ないからね。それより、大切なのはああいった連中の輪の中にすんなり入っていけるか、だ。それさえできれば、君の正体など連中は大して気にしはしない」

「石巻が勘繰るかも」

「もし彼が君を疑うようだったら、その時は我々の方で手を打つ。それから君にはパートナーがつく」

冷えたコーヒーカップに伸びた秋吉の手が止まった。

「なんですって？」目を二度しばたたいた。

「我々は君を一人で自由に行動させるつもりはない。だから監視役兼相棒と行動してもらう。そして君もまた彼の監視役となるんだ。お互いがチェックし合えばいい加減な仕事はできない」

「邪魔になるだけですよ」

これで罪が不問に付されるなら、やるしかないかという気になった途端、必要もない相棒がついてくると聞かされ、うんざりした。

「せっかくやってみようかという気になったんです。一人でやらせてください。その方がきっとうまくいきますよ」

しかし秋吉の願いは聞き入れられなかった。

「盗聴器があるんだから、それで僕の仕事ぶりをチェックできるじゃありませんか」

秋吉は食い下がったが、堀内はあくまで首を横に振るだけだ。

「駄目だ」

「どうして……」

「盗聴器から何も聞こえなくなったんだ。発見されたか、壊れたのか、とにかく機能しなくなった」

「もう一度しかければいい」

「もしも発見されたのなら、オーナーの響堂は相当用心深くなっているだろう。また仕掛けるといっても当分は無理だ」

「開店前に忍び込めばいいじゃないですか」

堀内が刺すような目で睨《にら》んだ。

「我々に不法侵入しろというのか。相手は一般市民なんだぞ」

秋吉は大きなため息をついた。顔を俯《うつむ》けたまま訊《き》く。

「一体どんな奴《やつ》が相棒なんです？　彼というからには男なんでしょう？」

「紹介しよう。来たまえ」


秋吉を従えた堀内はその部屋のドアの脇《わき》のボタンを押した。

電子ロックが外れるカチリ、という音がして、開いたドアの隙間から四十半ばの男が顔を見せた。堀内とその男は目で頷き合い、次いでドアが大きく開かれた。

堀内が秋吉を振り返り、入るよう目で促した。

秋吉は嫌な緊張感で全身を強ばらせ、部屋の中へ入った。

部屋の真ん中に机があって、髪の短い、長身の男が座ってこちらを見ていた。

やや面長で、額はひろく、鼻の下の筋が深い。眉毛《まゆげ》が濃く、眉間《みけん》にもまばらに生えているため左右がつながっているように見えてしまう。

生理的に苦手なタイプだった。

粗暴、癇癪《かんしゃく》持ち、横柄《おうへい》、弱いもの苛《いじ》めをする。そんなイメージが次々と沸き起こった。

堀内が二人の間に立った。

「紹介しよう、警視庁捜査一課強盗犯第一係の白洲勝彦警部補だ。白洲君、こちらが、捜査一課強行犯第二係の秋吉宗貴警部補だ。お互い顔くらいは知っていると思うが？」

確かに顔は何度か見たことがある。庁舎のトイレや、廊下や、駐車場でだ。向こうも自分の顔に見覚えはあると思う。しかしそこは大所帯の捜査一課のこと、まともに口をきいたことはない。

「普通は挨拶《あいさつ》くらいするもんじゃないかね」

見かねた堀内が言った。

「どうも、秋吉です」秋吉は白洲の首の辺りを見ながら、軽く会釈《えしゃく》した。

「白洲です」白洲も秋吉の目を見ずに挨拶した。低い、怒ったような声だった。

第2章

1

大手複合企業ダイトーグループの経営内容は、郊外型スーパーマーケット、ステーキレストランチェーン、不動産、DPEショップなど多岐にわたっている。

本社ビルは銀座六丁目にある。八階建てのビルの最上階にある幹部クラス専用の中会議室に今、八人の男が顔を揃《そろ》えていた。

議題はまったく楽しくないものであり、円卓を囲んだ皆がほぼ同じ角度に眉《まゆ》を傾けていた。

「〝溺《おぼ》れる魚〟から新たな要求がありました」

本社総務部長の竹橋という、目の下にドレープカーテンのようなくまのある男が告げた。

残りの人間は、そんなことわかってるから早く内容を教えろと急《せ》かした。

「ええ……今度の要求は」

「今度は誰を生け贄《いにえ》にしろとぬかしてるんだ」

怒鳴りつけるような声が上がった。

人事部長の須崎という、上下左右どの角度から見てもほぼ球形の頭部を持った男だ。

「また人を馬鹿《ばか》にした要求なのか？」

広報部長の鳩田《はとだ》という、たった今墓から蘇《よみがえ》ったように痩《や》せている男も苦しげな声で訊《き》いた。

「ええ」竹橋は重々しく頷《うなず》き、顎《あご》の下に肉のたるみを作った。

「しかも前回よりさらに馬鹿げたものです」

それから心苦しくて仕方がないというふうにため息をつき、七人の男を見回した。

男達は竹橋の目が自分のところで止まりはしないかと気が気ではなかった。彼の目が自分のところで止まったら最後、人生最大の屈辱を味わうことはほぼ確実なのだ。

「緒方部長」

「何っ！　俺なのかっ」

線のように細い目に厚さ七ミリもある眼鏡をかけ、肥満児のようにプリッとふくらんだ頬と、極度に後退したおとがいを持つ緒方経理部長がヒステリックな声を上げた。

それと同時に残る六人の幹部は皆密《ひそ》かに安堵《あんど》の息を漏らした。

「なんだっ、俺に何をしろというんだ！」

「緒方君、落ち着いて」

緒方の右隣に座っている営業第一部長の城山という、異様に太い眉と濃い髭《ひげ》の色黒男がたしなめた。

「これが落ち着いてなんかいられるかっ！」

緒方は臭い口から唾《つば》を飛ばして怒鳴った。

「要求は何なんだ、早く言え」

自分が犠牲にならなくて済むとわかった須崎は、勢い込んで竹橋に横柄《おうへい》な口をきいた。

（何なんだその命令口調は。貴様、いつから俺に命令できる立場になったんだ、この顔面ボールめ）

竹橋は内心毒づきながらも、今から三時間前に総務部に届いたファックスのコピーに改めて目を落とした。

「脅迫状にはこう書いてある。本社緒方経理部長に以下述べる行動を取らせよ。来たる八月十三日の水曜日、経理部長は正午きっかりに銀座Mデパートの正面玄関前に現れよ。服装は……」

竹橋はそこで言い淀《よど》んだ。

（こんなの狂気の沙汰《さた》だ）

「服装は……上は白のタンクトップ。黒マジックで前面に〝男気〟、背面に〝嫁さんヨロシク〟と大書すること」

「なんだとお！」緒方が喚《わめ》いた。

「下はグリーンの迷彩柄の短パン。靴下はクマのプーさんがプリントされたハイソックス、靴は黄色のデッキシューズ」

「ふざけるにも限度がある！」

鳩田が、ほとんど骨と皮だけの手で机をドンと叩《たた》いた。

残りの人間は、笑いを押し殺すべく怒りの形相を取り繕うのに必死だった。

「そして頭にはアメリカ・ニューヨーク市警の制帽を被《かぶ》ること。その格好で中央通りを新橋駅に向かって、きょ……（咳払《せきばら》い）……競歩で、あ、歩くこと……ぷ、ぷぷ」

竹橋は物凄《ものすご》い形相で唇の端を嚙《か》み締めた。

「笑ったな！　よくも笑ったな」

緒方がついに立ち上がり、竹橋に指を突きつけた。目にはうっすらと涙が滲《にじ》んでいた。

そして笑いをこらえているのが竹橋だけでなく、全員であることを知り、「おまえ達、俺が恥をさらすのがそんなに嬉《うれ》しいのか、人でなしめっ！」と喉《のど》を嗄《か》らしそうな声で叫んだ。

皆の笑いがすうっと引いていった。

「で、要求を飲まなかった場合は、またあれか?」

比較的早く冷静さを取り戻してそう訊いたのは、営業第二部長の西本という馬面《うまづら》で鼻の穴の大きな男だ。

竹橋は頭を振って、競歩している緒方のイメージを頭の中から追い出した。

「前回と同じです。都内の六十分DPEショップを標的にすると」

「こいつはえらいことだぞ」

西本が大きすぎる鼻穴をさらに大きくして、わかりきったことを言った。

「また奴《やつ》らの要求を飲むしかないのか」

城山が苦渋に満ちた声で言い、胸ポケットから煙草《たばこ》の箱を取り出して一本抜いた。

「ふざけるな、俺は死んでもそんな馬鹿げたことはしないぞ」

緒方が城山を睨《にら》みつける。城山も睨み返す。

「俺に噛みつくな。奴らがあんたを指名してきたんだ。しかたないじゃないか」

「じゃあ、もしも指名されたのが自分だったら、あんたやるか? 変態まる出しの格好をして銀座を歩くか!」

「緒方君、私も前回は生き恥をさらした」

冷静な声で言ったのは馬面の西本だった。

二カ月前にも〝溺れる魚〟と名乗る者から脅迫状がファックスで届けられた。西本を指名し、彼にとんでもない服装をさせ、新宿駅南口の前の通りを四十回も行き来させるよう指示してきたのだ。

犯人が指定した服装は、胸にひだのついた綿の白シャツに、裾《すそ》が異様に広いベルボトムジーンズ、靴は底が七センチ以上あるいわゆる弁当箱ブーツだった。そして右の脇《わき》にポータブルＣＤプレイヤーを抱え、左右のスピーカーには新沼謙治と千昌夫のブロマイドをテープで貼《は》っておけと指示してきた。さらに、決して照れ隠しのサングラスはかけるなとまで。

もしもこれらの要求を拒んだり、わずかでも違えたら、都内に二百以上ある六十分ＤＰＥショップを攻撃するという脅しだった。

幹部達全員が、西本に個人的恨みを持つ者のいたずらだと考え、指定された当日は結局何もしなかった。

その翌日、正午から午後三時までのわずか三時間に練馬、十条、水道橋、東高円寺の四カ所のダイトー六十分ＤＰＥショップで、フィルム現像機の大きなトラブルが相次いで発生した。

アルバイトの店員がフィルムをフィルム現像機に流したところ、乾燥を終えて出てきたフィルムに異常が見つかった。色と濃度のコントラストが異様に低く、コマとコマの間も不鮮明。それは段々とひどくなり、最後には何が写っているのかさっぱりわからないものばかりになった。

ある時点から、どの客が持ち込んだフィルムもそうなのである。焼き付けた写真も当然まともに見られたものではなく、クレームが相次ぎ、本社までが大騒ぎになった。

すぐに技術者の社員が各店舗に派遣され、原因の調査が行なわれた。

原因はすぐにわかった。

フィルムの現像液タンクに漂白・定着液が混ざっていたのである。カラーネガフィルムは現像の際、必ず現像液から漂白・定着液へと流れる。この順番は絶対で、漂白・定着液が現像液に少しでも混ざってしまうと現像液はもう使い物にならなくなり、そこにフィルムが入るとフィルムも駄目になる。それぐらい厳密なのだ。

技術者は首を傾《かし》げた。普通に考えてこのようなことが起こるわけがないのだ。フィルム現像機は、撮影済みのフィルムをセットして蓋《ふた》を閉めれば後は自動的に現像が行なわれる。機械の構造上、漂白・定着液が現像液のタンクに逆流するなどということは絶対にありえないのだ。

誰かがわざとやったのなら別だが。

本社に戻った技術者は幹部たちにこう説明した。

「フィルム現像機への破壊工作です」

〝破壊工作〟という耳慣れない言葉に、幹部達は動揺した。

「これは私の推測なんですが、誰かが、偽名でフィルムを同時プリントに何本かまとめて出したとします。その出したフィルムのパトローネの中に漂白・定着液が既に入れられていたのです。漂白・定着液は大型のカメラ屋の暗室用品売り場で誰でも買えるものですから、パトローネの底蓋を開け、巻いてあるフィルムの中心にそいつをスポイトか何かで二、三滴垂らし、また元通りに閉め、それから何食わぬ顔でウチの店に同時プリントを出したのです」

「〝溺れる魚〟だ」誰かが呟《つぶや》いた。「奴はこの事を言っていたんだ」

「現像液に漂白・定着液が混ざってしまったら、四槽ある処理液のすべてが駄目になってしまいます。元通りにするには処理液タンクをすべて水で洗浄して、それからもう一度液を作って入れ直さないとならない。洗浄には二時間以上かかるし、現像液を全部作り直したら一店で十万円以上の損害になります。そうなってしまった状態で流したフィルムは、勿論《もちろん》すべておしゃかです。その間、業務はストップし、客からは苦情が殺到、信用はガタ落ち、そして利益はみんな他の競合店へ流れてしまいます。都内にダイトーフォトステーションは二百店舗以上もありますから。もしも今後、そんな事があちこちの店で起きたら、わが社にとって、莫大《ばくだい》な損害になるでしょう」

幹部達の顔から一様に血の気が引いていった。

「トラブルが起きたのは一番忙しい時間帯で、受付した人間も若い男の人ということしか覚えていないそうです。ある店ではジーパン姿で眼鏡をかけていたとか、また別の店ではスーツを着た会社員だったとか……同一人物かもしれないし、違うかもしれない」

会議室を重苦しい沈黙が包んだ。

「フィルムのパトローネを見てわからないか？　一度外してまた閉めた底蓋にはきっと何か痕跡《こんせき》があるはずだ」

発言したのは、深海魚のようにギョロッと大きな目をした商品開発第二部長の秦野だ。

その発言に対して、商品開発第一部長の梅林が顔をせわしなく左右に振った。

「無理だよ。カメラ屋の暗室用品売り場に行けば、詰め替え用のパトローネがいくらでも手に入る。それにだよ、そんな痕跡を確認するよう全従業員に徹底させるってのも無理だ」

結局、この破壊工作に関しては今のところなんら防御方法がない、という結論に達した。

その日の夕方、もう一度〝溺れる魚〟からファックスが届いた。

〝無視するなよな。もう一度チャンスをくれてやるからさ〟、そして新たな日づけと場所を指定してきた。

幹部達は恐る恐るこの話を上層部へ持っていった。

重役室で報告を受けた専務の保坂峰太郎は目に怒りを湛《たた》え、しばらく黙っていたが、やがて意外なことを言った。

「うまい手を考えついたもんだな」

萎縮《いしゅく》している梅林と秦野を交互に見て言った。

「そんな簡単な手があったとはな。盲点をつかれた。そうだろ？」

二人は兢々《きょうきょう》とうなずいた。

「防ぎようがない。しかも毒入り缶ジュースをスーパーやコンビニに置くのと違って、捕まっても罪は軽い。誰の命も危険に曝《さら》さずに会社に大損害を与えられるわけだ」

「やはり、警察に届けた方がいいでしょうか」

秦野のその言葉で保坂の顔つきが急に険しくなった。

「何を言っているんだ、お前は」

秦野は自分の何が悪いのかわからないまま、とりあえず謝った。

「この破壊工作の手口がもしマスコミによって世間に知れたらどうなると思う？　誰もが簡単に真似《まね》できるんだぞ、どういうことになるかわかっているのか」

保坂の顔がみるみる赤くなってきた。

梅林と秦野は斬首《ざんしゅ》を待つ罪人のように頭を垂れた。

「簡単に真似できる犯罪ってのは必ず大流行するんだ」

「いや、警察に届けるだけなら事件が漏れることは……」

「ないと言うのか？　絶対にないと言い切れるのか。スクープに飢えたどこかの週刊誌やら夕刊紙が嗅《か》ぎつけないと言い切れるのか？」

秦野はもう一度謝ったが、保坂は容赦なかった。

「世間に明るみに出たとき、おまえはその責任を取れるのか？　防ぎようのない破壊工作を防ぐためには新型機械の開発と導入が必要になる。グリコ・森永事件で菓子会社が新しいセロファンを開発するのにいくらかかったか知っているか？　数億円規模だぞ。一体いくら費用がかかるのか、お前らはほんの少しでも考えたことがあるのか。売り上げが四年連続で落ち込んでいる部門に、そんな新型機械を造って取り入れる金がどこにあると思っているんだ、少しは頭を使え」

秦野と梅林は消え入りそうに縮こまった。

「要求を飲んだ方が安上がりだ」保坂は宣言した。

その言葉には秦野も梅林もさすがに呆気《あっけ》に取られた。

「もう少し相手の出方を見るんだ。奴らは愉快犯だ。金を要求するわけでもないし、不特定多数の人命を楯《たて》に取ることもしていない。そんな奴らに警察が本腰を入れてくれることは期待できないと思う。さんざんやりたいだけやったら、飽きて脅迫がパッタリ止《や》むということも考えられる」

保坂の発言に、指名された西本は怒り狂ったが、保坂は聞かなかった。三十分にわたる他の幹部達の説得により、やむなく生き恥を曝す役を引き受けたのだ。

「なぜ俺が、と思っているだろう？　私もそう思ったよ。だが会社のためにやらねばならないんだよ。こういう企業テロが捕まえにくいことは君だって知らないわけじゃないだろう。おそらく犯人はウチの会社の元、あるいは現従業員だろう。だがウチの会社は正社員とアルバイトで年間約二千人が出たり入ったりしているんだ。その中から犯人を見つけだすなんて土台無理なんだよ」

「ではこのまま要求を飲み続けるのか？」緒方が泣き声混じりに言った。

「やれやれ。金を要求してくる奴の方がよっぽど対処しやすい。大抵金の受け渡しの時に逮捕できるからな。だが、この〝溺れる魚〟ときたら、一体何を考えているのかさっぱりわからん」

須崎が顔に浮き出た汗をクシャクシャになったハンカチで拭《ぬぐ》いながらぼやいた。

「一体どんな奴なんだろうな」梅林が誰にともなく言った。

それには秦野が答えた。

「若い奴さ。こういう遊びの延長で犯罪にまでいっちまうのは、いかにも最近のガキっぽい。奴らにしたら単なるゲームなのさ。大人をからかって遊ぶゲームだ」

「そうかなあ、確かにそういう感じもするにはするが、DPEショップへの攻撃手段なんかを考慮に入れるともう少し大人、二十代あるいは三十代の前半っていう気もする。精神的に未熟な大人だ。もっとも最近の二十代、三十代の奴なんか皆未熟だけどな」

竹橋がわざと大きく咳払いをした。皆の視線が彼に集まる。

「それはそうと、脅迫状にはまだ先がある」

それを先に言えよ！　と皆が口々に責めた。

「警察には届けるな。警察に届けたら、我々はあらゆる手段を講じてこの攻撃方法を世間に広めてやる。誰もが簡単にできる、ということを忘れるな。〝溺れる魚〟より」

不穏な空気が部屋に広がった。

保坂の読みは正しかった、とその時誰もが思った。

要求を飲む方が安上がりだ。

2

「で、どうするつもりなんです？」

石巻修次は山手通りを走るサファイアブルーのダイムラー・ダブルシックスの後部座席に足を組んで、背中を革張りのシートに預けていた。口元には哀れむような笑みが浮かんでいる。

外は三十度以上の真夏日だが、車内は冷蔵庫並みに冷えていた。

「要求を飲むしかないでしょう。二百店舗以上もあるＤＰＥショップを攻撃するなんて言われたら、他にどうしようもない。防ぐ手立てはないんですからね」

ダイトーグループの重役、保坂峰太郎は忌《い》ま忌ましそうに答えた。車内は充分冷えているのにしきりと顔の汗をハンカチで拭う。

「それにしても」石巻は胸ポケットからゴールデンバットの箱を出して一本抜いた。

「その緒方という男はよく承知しましたね。きっと骨の髄まで会社人間なんでしょうね」

石巻はやや上体を起こして煙草を口にくわえ、ライターで火をつけると再びシートに踏ん反り返った。

ルームミラー越しに運転手が、やや上目遣いに石巻を睨んでいた。どうしようもなく陰気な目だった。二十二、三というところだろうか。短く刈り上げた髪、広い額、吊《つ》り上がった細い一重の眼には世間に対する不満と怒りがたまりにたまっている。

石巻は動ずることなくその視線を受けとめた。

運転手はすぐに目を逸《そ》らせるのは癪《しゃく》だと思ったらしく、そのままコンマ五秒ほどさらに睨んでから、視線をすっと前方へ移した。

「私だったらその日のうちに会社とおさらばするだろうな。そんな、人を馬鹿《ばか》にした要求に従うくらいなら、失業した方がましだ」

「緒方には妻と、息子が三人いるんだ。人間としてのプライドも勿論大事だが、時にはプライドを捨ててでも何かを守らなくてはならない時がある」

石巻はその言葉を右から左へと聞き流した。会社奴隷《どれい》の論理になど興味はない。

「それで、その後の調査はどんな具合ですか？」

保坂が話の核心に入ろうとした。彼とて暇ではないのだ。

「事の全貌《ぜんぼう》が見えてきたら、お話しします。それまでもう少し待っていただきたい」

保坂の顔が強《こわ》ばった。腫《は》れぼったい目蓋《まぶた》に覆《おお》われた眼は、俺をだますつもりじゃないだろうな、と言っていた。

「でも、何か摑《つか》んだことは摑んだのでしょう？　だからこうして連絡を寄越したのでは」

「いいえ、調査費用の追加分を頂きにきただけです」

石巻は平然と言ってのけた。たとえ摑んでいたとしても教えるつもりはない。そんなことをすればこの男は勝手に動き出すに違いない。

保坂の目に激しい怒りが宿った。

（この野郎、人の弱みにつけこんで好きなだけふんだくるつもりだな）保坂の心の叫びが聞こえるような気がした。

左側頭部に刺すような視線を感じたのでそちらを向くと、やはり運転手の若造が保坂と同じ目で自分を見ていた。

「この前渡した分は……」

「なくなりました。情報を取るためにある店に通わなければならなくなりましてね。いささか高くつくんですよ」

嘘《うそ》だった。『クリング・クラング』は良心的な値段で飲める店である。

保坂は鼻からふう、とため息をついた。

「わかりました。そういうことなら……」

スーツの内ポケットから白い封筒を取り出し、石巻に差し出した。石巻はそれを受け取り、封筒の口を開け、中を見た。ざっと三十万というところか。金は保坂のポケットマネーだろう。

「そう長くはかかりませんよ。ご心配なく」

「なんという店かだけでも教えてもらえませんかね」

保坂は食い下がった。

石巻はききわけの悪い爺《じい》さんだな、というふうに苦笑いを浮かべ、

「それを教えたら、あなたはきっとお友達の総会屋におっかないお兄さんの出動を頼むか、子飼いの社員を使うかして店の周囲を嗅ぎ回らせるだろう。そんなことにでもなったら私がやりにくい」

「そんなことしやしませんよ」

「いいや、する。あなたは常に、なんにでも保険をかけたがる。そうでしょう？」

保坂は追及をあきらめた。そのかわりせめて釘《くぎ》を刺しておこうと思ったらしい。

「できるだけ早く、犯人を見つけだして欲しい。奴《やつ》は、どんどん要求をエスカレートさせ、そのうち私や、会長にまで屈辱の儀式をさせようとするだろう。そんな卑劣な奴は絶対に許せない」

卑劣か。どっちが卑劣だか。石巻は皮肉な笑いを浮かべた。

車は初台《はつだい》の辺りを走っていた。

「この辺で降ろしてください」石巻は言った。

「飯田、そこを左へ入れ」保坂が指示した。

飯田と呼ばれた若い運転手は黙って左折した。

「ちょっとよろしいですか？」

石巻は小声で言い、飯田に見えないように、右手の人差指を自分と保坂の間で往復させた。

保坂は頷《うなず》き、「その辺で止めろ」と指示した。

ダイムラーは静かに止まった。

石巻は黙って車から降り、歩道に降り立った。途端、蒸し風呂《ぶろ》のような空気が体を包み込む。

保坂も降り、トランク側を回り込んで石巻の傍まで来た。

「いやあ、暑いですな。で、なんです？」

「あの運転手ですが」石巻は切り出した。

「飯田ですか？　あいつが何か？」

「何者です？」

「何者って……私のお抱え運転手ですよ。歳《とし》のせいか、視力がめっきり落ちましてね。運転するのが恐《こわ》い。それで彼を雇った」

「どこで拾ってきたんです？」

汚い犬について言う時のような口調だった。

「群馬県の工場ですよ。自社ブランドの日用品を作る工場ですが、そこへ視察に行った時、彼が工場施設を案内してくれた」

「へえ」

「ま、いろいろ複雑な家庭の事情があったらしく、傷害事件を起こして高校を留年したりして、卒業後、いろいろな職場で働いたがどれも長続きせず、一年ほど前からウチの工場で働き出したんだそうです。車が大好きだと言ってたんでね、試しに私の運転手をやる気はないかと誘ったんですよ。でもなぜ彼に興味を？」

「彼は私が嫌いらしい。今日は二度も睨《にら》まれた」

保坂は驚いたらしく、目を二度しばたたいた。

「注意しておいていただきたい。客人にガンを飛ばすな、とね」

「これは失礼しました。私の方からきつく注意しておきます」

保坂は顔をわずかに赤らめて頭をさげた。

「私はどうも、ああいう、恵まれない環境で生まれ育った下層階級の人間に嫌われやすい性質《たち》らしい」

「とにかく、失礼しました」

「いえ、いいんです」

「それでは、良い知らせを待っています」

「それじゃまた」

石巻は軽く頭を下げ、地下鉄初台駅に向かって歩き出した。

『クリング・クラング』が開くまでまだ三時間以上ある。新宿で飯を食い、その後映画を一本観《み》ようと思った。

今日で四日間、本職である外事一課の仕事は何一つしていない。表向きは日本進出を狙《ねら》っているロシアマフィアに関する情報提供者作りを行なっていることになっているが、実際は何もしていない。公安二課で労働組合の監視をしていた頃の方がよっぽど働いていた。保坂と出会って縁ができたのもその頃だ。

3

〝溺《おぼ》れる魚〟事件に関わることになったのは、今年の六月の半ばに保坂から自宅へかかってきた電話が始まりだった。

ダイトーフォトステーションへの攻撃の直後、発言権の大きな保坂の意向が尊重され、ダイトーの首脳陣は警察に届ける前にまず石巻に相談することに決めたのだ。

ダイトーにファックスで送られてきた脅迫状を見せてもらった時、その内容のあまりの馬鹿馬鹿しさに石巻は呆《あき》れた。

この犯人は金が目的ではなかった。最初は幹部の西本という男に恨みを持っていて、彼の自尊心をずたずたにすることが目的と思われたのだが、脅迫状には、警察に届けたら、この手口を世間に広めてやるぞ、という一文もあった。できるだけ長くいたぶってやろうという意図が窺《うかが》えた。

ダイトーは大きな組織だけに揉《も》め事はしょっちゅうだ。従業員とのトラブル、消費者とのトラブルなど枚挙にいとまがない。

裏取り引きや、揉み消し工作も必要とあらばやる。実際、石巻も公安二課の頃に会社と組合幹部との裏取り引きの場に密《ひそ》かに立ち会ったことがある。

ダイトーの本社人事部には過去五年間の従業員とのトラブルに関する資料が、そして消費者相談課には消費者とのトラブルに関する資料がそれぞれ極秘扱いで保管されている。

それらの資料の中に〝溺れる魚〟が潜んでいると首脳陣は考え、二段階から成る〝溺れる魚〟対策を立てた。

第一段階で、まず忠実な社員数人に過去の資料から特に怪しそうな人物をピックアップさせる。それから第二段階として、犯罪捜査のプロである石巻に後の処理を任せようという実に虫のよい魂胆だ。

石巻は引き受けた。

理由は勿論《もちろん》、いい稼ぎになりそうだからだ。犯人が捕まろうが捕まるまいが金はもらえるのだ。

そうこうしているうち、すぐに二度目の脅迫状が指定した期日が来てしまった。無視するわけにはいかないので、首脳陣は恨まれる心当たりなどないと言い張る西本を無理矢理説き伏せて、新宿駅前での大馬鹿なパフォーマンスをやらせた。

保坂の側近社員が、ここ最近の比較的大きなトラブルに関する資料をいくつかまとめて石巻に見せてくれた。

石巻はそれらにざっと目を通し、ある一件の資料に興味を引かれた。

そのトラブルの相手は、従業員でも消費者でもなかった。

石巻にとって縁遠く、なんとも得体の知れない、芸術家と呼ばれている連中だった。

去年、ダイトーが営利活動から離れたある文化的プロジェクトを計画した。

こういうことは多くの一流と呼ばれる企業がやっていることだ。

ビール会社が出版社と共同でミステリー小説の新人賞を創設したり、化粧品会社が美術の公募展を開いたり、タウン情報誌を作っている出版社がアマチュア映画祭を開催したりしている。

ダイトーも大企業としての風格を示そうとしたのか、ダイトー・コンテンポラリーアート・アワードなるプロジェクトを企画し、スタートさせた。

コンテンポラリーアート、すなわち現代芸術だ。

絵画、音楽、写真、映画、CG、立体作品、パフォーマンス、とにかくジャンルもプロアマも問わずに優れた芸術作品に大賞五百万円、優秀賞に二百万円を与え、受賞した作家のその後の活動も支援していくという触れ込みで各メディアを通して宣伝した。

選考委員にはかなり有名な芸術家やタレント、文化人などが起用された。賞金の大きさにつられたのか、発表の場が欲しいのか、おそらく両方だろうが、ピンからキリまでかなりの作品が応募されてきた。

入賞及び入選作品の一般公開は去年の九月半ば、お台場の東京ビッグサイトで行なわれた。

万事滞りなくいったかに思われたが、授賞式の当日、ダイトーは大きな失態をしでかした。

いや、会社の失態というよりも催しの責任者が、入賞者に対してとんでもない失言をしてしまったのだ。

その責任者こそ、他ならぬ専務の保坂峰太郎だった。

保坂は、ダイトーの首脳陣の中では芸術に対する造詣《ぞうけい》が深いというもっぱらの評判だった。だから責任者に推薦され、本人も満更ではない気持ちで引き受けたのだ。

だが、皆は保坂の芸術への理解度を大きく誤解していた。彼が好きな芸術家は、ゴッホであり、モネであり、ミケランジェロであり、東山魁夷《ひがしやまかいい》であった。つまり現代芸術というものに対して、まったく何の知識もなく、そういった作品に触れたことすらなかった。その辺の事情に誰も危惧《きぐ》を覚えなかったのは、ひとえに会社の首脳陣に保坂以上の芸術愛好家がいなかったからである。

それに加えて、保坂は本業の方で猛烈に忙しかった。二カ月前からダイトーマンションの用地買収の件で地主と衝突して裁判沙汰《ざた》にまで発展し、その準備に忙殺されていた。そんなわけで責任者というのは単なる名目でしかなく、いったいどんな作品が入賞したのかを知ったのは、実に当日のレセプションの二時間前であった。

大賞受賞作は岡部哲晃という写真家の、二十一枚からなる巨大な組写真、『ウラジオストック』であった。作者自身と作者の恋人の男性が、ウラジオストックで送った半年間の浮浪者的で奔放な旅を赤裸々に撮影した、いわゆる写真日記である。写真のほとんどが、野外での男同士の性行為の様子をセルフタイマーで撮影したものだ。

また優秀賞は渋沢泰人なる舞踏家の『優しく来る悪魔』というタイトルの舞踏で、これは、舞台の上で作者が素っ裸になって、体に色とりどりのペンキを塗りたくりながら、歌とも喚《わめ》きともつかない奇声をあげながらのたうち回る前衛舞踏であった。

そのどちらも保坂にはまったく理解できなかった。理解できなかったばかりでなく、猛烈に生理的嫌悪《けんお》を覚えた。

不本意な裁判の準備も重なって、当日、彼は非常に不機嫌だった。

勿論、彼とて一流企業の重役なので、自分の個人的感情を公の場で表わすほど馬鹿《ばか》ではなかった、筈《はず》なのだが。

授賞式が終わった後で簡単な立食パーティーが催され、入賞者、入選者、報道関係者、選考委員達の交流が図られた。保坂はすぐにでも帰りたかったのだが、これが第一回目なので、ダイトー・コンテンポラリーアート・アワードの今後のスムーズな運営のためにも、いろいろな人間に愛想良くしておく必要があった。彼は企業人としてそつなく愛想を振りまいたが、肝心の入賞者達には冷たかった。気に入った作品どころか、気分を悪くする代物《しろもの》ばかりだったからだ。

保坂は岡部と対面し、一目で嫌いになった。そして心の中で、いつから変態が日本の芸術文化の先端を担《にな》っているようなでかい面《つら》をするようになってしまったんだろう、と怒りを募らせた。

その怒りは顔にも出てしまった。専務という役職についてから、保坂は以前ほど感情を抑えることが苦手になっていた。

「私の若い頃だったら、こんな作品は警察に没収されて、焼き捨てられたろうな。そして作者は裁判にかけられたろう」

保坂はよりによって作者の岡部の前でつい口走ってしまった。どうせ何の影響力もない、一介の芸術家もどきだと思ったのだ。

岡部はまったく動じることなく「時代は元には戻せませんよ」と笑って言い返した。そのふてぶてしい態度が、保坂には我慢がならなかった。刺々《とげとげ》しい言葉の応酬が始まり、いつのまにか二人の周囲には人だかりができた。

その時、二人の交わした言葉は資料には詳しく書かれていないが、そこに居合わせた社員の話では、変態野郎とか、馬鹿な会社奴隷《どれい》とか、そういう言葉が飛び交ったようだ。五分後には他の入賞者達も言い争いに加わり、会場の雰囲気は手がつけられないほど険悪になった。

十分後、岡部はその場で大賞を辞退すると宣言した。優秀賞の渋沢も彼に倣《なら》って辞退してしまった。それればかりか、岡部は作品を持って帰るとまで言い出し、一人でレンタカーのトラックを借りて、本当に持って帰ってしまったのだった。その後の一般公開は大賞作品なしのまま行なわれるという何とも間抜けな形となった。

そしてダイトー・コンテンポラリー・アート・アワードはたった一回でその幕を閉じた。会社の面目はまる潰《つぶ》れだった。いくつかの雑誌や新聞に、事の次第を書き立てられ、芸術に対する理解がないの、文化水準が低いのと攻撃された。

だがトラブルの元凶を作った保坂は、そのまま専務のポストに今もいる。それだけ保坂の権勢は確固としたものだった。おまけに不況の煽《あお》りを受けて経営が苦しくなり、利益を生み出さない文化活動に対する会社の関心は急速に失われていった。

石巻がこの事件に興味を覚えたのは、事件が特異であることもさることながら、ある個人的な理由が絡《から》んでいた。

その理由とは、十七歳の一人娘、馨《かおる》であった。

馨は今、高校三年で卒業後の進路選択の時期である。成績は特に悪いということもなく、並みだ。その馨が大学には進学せず、美術系の専門学校に行きたいと言い出した。本格的な絵の勉強がしたいと。

石巻にとってまったく理解のできないことであった。第一、石巻は馨が絵を描くことが好きだなんてまったく知らなかったし、馨も一言も言わなかった。馨とは、馨が高校に入った頃から徐々に会話がなくなり、ここ半年はまともに顔を合わせたこともなかった。石巻にとって馨は、まるで別の惑星に住んでいるも同然だった。馨にしても同じだったに違いない。

石巻は当然反対した。

絵描きになるなんて、まるっきり現実的ではない。世の中に好きな絵を描いてまともに生活できている人間が一体どれだけいると思うんだ？　普通の大学に進学して、その傍ら趣味として絵を習えばいいではないか、と教え諭そうとした。しかし石巻が懸命になって説得しようとすればするほど、馨は頑《かたく》なになるばかりだった。

そんな事情があり、芸術の世界で生活している人間、またはこれから芸術の世界で身を立てようとしている人間に多少興味があったのだ。

現実の芸術家がどんなものなのかわかれば、馨がどうしてあんなに頑なになるのか少しは理解できるかもしれないし、あるいは逆に自分がもっと強い自信を持って、芸術家の生活はお前が考えているような楽なものではないと説得できるかもしれない。

ダイトーに恨みを持っているであろう大勢の人間の中から石巻が岡部哲晃を選び、身辺を調査し始めたのは、実はその程度のささいな理由からだった。

まずは資料に記された岡部の住所を書き写し、彼の生活パターンを調査することから手をつけた。監視を始めて一週間もすると、岡部にはいきつけのバーがある事がわかった。そのバーに通うことだけが、岡部の唯一《ゆいいつ》規則正しい行動であった。

それは上目黒にある『クリング・クラング』という店で、店舗と住居が合わさった複合ビルの中にあった。ドアの看板には会員制と書いてある。出入りするには客の誰かの紹介がなければならないのだ。

岡部と知り合って腹の中を探るには、この店の常連になるのが最も近道だろう。

どうすべきか考え、公安部のコネを利用することにした。

公安一課で革滅派を担当している伊勢崎という知り合いがいる。石巻以上に暇を持て余している公安の余剰人員だ。陰気、不潔、粗暴、横柄《おうへい》、と評判は芳《かんば》しくない。ホモだという噂《うわさ》もある。あまり気乗りはしない相手だが他にやってくれそうな人間の心当たりがないので、そいつに頼んで『クリング・クラング』の店主にちょっとした嫌がらせをしかけてくれるように頼んだ。

勿論、本当の目的は言わず、情報提供者を作るために店の常連になる必要があるのだと言っておいた。

ある日、伊勢崎は『クリング・クラング』が開店する夜七時間際《まぎわ》に店に行き、応対に出た店主に警察手帳を突きつけ、こう言った。

「おたくの店の常連客の中に、革滅派に手を貸している奴《やつ》がいるという通報があったんだがね」

「はあ？」店主は眉《まゆ》をひそめた。

建物の物陰から観察していた石巻はハッとした。店主はなんと、あの有名な俳優、響堂弘樹だったのだ。ここ数年テレビに出なくなったと思ったら、こんな所で店を経営していたのだ。

伊勢崎もほぼ同時にそのことに気がついたようだった。

「あれ？　あんたどっかで見たことがあるな。テレビに出ていただろう」

「ええ、まあ」響堂は嫌そうな顔をした。よほど伊勢崎に対して悪い印象を持ったのだろう。その気持ちはよくわかる。伊勢崎みたいに陰気で、横柄で、しつこくて、おまけに変な体臭のする奴を好きになる人間なんてこの世にはいない。彼は公安仲間からさえも敬遠されていた。

「なんだっけか、ほら、『首都大捜査線』だっけか？　俺もよく見てたんだけどな」

響堂の顔には今や、はっきりと嫌悪が表れている。

伊勢崎という男は本当に人の気持ちを不快にさせ、神経を逆撫《さかな》でするのがうまい。一見鈍重な外見とはうらはらに、腫《は》れぼったい目蓋《まぶた》の奥に隠れた二つの目は常に何かを狙《ねら》うように不気味に光っている。

「あんた、あれから一体どうしちゃったわけ？」

「すみません、開店準備で忙しいもので」

伊勢崎は奥へ引っ込もうとする響堂の二の腕を摑《つか》んだ。

「待てよ、お宅には芸術関係の人間がよく集まるっていう噂じゃないか」

百人中百人が思わず馬鹿野郎と叫びたくなるような横柄な口のききかたであった。それは半分は石巻が頼んだゆえの芝居なのだが、半分はこの男のもともとの喋《しゃべ》り方だ。

「まあ、そういう関係のお客様はいることはいますが」

響堂の目は、なんでこんな嫌な野郎の相手をしなきゃならないんだという困惑と恐怖に満ちていた。

「とぼけないでくれよ、デカ長さんよお、うひ。芸術家が十人集まりゃ、その中の最低一人は元学生運動の闘士って相場が決まってらあな」

無茶苦茶な論理を振りかざして、相手を挑発することを明らかに楽しんでいた。

「とにかく、私は店の準備があるんですよ、すみませんけどお引き取り願えませんか」

「待ちなよ、俺の話はまだ済んじゃいねえんだ」

響堂の顔が怒りでゆがんだ。握り拳《こぶし》を作って声を上擦らせる。

「あなたちょっと、失礼じゃありませんか。まるでやくざみたいな言葉遣いで……」

「何、やくざとはなんだよお」

よし、今だ。

石巻はタイミングを図って物陰から飛び出した。

「中尾さん」と嘘《うそ》の名で伊勢崎を呼んだ。

伊勢崎が振り返り、露骨に舌打ちした。

「ついてくんなって言っただろうが！」

伊勢崎は石巻に向かって吠《ほ》えた。

石巻はにやけた顔で近づいていった。

「まあまあ、そうカッカしなくても。ところで例の話は考え直してくれました？」

「うるせえ、仕事中だ」

響堂は、一体何がなんだかさっぱりわからないという顔で二人を交互に見た。

「頼みますよ、締め切り近いんですから。この仕事をボツると、俺、本当に路頭に迷っちゃうんですから」

「知ったことか、早く失《う》せろ」

石巻は声を大きくして言った。

「ひどいな、僕の金を持ち逃げするつもりですか！」

伊勢崎はハッとなった。芝居なのだが。

「黙れ！　この馬鹿っ」

伊勢崎に背中を押されて、さっきまで潜んでいた物陰に連れていかれた。

「ありがとう」石巻は小声で礼を言い、ポケットに入れておいた一万円札三枚を伊勢崎に手渡した。

伊勢崎は何も言わず、「ふん」と鼻を鳴らし、立ち去った。

石巻は地面に屈《かが》み、両の掌《てのひら》を思い切り乱暴にアスファルトに擦り付けた。掌の皮が薄く剝《む》け、血が滲《にじ》んだ。

それから立ち上がり、小走りで『クリング・クラング』へ戻った。響堂はまだ狐《きつね》につままれたような顔で立っている。

「やあ、災難でしたね」

石巻は人なつっこい顔で響堂に話しかけた。

響堂が胡散《うさん》くさげに石巻を見る。

「あいつ、最低でしょ。あれで警官とはね」言いながら名刺入れから名刺を一枚抜いて響堂に差し出した。

名刺にはこう記されている。
〈フリージャーナリスト　筒井修二〉
「ジャーナリスト……」響堂は名刺に目を落とし、呟《つぶや》いた。「本をお書きになってい
る？」
「ええ、本は出したものの、とっくの昔に絶版になってしまいましたが。まあ、今でも
一応ジャーナリストです。ところであいつ、あなたにどんなイチャモンつけました？」
「なんだか革滅派がどうとかこうとか……」
「あはは、相変わらずワンパターンだな、あの馬鹿。私は今、現職警察官の、職権を利
用した不当な金稼ぎに関する本を書いているんですよ」
「ほお、そうですか」
興味があるのか、ないのか、どっちともつかない顔で響堂は頷《うなず》く。「何人かに匿名《とくめい》と
いう条件で、職権を利用した小遣い稼ぎの手口について話をしてもらう約束をとりつけ
たのですが、締め切り近くなってやっぱりやめるという奴が出てきちゃって困っている
んですよ、あいつもその一人なんですが」
「あの、失礼ですけど私、これから開店の準備をしないと」
「おっと！　これは失礼。響堂弘樹さん、でしたっけ？　こんなところでお目にかかれ
るとは実に光栄です。僕、ファンだったんですよ」

「それはどうも」

「いやあ、それにしてもなんだかとても高級そうなお店ですね」

「そうでもありませんよ」

響堂の目がふと石巻の掌に吸い寄せられた。

「手、どうしたんです？　血が出てますよ」

石巻は今、初めて気づいたというふりをした。

「ああ、これ。あいつに突き飛ばされましてね。転んで、ちょっと擦りむいただけです」

響堂の目に伊勢崎に対する新たな怒りと、石巻に対する同情が浮かんだのを石巻は見逃さなかった。

「なんならちょっと中に入って、トイレで手を洗っていったらどうです？」

(やった！)石巻は心の中で叫んだ。

「いや、悪いですよ、忙しいのに」

「いいよ。あいつはあなたが追っ払ってくれたようなもんだ。救急箱もあるから、さあ、入って」

結局、響堂に一杯おごってもらい、その後は自分で金を払って飲んだ。店主である響堂の紹介となれば、誰も文句など言うはずがない。第一関門は難なくクリアーした。

客が集まってきて、賑《にぎ》やかになってきたのは八時を過ぎてからだった。滅多にお目にかかれない珍しい肩書きの人間ばかりなのに驚いた。輸入代行会社の社長、絵本作家、映画監督、ファッションモデルなど。誰もが皆、独特の強いオーラみたいなものを放っていた。

石巻は自分がこれまでいかに無粋で、潤《うるお》いのない世界に生きてきたかということを改めて実感した。

店主の響堂の紹介ということが安心感を与えるのか、初対面のわりに皆、気さくに話しかけてきた。篠田という映画監督に手招きされ、ボックス席での会話に加わった。話題は非常に多岐にわたりめまぐるしく変わったので、ついていくのがやや大変だった。

特にインパクトが強かったのは、有川奈美というフランス人の父親を持つハーフのファッションモデルだった。世のふにゃふにゃした若い男どものお手本にしてやりたいほど、さっぱりとした性格の、気持ちの良い女だった。何よりも足の組み方、煙草《たばこ》の吸い方が惚《ほ》れ惚れするほど格好良かった。

初めてなのでそれほど深い話はしなかったが、一人として嫌な奴だと思わなかったのは自分でも不思議だった。これまで自分が芸術家という人種に対して抱いてきた、選民意識にかぶれたどうしようもなく自己中心的な馬鹿者というイメージは、この店の常連にはどうも当てはまらなかった。

　彼らは店の外では一般人に対して傲慢《ごうまん》な態度を取っているかもしれないが、少なくともこの店の中では皆、お互いを認め合い尊重し合っているように思われた。

　そうこうしているうちにあっという間に二時間以上が経《た》ってしまった。そして十時を過ぎて、またしても幸運が訪れた。

　岡部哲晃が現れたのだ。岡部は小柄な女を連れていた。女は白地に紫の小さな花柄模様のワンピースを着ていた。髪は肩より少し長く、顔は小さくて整っていた。

「やあ、お揃《そろ》いだな」響堂が二人に声をかけた。

「駅でバッタリ会ってさ」

　女が言葉を発した瞬間、石巻はギョッとして飲み込みかけた水割りを噴き出しそうになった。女があきらかに男の声で喋ったからだ。

　有川奈美が石巻の動揺に気がつき、カラカラと笑った。

「びっくりした？　そりゃびっくりするわよねえ」

　そして岡部と、女装した男を紹介してくれた。

　なんと渋沢泰人、ダイトーの資料で読んだ、あの前衛舞踏家だったのだ。喋らなければまったく男に見えない、完璧《かんぺき》な化け方であった。

　こいつは面白い。

石巻はより一層強い興味を覚えた。

女装した渋沢にも驚いたが、それ以上に彼の女装について、他の客がまったくそれを話題にしないのが驚きだった。どうも渋沢という男は、しょっちゅう女装して店に来ているということらしい。

二人は石巻とは別のボックス席に座ったので会話はできなかったのだが、とりあえず二人と顔見知りにはなれた。

十一時を過ぎたので、帰ることにした。

帰り際にマスターの響堂がこう言ってくれた。

「またいらっしゃいよ。好きな時にいつでも」

それこそ石巻にとって願ってもない言葉であった。

「そりゃあ嬉《うれ》しいな。ここは楽しいお店だ。気に入りましたよ」

飲み代《しろ》は予想したよりもずっと安かった。


それから三日にあげず、足繁《あししげ》く『クリング・クラング』へ通うようになった。

岡部と渋沢の二人とも自然に言葉を交わすようになった。

岡部は話す時に、見ていて面白いくらい実に表情がくるくると変わる。眉、頬、顎《あご》、耳の筋肉までが独立して動くさまを見ていると、俳優になれば良かったのにと思うほどだ。おまけに身ぶりや手ぶりも賑やかなので、聞く人間は大した内容でなくとも自然と引き込まれてしまうのだ。ゲイでなかったら、さぞかし女にもてるだろうに惜しいな、と石巻は思った。

それに、普通に話している分にはまったくゲイだとわからない。ちょっと癖はあるが、精力的で陽気な青年というところだ。

渋沢の方はというと、これが岡部とはまったく正反対の寡黙《かもく》な男だった。話しかければ、静かな声で応《こた》えるが、自分の方からは話しかけてこない。いつもシンとしていて、なんともとらえがたいところがある。といって近寄りがたい雰囲気はまったくなく、むしろ誰もが気詰まりを感じることなく長時間一緒に居られるような不思議な存在感の持ち主であった。

ある夜、石巻は二人に、二人のつきあいはいつからなのかと訊《き》いてみた。すると岡部が、ある美術の公募展がキッカケだったと教えてくれた。

ダイトーの件だな、と即座にピンときた。

「へえ、公募展ね。いつの？」

と石巻はさりげなく訊いた。

それから岡部が喋り出した。その公募展はやはりダイトー・コンテンポラリーアート・アワードで、話の内容は石巻が読んだ資料と大差はなかったが、より詳しい話が聞けた。

「もう怒りを通り越して、ひたすら呆《あき》れたね。現代芸術に何の理解もない会社がなぜ公募展なんか開くんだよ、って思った」

「しかし、大賞五百万といや大金じゃないか。それを辞退するとは、随分思い切ったことをしたね」

「まあね、でも俺はまだ金に拘泥《こうでい》するような歳《とし》じゃないよ。まだ二十九だからね」

「今でもダイトーに対して怒りを感じているかい？」

石巻の質問に岡部は、よしてくれよ、とでも言いたげな苦笑を浮かべた。

「まさか、俺にとってはもう遠い過去のことだよ」

石巻は、岡部の隣のストゥールにひっそりと座っている渋沢（今日は女装していない）にも訊いてみた。「君は？」

渋沢は顔を少し傾けて石巻の方を向くと「テツに同じく」とぼそりと言った。

「テツ？」

「こいつの事」渋沢は岡部を目で示した。「哲晃だから、テツ」

石巻はにやりとして、「じゃあ、君はヤスか」

渋沢は顔を軽く左右に振り、またぼそりと言った。

「シブヒト」

保坂峰太郎が、〝溺《おぼ》れる魚〟から三度目の脅迫状が届いたと電話で連絡してきたのは、それから二日後だった。

ダイトーフォトステーションへの攻撃内容を聞かされた時、石巻の頭にある連想が浮かんだ。

写真屋。写真は岡部。

馬鹿《ばか》馬鹿《ばか》しい、と思った。だが、次の瞬間そうでもないような気がした。岡部は先日、俺はまだ金に拘泥するような歳じゃないよ、と言った。〝溺れる魚〟は金を要求していない。

安易なこじつけかもしれない。だが、ひょっとしたらということもある。いずれにせよ、〝溺れる魚〟が指定した日に、銀座へ行ってみることに決めた。

それにしても……。込み上げてきそうな笑いを嚙《か》み殺す。〝溺れる魚〟のセンスときたら只者《ただもの》ではない。胸に〝男気〟、背中に〝嫁さんヨロシク〟とは傑作じゃないか。

4

岡部哲晃は腕時計をちらりと見た。十一時四十二分。

ちょっと早く来すぎたな、と思った瞬間、地下鉄の駅構内の通路をこちらに向かって歩いてくる長身の女が目に飛び込んできた。

有川奈美だった。やはり目立つ。

今日の奈美は髪をアップにして結っていた。ノースリーブの白いカットソー、黒のパンツ、そして充分上背があるというのに、なおも踵《かかと》の高いサンダルを履いている。右手には小さなバッグ。父親譲りの高くて細い鼻にはレイバンの大きなサングラスが乗っかっている。そう、サングラスをかけているのではなく、鼻にサングラスが乗っかっているという表現こそふさわしい。

何人かがすれ違いざまに彼女を振り返る。

スクリーンから抜け出てきたような、というたとえすら陳腐に感じるほど優雅だった。奈美の歩き方はどちらかというと男性的な、体がしならない直線的な歩き方だ。以前、岡部がそれを指摘した時、奈美は笑いながら、仕事の時はちゃんとしならせて歩くわよと言った。

奈美が岡部を見つけ、やや大きな口の端を吊《つ》り上げて微笑《ほほえ》んだ。

岡部も軽く手を挙げて応える。

実に颯爽《さっそう》とした登場に岡部もいい気分になった。

「早かったわね」

「ああ」

「ねえ、そういえば昼間外で会うのって、すごく久しぶりじゃない？」

「そうだな。まあ、俺が夜行動物だからな」

岡部は奈美を見上げて言った。

奈美はくすりと笑い、「由美ちゃんと渋沢さんは間に合うかな」と言って周囲を見回した。

「十分前までに現れなかったら、先に行ってくれって言ってた」

ショーは正午きっかりに始まる。初めから見ないと面白くない。

「本当にやるかな？」奈美が半信半疑で言う。

「やるさ、勿論《もちろん》」

連中がやらなければ、岡部は変装し、今日一日かけて都内のダイトーフォトステーションを体力が続く限り回る。変装の道具と、パトローネの中に漂白・定着液をたらしたカラーネガフィルム三十本をバッグに入れ、コインロッカーに預けてある。


十一時四十七分。

渋沢泰人が現れた。

今日は女装していない。女装していない時の渋沢は少々みすぼらしい。襟がよれよれの水色のポロシャツに今時ストーンウォッシュのスリムジーンズ、おまけに突っかけサンダルという恐ろしいほど無頓着《むとんちゃく》な格好だ。

公演の場は年に数回しかなく、収入があってもそのほとんどが移動の費用に消えてしまうので、服にまで金が回らないということもあるが、それ以上に渋沢にとって、服などというものは肉体を一時的に覆《おお》うだけのただの布に過ぎないのだ。ヌードパフォーマンスアーティストである渋沢は素っ裸でいてこそ渋沢なのであって、服を着た渋沢はあくまで世を忍ぶ仮の姿に過ぎない。

「やあ、後は由美ちゃんだけか」

不精髭《ぶしょうひげ》を掻《か》きながら、渋沢は寝起きのようなのんびりとした口調で言った。実際起きたばかりなのだろう。

渋沢は六月に金沢市で開催された第三回アジア・パフォーマンスアートフェスティバルでの公演を終えて東京に戻ってきて以来、毎日十二時間近く寝ているという。本人の弁によると一回三十分足らずのパフォーマンスで常人の二カ月分くらいのエネルギーを使い果たしてしまうので、公演の後は精神的にも肉体的にも抜け殻なのだそうだ。

長い時間をかけてイメージを頭の中で発酵させ、肉体を鍛える準備期間、わずかな時間に持てるエネルギーのすべてを放出するパフォーマンス、そしてその後の抜け殻生活。それが渋沢という男の生活サイクルだ。彼のその徹底的にシンプルで、世俗を超越した求道者的生き方には多くの芸術家たちが一目置いている。

「銀座なんかに来るのは何年ぶりかなあ」

渋沢の妙にしみじみとした言い草に、岡部と奈美は顔を見合わせて笑った。

雑談を交わしているとやがて十一時五十分を過ぎた。林田由美子がまだ来ていないが、十分前までに現れなかったら先に行ってしまっていいという約束なので、三人は地下鉄の階段を上って地上へ出ることにした。

「待ってえ」

後ろで声がしたので三人は振り返った。

林田由美子が顔をやや赤らめて、階段を駆け上がってくる。

劇団『新劇座』の研究生である二十三歳の由美子は、奈美とは正反対に、起伏に乏しい非常に日本的な顔立ちをした、やや肉付きのよい女である。ゲイである岡部は女には欲望をまったく覚えないが、それでも由美子のことは可愛《かわい》いと思っていた。

「よお、間に合ったな」岡部が笑いながら言った。

「こんな面白いもの、見逃すもんですか」由美子は息を弾ませながら三人に追いついた。

十一時五十七分。

ダイトー本社の経理部長である緒方敏治は、口ではあはあとせわしなく呼吸していた。

心臓が破れそうに苦しくて、膝《ひざ》ががくがくと震えている。

この暑い最中に、緒方はモスグリーンのトレンチコートで全身を覆い隠していた。

銀座Mデパートの正面玄関を出入りする買い物客達が怪訝《けげん》な顔で彼を見る。だが、あと三分足らずで人々の顔は驚愕《きょうがく》にゆがみ、それから爆笑とともに崩れるだろう。

「くそっ、もしもこんなところをウチの女子社員にでも見られたら……おしまいだぞ、おしまい、どうするんだチクショウ」

「大丈夫だ。こんなところにまで昼飯を食いに来る奴《やつ》なんかいないよ。余計なことは考えない方がいい」

総務部長の竹橋が緒方の左肩に手を置き、軽く揺すって言った。

「そうだそうだ。君はただ頭を空っぽにして通り抜ければいい。最悪、ウチの社員の誰かに見られても我々の方で手を打つから、な、だから落ち着くんだ」

広報部長の鳩田もそう言いながら、激しく上下する緒方の右肩を摑《つか》む。

「ここから新橋駅までおそらく十二、三分でいける。駅構内のトイレで、須崎君が個室に陣取って君の到着を待っている。新橋駅に着いたら即座に君を個室に招き入れて着替えさせる。そしてすぐに消える。段取りはバッチリだ」

「駄目だっ、やっぱり俺にはできない」

緒方の口から弱音が漏れた。

「緒方君っ！　君のつらい気持ちはよくわかる。できれば代わってあげたいよ。だが、これは君にしかできないことなんだ」

今更、やっぱりできないなどと言っても遅い。何がなんでもやってもらわなければ、今日中にでもダイトーフォトステーションへの、防ぎようのない攻撃が始まるのだ。保坂専務から要求に従えとのお達しが発せられたからには、どうしてもやらなければならないのだ。

だが、緒方をたった一人で、いかにも変態馬鹿という格好で新橋駅まで歩かせるのはあまりにも酷だった。そこで竹橋と鳩田が緒方の左右について、励ましながら伴走ならぬ伴歩をすることになったのだ。そうでもしないと緒方はやり遂げられないだろう。脅迫状に、付き添いは駄目とは書いてなかった。

「僕ら二人がついている。つらいのは君も僕らも一緒だ」

「くそう、犯人の奴、殺してやる。殴り殺して、焼き殺して、ダンプで轢《ひ》き殺してやる。それから逆さづりにしてムチで目茶苦茶に叩《たた》き殺してやる」

緒方は頭から湯気を立てながら殺してやるを連発した。

「そうだ、その意気だ。犯人を憎むんだ。頭の中を怒りで一杯にするんだ、緒方君」

鳩田が緒方の気持ちを奮い立たせようとする。その顔は判事に復讐《ふくしゅう》するため墓から蘇《よみがえ》った死刑囚のようにぞっとするものだった。

「これが終わったら、保坂専務が『緒方君の功績を讃《たた》える会』を開くと言っていた。君の昇進もほぼ確実だ。逆境をバネにして飛躍しろ、緒方君」竹橋は目を吊り上げて言った。

専務が『緒方君の功績を讃える会』を開くと約束したのは事実だ。しかし昇進させるとまでは言っていない。つい勢いで口にしてしまっただけだ。緒方にやり遂げさせるためなら、この際なんだって言う。

時計を見る。十一時五十九分、四十八秒、四十九秒……。

「よし、コートのボタンを外すんだ。鳩田さん、帽子を！」

竹橋はてきぱきと指示した。

ただならぬ雰囲気の三人の周りに、人だかりが出来始めた。

「緒方君、いいね！　いくよ」

「畜生っ！　やってやる」

緒方がやけになって喚《わめ》いた。

「会社の皆は君のことを誇りにするぞ！」

鳩田が時計を見ながらカウントダウンを始めた。五……四……三……二……一。

「ゴー！」

「うおおおおおおおお」

緒方が唸《うな》りながらトレンチコートを脱ぎ捨てた。

その下から悪夢のような装《よそお》いに包まれた緒方の白い肥満体が現れた。彼らの周囲の人垣が、わっとさがる。

緒方がコートを脱いだ。

車道を挟んだ向かい側に立って見ていた石巻の目に、タンクトップの〝男気〟という文字が目に入った。迷彩柄の短パン、ここからは絵までは見えないが、クマのプーさんのハイソックス、まっ黄色のデッキシューズ。そしてニューヨーク市警の制帽。脅迫状の指示を忠実に守っていた。

「おっ、なんだ、あれ？」

「うっ、ちょっと何あれ！　ほらほら、あそこ」

「信じられない、何よあれ！」

「あはははははは」

昼休み時の中央通りは、ＯＬやサラリーマン、買い物客などでかなりの混みようだった。石巻の周囲の通行人が次々に緒方に気づき、好奇と驚きの目を向けた。その反応は水紋のようにあっという間に歩道に広がっていく。

鳩田が緒方の脱ぎ捨てたトレンチコートを拾い上げ、脇《わき》に抱えた。

緒方が物凄《ものすご》い形相で自分の足もとを睨《にら》みながら、左右の腕を振って競歩を始めた。スーツ姿の竹橋と鳩田も従った。

石巻はサングラスを人差指でちょっと押上げ、大股《おおまた》で彼らの後を追い始めた。〝溺れる魚〟がどこかで見ている筈《はず》だ。

果たしてそれは石巻が予想した人物、すなわち岡部哲晃もしくは渋沢泰人だろうか。


「やあねえ、何よあれ」

「暑さで頭おかしくなっちゃったんじゃない」

「何を考えてんだか」

行き交う歩行者たちは反対側の歩道に突如現れた光景を目にして、思わず立ち止まった。そして呆気《あっけ》に取られたり、笑ったり、気味悪がったり、世紀末を嘆いたりした。

岡部は目に涙を浮かべて馬がいななくような声で笑い、渋沢は喉《のど》ちんこを細かく震わせ怪音波のような声で笑った。二人の女は互いの腕を摑み合い、奈美は低い声で「むふふふ」と笑い、由美子は甲高い声でけらけらと笑った。彼らがそれだけ笑ってもさして目立ったわけではない。周囲にも大笑いしている人間がたくさんいたのだ。

何よりおかしかったのは、緒方の左右後方に二人のおまけがついたことで、期待したよりも一層馬鹿馬鹿しさがパワーアップしたことだ。三人の競歩はまるで練習したみたいにぴたりと息が合っていた。

実際、会社の屋上かどこかで練習したのかもしれない。

(見ろ、あいつらのざまを!)

岡部は心の中で叫んだ。

(いくら会社のためとはいえ、なぜそこまでできるんだ? 拒否すれば会社に居づらくなるからか、五十を過ぎてから社命に背いて失業するよりも、生き恥を曝《さら》す方がいいのか? そこまでして会社はお前らに何か報いてくれるのか)

笑いは徐々に引いていった。

(どうしてなんだ、どんなに頑張ったって上のポストには数に限りがあるだろうが。やり遂げた後は、せいぜい上司からご苦労さんと一言労《ねぎら》いの言葉をかけられてそれでおしまいだ)

「どうしてなんだ?」

いつのまにか言葉になって口から漏れていた。

渋沢が笑っていない岡部に気がつき、どうしたと目で訊《き》いてきた。

「俺は帰る。皆、夜また会おう」

言うが早いか岡部は背を向けてさっさと歩き去った。残された三人はまだ笑いを顔にへばりつかせたまま、呆気に取られて岡部の後ろ姿を見送った。

見慣れた四人組を見た途端、石巻はややあわてて立ち止まり、日光を遮るように額に手を翳《かざ》して顔を隠し、歩道の向かい側で起こった茶番を見ている振りをした。

岡部哲晃が三人と別れ、こちらに向かってすたすたと歩いてくる。石巻は左ポケットからハンカチを取り出して顔を拭《ぬぐ》った。岡部は石巻に気づくことなく、背後を通り過ぎていった。

石巻は一瞬迷ったが、すぐに数メートルの間隔を置いて岡部を尾行し始めた。

「畜生……はあはあ……皆笑ってやがる。どいつも、こ、こいつも……」

緒方は競歩で新橋駅に向かいながら、悪態をつき通した。

「はあはあ……ふざけやがって、皆……ひい……俺が狂っていると、お、思っていやがるんだ。はあはあはあ、犯人の野郎もどこかで笑って見てやがるんだ。かあああ、ペッ！」痰《たん》を吐いた。「勝ち誇って、笑っていやがるんだ、畜生め、殺してやる。はあはあ……畜生、畜生、糞《くそ》ったれが！」

後ろに従っている二人の男、竹橋と鳩田は、緒方の独り言が段々尋常ならざるものになってくるにつれて心配気な顔を見合わせた。

「もう三分の二は超えた。もう少しの辛抱だ、緒方君」

全身汗だくになり、心臓に手を当てて苦しげに歩きながら鳩田が励ましの言葉をかけた。しかし緒方は何も聞いていない。

「み、見つけたら俺が……カアアアア」

ぺっ、と痰を地面に吐き捨てる。竹橋は緒方が痰を吐く度に気分が悪くなった。しかも痰を吐く間隔が次第に短くなってきている。

「なぶり殺しにしてやる、そいつに女がいたら、はあはあ、そ、そいつを目茶苦茶に犯してから……ひっひっ……絞め殺してやる……うっ、かあああぁ」

ぺっ！

「おらおら、どけどけ！　どけっていってんだよ！」

緒方の精神はバランスが崩れつつあった。

目の前の通行人が何事かと目を剝《む》き、さっと道をあける。

「お、緒方君、はあはあ、あまり通行人に八つ当たりしては、ま、まずい……」

竹橋の忠告に、緒方は振り返りもせずに怒鳴った。

「うっせえんだよ、馬鹿《ばか》！」

緒方は、これまで見たことのない気味の悪さと粗暴さを剝き出しにしていた。そうでもしないとやってられないのだろう。それはわかる。だが、緒方を可哀《かわい》そうだと思いやる気持ちは彼が痰を吐き捨てる度に薄れていく。

（恥を曝しているのはお前だけじゃないぞ！　俺だって）

竹橋は激しく揺れる緒方の肩に向かって心の中で叫んだ。

隣の鳩田の顔はぞっとするほど青ざめている。おそらくもう数年、もしかしたら十数年もまともに運動していなかったに違いない。

（下手すると発作起こしてポックリだぞ）

「おえおえっ、うっ、かあああああ！」

ぺっ！　と緒方がまたもや痰を吐いた。汚らしい痰の塊は、不幸にもたまたま傍で呆《ぼう》然《ぜん》と立って見ていた髪の茶色い若者のナイキのスニーカーに引っかかってしまった。

若者は当然怒った。

「ざけんじゃねえ！　このクソッタレ！」

走りだし、三人にあっさりと追いつくと、緒方の腰に満身の力を込めた飛び蹴《げ》りを食らわせた。

緒方がウッと呻《うめ》いて、地面に顔から突っ込み、顔を擦りむいた。

「すみません！　待ってください、ちょっと」

竹橋は若者の腕に取りすがり、必死で訴える。

鳩田は喉をぜいぜいいわせながら、立ち上がったばかりの猿人のようにふらふらとよろめいている。

「すみませんすみません。これには事情があるんです。どうか乱暴は……」

緒方がのろのろと立ち上がり、再び競歩を始めた。鳩田もそれに続く。

「申し訳ありません、このハンカチを使ってください」

竹橋は自分のハンカチを若者に渡すと、二人の後を追って走り出した。若者はそれ以上追ってこなかった。

（くそっ、緒方、貴様っ）

竹橋は緒方の隣にならんだ。

「君っ！　むやみに痰を吐くもんじゃない、人の迷惑になるじゃないか！」

（つらいのはわかるが、人に不始末の尻拭《しりぬぐ》いをさせるもんじゃない）

緒方の額にはうっすらと血が滲《にじ》んでいた。緒方は邪魔だといわんばかりに、敵意すら剝き出しにして、竹橋の左肩を掌《てのひら》でどついた。

竹橋も頭にきて、どつき返した。

「おいっ、緒方っ！」

だが、緒方はもう何も聞いていず、何も見ていなかった。ただただ機械のようにひたすら、ひいひい喉を鳴らしながら歩き続ける。

竹橋はこの哀れな同僚が薄気味悪くなった。

（人間の本性ってやつは、極限状態になった時に現れる。こいつはもともと少しおかし

かったんだ）

「かあああぁ！」

ぺっ！　緒方がまたやった。

竹橋はもう何も言うまい、と諦《あきら》めた。

（お前とは今後一切口はきかん。勝手に鬱病《うつびょう》にでもなれ！）

ひたすら自分の競歩だけに専念することにした。

「あひぃぃい……あひぃぃぃぃ……」

鳩田の呼吸音は完全に異常だ。

しかし、竹橋は鳩田を心配する気ももはや失《う》せていた。

会社の同僚なんてこんなもんだ。結局、他人への気づかいなんてしている余裕はないんだ。倒れたら倒れたで別の奴《やつ》が代わるだけ。倒れて、得るものなんて何もありゃしない。

三人はバラバラになった心のままで黙々と残りの距離を通り抜け、やがて新橋駅に到着した。

待機していた連中が労いの言葉をかけて出迎えたが、緒方は歯を剝き出し、泣きながら、誰彼かまわず摑《つか》みかかった。

岡部がコインロッカーから、黒い小さなナイロンバッグを取り出すのを石巻は目撃した。

それから切符を買い、丸ノ内線の荻窪方面行きに乗ったので、石巻も隣の車両に乗り込んだ。

岡部は電車を乗り継ぎ、桜上水《さくらじょうすい》の自宅に帰った。石巻は張った。

一時間近く経《た》ってから、また岡部は出てきた。

服を着替えて、携帯電話で誰かと話しながら階段を下りる。しばらく、少なくとも三十分は帰ってこないだろうと石巻は踏んだ。

管理人を通さずに岡部の部屋を見るには、当然のことながら不法侵入する以外になかった。

この程度のちゃちな安アパートのドアロックを外すのは、道具さえあれば石巻にとって造作もないことだった。既に過去に何度もやっていることだ。

部屋は乱雑で足の踏み場もないほどだったが、まあこんなもんだろうという気もした。

ナイロンバッグは、シーツがしわくちゃになったベッドの上に無造作に投げ出してあった。

石巻はバッグの口を開け、中を覗《のぞ》き込んだ。二十四枚撮りのありふれたカラーネガフィルムのパトローネがたくさん入っていた。

ひとつずつ掌に取って見ると、一本だけ、フィルムの先端が一ミリほど飛び出しているものがあった。爪《つめ》の先で先端をつまみ、中身を引っ張り出した。

十五センチほど引っ張り出すと、そこから先のフィルムベースが濡《ぬ》れていた。鼻を近づけると少し刺激臭がする。

石巻は小さくため息をついた。いい奴だと思っていたのに、残念だった。

犯人であることがわかれば、それ以上家捜しする必要もないし、長居は危険だ。石巻は静かにアパートを出た。

これから先の行動を考えたかった。とりあえずまた新宿にでも戻って、飯を食いながら考えることにした。

第3章

1

　劇団『新劇座』の練習アトリエは、恵比寿《えびす》にある三階建ての雑居ビルの最上階にあった。全《すべ》ての壁を取払い、だだっ広い空間で研究生達が踊りのレッスンに励んでいる。ドラマチックな音楽と、振り付け師らしき人間のかけ声が聞こえるが、秋吉と白洲に見えるのは、踊っている彼らが時折振り上げる手の先と壁に映る大きな影だけだ。

　二人はビルの前の通りの路肩に車を止め、レッスンが終わるのを待っていた。車は白洲の愛車である紺色のスカイラインGTだ。車内には隅々まで煙草《たばこ》の匂《にお》いが染《し》みついている。

　白洲が運転席、秋吉は助手席だった。

「遅くまでよくやるよなあ。仕事の後によくあれだけエネルギーが残ってるもんだ」

　白洲が首の後ろを揉《も》みながらうんざりしたように言った。

ダッシュボードのデジタル時計は22：16になっている。

「やっぱり好きじゃないとやれないね」

秋吉はぼそりとした声で相槌《あいづち》を打った。

「高いレッスン料払ってあれだけ頑張っても、役をもらってステージに立てるのはほんのひと握りなんだろ？　残りの奴《やつ》らはただのくたびれ儲《もう》け。とてもじゃないが俺にはできないな」

それでも頑張れる。それが夢というものの力なんだろう。秋吉はそう思ったが、口には出さなかった。

特別監察官室が選んだターゲットは、林田由美子という、二十三歳の女だった。中延《なかのぶ》のアパートで一人暮らしをしながら、昼間はカラオケボックスのアルバイトをやり、週三日『新劇座』の夜間レッスンに通い、一日は別のヴォーカルスクールへ通っている。

『クリング・クラング』へ顔を出すのは月に三、四回。

既に名を上げたガードの固いアーティストよりも、こういう人間の方がアプローチしやすいと特別監察官室は考えたのだ。彼女とどうにかして親しくなり、『クリング・クラング』へ出入りできるようになれというのが仰《おお》せつかった指令である。

だが、彼女をターゲットに選んだのは大きな間違いだと秋吉は考えている。彼女の生活には隙《すき》がない。スケジュールの目一杯詰まった生活、レッスンとアルバイトで体を酷使し、おまけに金もないらしく休みの日にはほとんど家にいる。

これでどうやって親しくなれというのか。

『新劇座』に入って同じレッスンでも受けなきゃ口をきく機会もないだろう。

白洲と共に任務を始めてから今日で六日目。成果は何も上がっていない。六日間張り込みを続けているのだから、いやでも何か話さないと気詰まりで神経が参ってしまう。

ポツポツと尻切《しりき》れとんぼの会話を重ねるにつれ、白洲という男のことが少しずつわかってきた。

一番最初にわかったことは、白洲には警察官としての自覚がまるでないということだった。

実を言うと秋吉は、今まで自分こそが、日本全国すべての警察官の中でもっとも警察官としての自覚を持たぬ警察官であると思っていたのだ。

その認識をあっさりとぶち壊され、秋吉は啞然《あぜん》とした。

「あんたが何をやったのか知らないけど、俺たちよりひでえ警察官は一杯いるぜ。皆ばれてないか、もみ消せる立場にいるだけだ。俺なんか可愛《かわい》いもんだ、ホントに」

張り込みの初日、白洲は憮然《ぶぜん》とした口調で言ったものだ。

「ああっ、くそ」

白洲は吐き捨て、尻を前方にずらしてシートに沈みこんだ。

その顔を見て、秋吉は彼が何を言いたいのかわかった。それは彼が日に最低一度は口にする言葉で、今日はまだ言っていない。

「つまらん仕事だ」

秋吉は白洲のせりふを横取りした。

「かははは」と白洲は乾いた変な声で笑った。ちょっと意外な反応だった。

「明日は俺に言わせせな」白洲は目を閉じて呟《つぶや》いた。そして思い直したように「あんた、音楽は聴くか」と唐突に訊《き》いてきた。

あんたと呼ばれる度に嫌な気持ちになるのだが、白洲にしてみれば他になんと呼んだらいいのかわからないのだろう。

「ああ、まあね」秋吉は答えた。

「どんなのを聞くんだ？」

「多分、言っても知らないさ」

「いいから教えなよ」

白洲も白洲なりに自分とうまくやろうとしているのだと思うと、会話に付き合わないわけにもいかない。

「そうだな……スウィングアウトシスターって知ってる？」

「いいや」白洲は即座に答えた。

「スタイルカウンシルとか」

「全然知らん。日本人か？」

「いや、イギリスだ」

「ふうん」

全然興味ねえや、という口ぶりだ。

「君はどうなんだ？」今度は秋吉が訊いてみる。

「最近のお気に入りはプロディジーだ」

「どんな音楽なんだい」

訊きながら、欠伸《あくび》が出そうになる。だるくてしかたない。

「ま、一言で言えば、テクノとヘビメタの融合だ」

「へええ」まったく興味がわかない。

「ま、あんたはきっと嫌いだろうな」

白洲は根拠もなく断定し、またひとつ細切れの会話が終わった。

秋吉は気づかれぬよう小さくため息をついて上を見上げた。ふいにアトリエの明かりが消えた。レッスンが終わったのだ。

「ありがてえや」白洲が呟いた。

それから五分ほど経《た》って、ビルの入り口から若者たちの一団がおしゃべりしながらぞろぞろ出てきた。圧倒的に女の子が多い。

二人は林田由美子の姿を探した。

いた。茶色のTシャツに黒のパンツ、肩には大きな黒いナイロンバッグをさげている。髪は後ろでポニーテールにしていた。

大部分の人間は何人かでかたまって駅の方へと歩いて行くが、彼女は違った。仲間に手を振ると、ビルの前に止めてあった赤い原付きバイクの後ろの荷台にバッグを括《くく》り付け、シートの下からヘルメットを取り出した。

少なくともこの六日間というもの、彼女の移動はすべてあのバイクで行なわれている。

「無理だな」白洲が突然言い出した。

「何が？」

「アプローチは無理だって言ったんだ」

それぐらいわかるだろ、というニュアンスが含まれていた。

「無理かい？」

白洲が秋吉の顔を睨《にら》んだ。

「何日張り込んだって無駄さ。あの子はこれから真っ直《す》ぐ家に帰って寝るだけ。昼間は九時から六時までバイトして、終わったらまた真っ直ぐ帰って、今度はレッスンだ。レッスンのない日は疲れて家に籠《こ》もっている。隙がないじゃないか」

由美子のバイクが動き出した。だが白洲は車を出そうとしない。出すつもりがないのかもしれない。

じれったく感じながら秋吉は説得する。

「彼女だって週七日働いているわけじゃないんだ。いつかは外へ遊びに行ったりもするさ。その時を狙《ねら》えばいい」

「こんな初期段階で苦労したかねえな」

白洲は吐き捨てるように言って、ようやくエンジンをスタートさせた。

秋吉もうんざりしていた。

今夜も恐らく由美子が真っ直ぐ家に帰って、部屋の明かりが消えたのを確認してから帰るだけだ。そして明日の朝早く、新宿駅の近くで白洲に拾ってもらい、また同じような一日を繰り返すだけだろう。

ぼんやりと由美子のバイクのテールランプを見つめていると、ふいにそのランプが揺れ、バイクは左に方向転換した。

「くそ、いきなり曲がるなよな」

白洲が悪態をついたが、口調には隠しようのない期待がこもっていた。彼女が初めて寄り道をするようなのだ。秋吉もやっと訪れた変化に眠気が飛んだ。

大通りに出て、二分ほど走ると、左手に煌々《こうこう》と明るいファミリーレストランが現れた。由美子のバイクのスピードが心なしか落ちる。

「ファミレスに入るらしいぜ」

「こんな時間に一人でか」

「男かな」

由美子のバイクはファミリーレストランの駐車場へと入っていった。

スカイラインが駐車場に入るなり、秋吉は言った。

「僕は先に入って彼女がどこに座るか確認する、じゃ」

言うが早いかドアを開けて降り、レストランの中へ入っていった。

客は三分ほどの入りだ。案内係が来る前にどんどん奥へ進み、彼女の姿を探す。

由美子は駐車場に面した窓際《まどぎわ》のボックス席に一人で座っていた。ウェイターにオーダーを告げている。

踵《きびす》を返して入り口へ戻るのは不自然なので、そのまま奥のトイレへと向かった。ついでに小用を足して、手を洗い、入り口へと戻る。再び彼女の席の脇《わき》を通り過ぎた時、由美子は頭にヘッドフォンを装着して、テーブルの上に楽譜らしきものを広げていた。

入り口に戻ると既に白洲が待っていた。

「窓際に座った」秋吉は小声で教えた。

アルバイトの女の子がメニューを持って二人を案内しようとすると、白洲がやや横柄《おうへい》な口調で言った。

「あっちの奥のサラダバーに近い席がいいんだけど、いいかな？」

その辺りだと、適度な距離を置いて、なおかつ自然に由美子を観察できそうだ、と白洲は考えたようだ。

「おかわりを何度もするんでね」秋吉はつけ加えた。

余計なことを言うな、という目で白洲が睨む。

かしこまりました、と女の子は答え、二人をそちらの方へと導いていく。

由美子は二人の方をちらとも見ずに、楽譜を目で追っている。しばらく長居しそうな雰囲気だ。

秋吉はその場でミックスサンドとアイスティー、白洲はミックスピザとアイスコーヒーを注文した。サラダバーは注文しなかった。

やっと寄り道してくれたとはいうものの、彼女は早々と自分の世界へ引きこもってしまっている。時折右手に持った赤色のサインペンで楽譜の余白に何やら書き込んでいる。

美人だ、と秋吉は思った。だが、あまり舞台映えのする顔ではないような気もする。舞台俳優にしてはやや顔の起伏に乏しい。どちらかというとテレビ向きの顔ではないだろうか。

そんなことを考えていたら、ウェイターが彼女のテーブルに大きなチョコレートパフェを運んできた。

由美子の目が大きなご褒美《ほうび》をもらったかのようにきらりと輝き、口元から笑みがこぼれた。

「もう十時過ぎだぜ、あんなもん食ったら太るだろうが」

白洲があきれたような、驚いたような口調で呟いた。

「それだけレッスンで消耗したんだろう」

由美子は天辺《てっぺん》に突き刺さった三角形のウエハースを引き抜き、それを匙《さじ》代わりにしてアイスクリームをすくいとり、口の中に入れた。そのあまりにも嬉《うれ》しそうな顔に白洲は苦笑した。

「至福の喜びって感じだな」

秋吉もまったく同感だった。パフェさえあればこの世は極楽か。

彼女が目を輝かせて一心不乱にパフェを食べるさまはとても愛らしく、良かったねえ、おいしいねえ、と頭を撫《な》で撫でしてやりたくなるほどだ。

「なあ、ところでどうするんだ」白洲が訊いた。

秋吉は視線を由美子から白洲の暑苦しい顔に戻した。

「アプローチかい？　お手上げだね」

『クリング・クラング』が会員制でなければこんな苦労はしなくて済むのに。まったく忌《い》ま忌ましい限りだ。

「ナンパでもするか」白洲は投げやりに言って、汗で濡《ぬ》れたシャツの胸ポケットからセブンスターの箱を取り出した。

一本を半分ほど吸った頃、注文した物が届き、二人はしばし無言で栄養補給に励んだ。その間に由美子はパフェを食べ終え、再び音楽に浸り始めた。

卵サンドの最後のひときれを一口かじったところで、秋吉は、「あっ」と小さな声を上げた。

「どうした」白洲がピザを口に入れたまま訊いた。

「スカウト、というのはどうだろう」

白洲はアイスコーヒーをちゅうちゅうと吸い、ストローから口を離して、ゲフッと呻《うめ》いた。

「スカウトか……何の？」

「タレント事務所とか……いやいや、それじゃ大き過ぎるな……んんと……そう、例えば僕と君は二人で映画を作ろうとしている。まだ業界に何のコネもない」

「未来永劫《えいごう》ないぜ」

「とにかく、企画があって脚本もできているんだ。だが予算がまったくない。ないけどラッシュを作って映画会社に持ち込もうとしている」

「ラッシュ？」未知の言葉に白洲は顔をしかめた。

「ああ。脚本だけじゃ映画会社の人間の興味をひくことが難しいような時、ラッシュという、脚本の一部分を映像化したものを持っていって見せるんだ」

「そんな言葉よく知っているな」

「大学生の時、同じクラスに映画監督になろうとしていたちょっと変わった奴《やつ》がいて、そいつから聞いたんだ。まあ、それはいい。とにかくラッシュは、作ろうとしている映画の雰囲気を伝えるものなんだ。そのために俳優が必要にもなるんだが、そういうラッシュにはよく俳優の卵なんかが無償で出演するという話を聞いたことがある。俳優の卵にとっては自分をアピールできる絶好のチャンスだと考えるんだろう。まさに藁《わら》にもすがる思いってやつだ」

「ははあ、あの子にラッシュに出演する気はないかってスカウトするのか？」

「どうだろう？　無理かな……舞台俳優志願だとしても、映画にだって興味はあるんじゃないか？」

白洲は無言でもう一本煙草《たばこ》をくわえ、火をつけた。

秋吉は煙草を吸わない。だから本当は白洲の吐き出す煙が嫌でならないのだが、さすがに禁煙しろとはいえない。

由美子をちらりと見ると、しょぼくれた目で時折こくり、こくりとやっている。

「考えは悪くない。だが、彼女を信じさせるには脚本とやらが必要なんじゃないのか？　まさかあんたが書くとでも？」

「とんでもない！　僕は捜査報告書だっていつも相棒に押しつけていたくらいなんだぜ」

「自慢するようなことか。じゃどうするんだよ」

「さっき話した大学時代の友人なんだが、脚本も書いていてね。見せてもらったことがあるんだ。もし彼がそれをまだ保管しているのなら利用できないか、と思っているんだけど」

「そいつは今何しているんだ？」

「ビル清掃の会社で働いているらしいよ」

「夢やぶれてビル掃除か……」

「今夜さっそく連絡を取ってみようかな」

「だがよ、その脚本が手に入ったとしてもだぞ、一体いつどこであの子をスカウトするんだ」

「僕が思うに、あの子は明日、アルバイトは休みじゃないかと思うんだ」

白洲が一瞬由美子の方を振り返り、また顔を戻して言った。

「根拠は？」

「明日アルバイトがあるのなら、こんな時間にファミレスでパフェ食ってウトウトするかい？　つまり休日前のささやかな前祝いなのさ。サラリーマンが金曜日に飲むのと同じことだよ」

白洲は渋々という感じで秋吉の説を認めた。

「だが、明日彼女が外出するとは限らないぜ」

「外出する方に賭《か》けるね」

秋吉には妙に自信があった。

「まあいい、明日になればわかるさ。とにかく、そうと決まったら、これ以上長居してあの子に俺等の顔を覚えられるのはまずいぜ。出ようや」

白洲は小声で言って伝票を摑《つか》んだ。

2

秋吉のカンが的中し、林田由美子は翌日、休みだった。そしてさらにもうひとつのカンも当たり、由美子は十一時過ぎに原付きバイクに乗って、渋谷方面に向かった。

任務開始以来七日目にして初めて、由美子がアルバイトとレッスン以外の外出をしたのだ。まったくこんなペースではいつ本来の任務を開始できるかわかったものではない。白洲は既にうんざりしきっていた。

おまけに秋吉が開口一番、自分の服装（黒のタンクトップにカーキ色のオーバーシャツ、下はジーンズ）をゲイっぽいと笑ったのが気に食わない。秋吉の方がよっぽどホモの女役みたいな雰囲気を放っているくせに。

「男かな？」

スカイラインで慎重に尾行しながら白洲は言った。言いながら、昨夜も同じことを口にしたような気がした。

助手席に収まった小柄な相棒が妙に自信ありげに言った。

「違うと思う」

「根拠は？」

つい刺《とげ》を含んだ口調になってしまう。

「あの子に彼氏はいないと思うな。この一週間でなんとなくわかった。可愛い子だけどあの子の生活には出会いの機会がない。出会いがあってもあまり長続きはしないだろうな」

「ほお、そこまで言うかね」

「あの子は舞台俳優を目指して本気で頑張っている。そんな時に恋も遊びもってのは無理だよ。今日の外出は多分、ちょっとした買い物ってとこじゃないかな」

「ありがてえや。そうでなきゃこっちが接近できないからな。なあ、それはそうと、あんた当然運転はできるよな？」

「ああ、どうして？」秋吉は不思議そうにこちらを見る。

「たまには俺が運転するよって言ってくれないのか？　俺は一週間ぶっ通しで運転している。あんたより倍は疲れているんだ」

言葉がきつくなるのも疲労のせいだ。

「君の車だから、君が運転したいのかと思って、遠慮していたんだ」秋吉は悪びれることもなく言った。

「遠慮するな。これから一週間はあんたが運転してくれ。ところでアクセルに足届くか？」

秋吉の顔が強《こわ》ばったので白洲は少しいい気分になった。

3

由美子はバイクを渋谷ＢＥＡＭの先にある古ぼけた飲み屋などが集まっている区画の路上に違法駐車して、井の頭通りの方へと歩き出した。東急ハンズで古くなった弁当箱のゴムパッキンを買うつもりだった。ちっぽけな物でも買い物は楽しい。その後で、青山通りを少し上ったところにある映画とミュージカルのサウンドトラック専門のCDショップへ行く予定である。

井の頭通りへ入る手前で自分より背の低い、色白の男に声をかけられた。

男は焦《こ》げ茶色の麻のシャツに、白いズボン、チョコレート色のローファー（サイズは自分と同じかもしれない）という格好だった。

「あなた、映画とか演劇に興味ありますか？」

男は見ている方が情けなくなるほど恐る恐る訊《き》いてきた。

「AVなら興味ありませんから。それじゃ」

由美子は歩調を速め、無視することにした。

ところが男はひどくあわてた様子でついてくる。

「違うんです、役者さんを探しているんです。演技には全然興味ない？」

「ありません。急ぎますから」

「嘘《うそ》だ。あなた女優さんでしょ」

男があまりにも自信ありげに断定したので、由美子は少し驚いた。

歩調が鈍ったところへ男がすかさず前に回り込んできた。

どうも普通のスカウトマンやナンパ男にしてはひどく深刻なのが引っかかった。勿論《もちろん》、スカウトマンやナンパ男もそれなりに真剣なのはわかるが、それとはまた別種の、切羽詰った真剣さなのである。

「雰囲気でなんとなくそうじゃないかと読んだんですけど。その顔を見るとどうやら当たりのようですね」

男はいかにも嬉しそうな顔で言った。

「ちょっとだけ話を聞いて欲しいんです。ちょっとだけ」

久しぶりにバイトの休みとレッスンの休みが重なって、とくに予定がなかったからこそ、少し話を聞くぐらいならいいかという気になったのだ。

お茶を奢《おご》ってくれるというので、一番最初に目についたファーストフードショップに入った。

男は秋吉だと名乗った。歳《とし》は三十というところか。小柄だが、顔もそれに比例して小造りなので全体的なバランスは取れていた。ルックスもそれほど悪くはない。これで顔が大きくてまずかったら絶対についてはこなかった。たとえその気がなくたって、顔のまずい男とは話なんかしたくない。自分は結構面食いなのだ。

秋吉はビル清掃のアルバイトをしながら映画の脚本を書いているのだと自分のことを話し、どうしてもラッシュフィルムを作りたいのだが、演じてくれる女優がいなくて困っているのだ、それで君を見て声をかけたのだと言った。

「へえ、結構人を見る目あるかもね。あたし実は劇団の研究生なんだ」

秋吉が興味津々《しんしん》という感じで自分のことを訊いてくるので、いつの間にか自分の名前から始まっていろんなことを喋《しゃべ》ってしまった。なんだかんだ言って自分はお喋りな人間なのだ。

「ねえ、その脚本、今も持っているの？」

「ああ、勿論持ってるよ。見てくれる？」

秋吉は嬉しそうにバッグから二つ折りにした脚本を取り出して、由美子の方へ身を乗り出した。真ん中辺りのページの端が折られている。そこをめくり、「ここのシーンを撮影しようと思っているんだけど」と説明した。

由美子は読んだ。映画の脚本も芝居の脚本も形式には大して違いはない。

一ページが約一分の長さなので、問題のシーンは約三分。主人公であるヒロインが、自分の恋人を殺したのが実は自分の親友であると確信し、彼女の部屋を訪ねていって彼女を理詰めで追いつめていくという場面だ。主人公が謎《なぞ》を解き明かしていく台詞《せりふ》の途中で、突然画面が縦割りに二分割され、殺人の場面が同時進行するようになっている。

なんとなく外国の映画でこういう二分割同時進行を観《み》たような気がする。ブライアン・デ・パルマとかじゃなかったかしら？　脚本を返してそのことを言うと、秋吉は心底驚き、少し傷ついた顔をした。

「あいつめ、ぱくりやがったな……」

秋吉は小声で恨めしそうに呟《つぶや》いた。

「あいつって？　これ、秋吉さんが書いたんじゃないの？」

「共同執筆なんだ。相棒がいてね。このシーンはあいつが提案したものなんだ。ねえ、どうだろう、僕は君に是非、この主人公を演じてもらいたいと思っているんだけど。ほんの数時間あれば撮れるし、お金もかからない。ただ必要なのは演技力だけ」

「ちょっと待ってよ、このシーンには二人の女性が登場するじゃない。もう一人の女優はどうするの？　手配済みなの？」

秋吉は顔を左右に振った。

「いや、僕が女装して演技しようかと思っている」

真剣に言うので思わず笑ってしまった。

「いや、本気なんだよ。だってもう一人の方はほとんど台詞がないだろう？　それに僕は背が低くて痩《や》せているからやってやれないことはない。それぐらい真剣なんだよ」

由美子はひとしきり笑ってから、ごめんね笑っちゃって、と謝った。

「それで、秋吉さん今までに女装したことあるの？」

「何回もある。でも、断っておくけど僕は変態じゃないからね」

「変態だなんて思わないわよ」

「でも君の周りにはそんな人間いないだろう？」

「いるよ、何人も」

「何人も？」秋吉が眉《まゆ》をひそめた。

「あたしがたまに顔を出す飲み屋さんがあってね、そこに出入りする常連の人でそういうの趣味って人が結構いるよ」

「林田さんて、そんな凄《すご》いお店に出入りしてるんだ。男装女装クラブ？」

「ううん、違う。普通の飲み屋さんなんだけど、集まっている人がちょっと変わっているの」

秋吉がとても興味を持ったようだったので『クリング・クラング』のことを話してあげた。映画監督の篠田義文も常連の一人だと教えてあげると、秋吉はかなり興奮した。

「凄いな、僕、あの人のファンなんだよ」

「じゃ、今度会ったら言っておくね」

「でも羨《うらや》ましいなあ。そんな凄い人たちが集まるお店に出入りできるなんて。いつから通うようになったの？」

「八カ月くらい前からね。以前、劇団の俳優さんと付き合っていたんだけど、その人に連れられていったのが最初よ。一旦《いったん》顔見知りになっちゃえば、有名無名なんて関係ないの。そこがいいのよ。通い始めた頃は無名だったけど、その後成功して有名になった人が何人もいるわよ」

「ふうん。それで、その付き合っていた人はどうしちゃったの？」

「その人ねえ、原因はわからなかったけど突然鬱病《うつびょう》になっちゃって、田舎へ帰ってしまったの。好きだったんだけどなあ」

「そうなんだ。でもいいなあ、篠田監督と友達か、いいなあ」

「すごく素敵な人よ。声がもこもことしてて、よく笑うの。ジョークもなかなかセンスがあって……」

「いいなあ」

秋吉があまりにもいいなあを連発するので、由美子は改めてあの店の常連であることに優越感を抱いてしまった。

（まあ、私はまだ無名なんだけどね。でも、見てなさいよ、今にきっと……）

「成功したアーティストってやっぱり違う？」

「うん、持っているパワーが全然違う。それに実績の上に成り立っている本物の自信て、やっぱり凄いなって思う。あたしね、あの店にはパワーをもらいに行っているようなものなの。あの店に行って皆とちょっとおしゃべりしただけで、体の底から、やるぞおっていう精神的パワーが漲《みなぎ》ってくるのよね。そしてまた頑張れるわけ」

秋吉は熱心に耳を傾け、しきりと相槌《あいづち》を打っている。

「そうか、俺にもそんなパワーがあったらなあ。ねえ、ところでこの映画の話、考えてみてくれる？」

レッスンとアルバイトでスケジュールがびっしりなのだと言うと、秋吉は半日、いや、数時間でもよいのだと食い下がった。

「ねえ、それじゃ交換条件といかない？　今度の十月の公演、あたしは出演しないんだけどチケットのノルマがあるの。何枚かあなたが買ってくれたら、その映画の話、乗るわ」

あまり深入りし過ぎなければ男の友達は多いほどいい。いつか自分に役がついた時、一人でも多くの人にチケットを買って観に来てもらいたい。でないとノルマ分のチケット代をすべて自分で負担しなければならなくなる。ずるいようだが、自分の好きな道で食べていくためには綺麗事《きれいごと》ばかり言ってはいられないのだ。

4

秋吉の話を聞き終えても、白洲はハンドルを握って前方の道路を見つめたまま「ほおお」と気のない返事しかしなかった。

「アプローチに成功したんだよ。もっと嬉《うれ》しそうな顔をしても損はないと思うのだけどね」秋吉が不満気に言う。

「あんたが女と夢中でしゃべくっている間、俺はこの車を止める場所を探して渋谷をグルグル回っていたんだぜ」

勿論、内心では少し安堵《あんど》し、喜んでもいた。しかし、この妙にさっぱりとした顔の小男に自分の内面を曝《さら》す気にはまだなれないでいた。この先もずっとなれないかもしれない。

「そうか、それは悪かったね」秋吉は意外にも素直に謝った。

「本当に大丈夫なのか?」

「何が?」

「アプローチが成功したってのはまあ、認めよう。だが、俺は彼女の気がコロッと変わっちまうような気がしてならないね。近頃の若い女との約束なんて、あまり当てにできないさ」

秋吉は何も反論してこない。

「最近新聞で読んだんだが、昨今の若い連中ってのは、皆、口先だけの社交辞令ばっかりで、しっかりとした継続的人間関係を築けない奴《やつ》が多いそうだ。ちょっと気が乗らないと約束も平気ですっぽかすらしい」

秋吉の表情が曇った。白洲は横目で彼を見て、内心悪態をついた。

(なんだよ、お前も本当は自信ないんじゃないかよ。大丈夫、あの子は約束を守る子だよ、とか嘘でもいいから言えねえのかよ)

実を言うと白洲は、気分を少しでも軽くしてくれる楽観的な言葉を秋吉に期待していたのだ。

「まあ、でも、なんとかなるか。あの子がそういう手合いだとも限らねえし」

結局、白洲が自分で楽観論を口にするしかなかった。自分の口から言うと全然説得力がない。

「そうだね。あまり悪い方にばかり考えてもしかたないからね、ははは」

(ははは、じゃねえよ、馬鹿《ばか》)

白洲は今日八本目の煙草《たばこ》に火をつけた。

「おい、ちょっと止めるぞ」

「何か?」

「運転代わる約束だったろ」

第4章

1

「よお」

石巻が『クリング・クラング』で飲んでから、山手通り沿いにあるS銀行の傍の二十四時間駐車場へ戻り、愛車のセリカに乗り込もうとすると、背後から声がした。

「飲酒運転かよ」

声をかけてきたのは、これっぽっちも会いたくない男、公安一課の伊勢崎だった。

石巻はゆっくりと後ろを振り返り、何の感情もこもっていない声で言った。

「張っていたのか」

街灯の鈍い光を受けている伊勢崎の顔半分がいやらしく歪《ゆが》んだ。

「へ、まあそう恐《こわ》い顔するなよ。こんな遅くまで仕事たあ、ご苦労なこった」

伊勢崎は車の間を縫ってゆっくりと近づいてくる。

「しかし、仕事にしちゃあ、なんだか楽しそうだよなあ。いい酒飲んで、洒落者《しゃれもの》たちとお喋《しゃべ》りしてよお……」

「楽しくはない。仕事だ」

石巻はあくまでポーカーフェイスで答えた。

伊勢崎は石巻から二メートル少し離れた距離で止まった。両手をズボンのポケットに突っ込んで、腹を突き出す。

「馬鹿《ばか》いっちゃいけねえよ。仕事なもんか」

伊勢崎は愉快そうにそう決めつけた。顔にはいやらしい笑いがへばりついているが、目だけは笑っていない。

「なぜ張ったりしたんだ」石巻は静かな声で訊《き》いた。

伊勢崎は首をやや斜めに傾けて、「へっ」という人を小馬鹿にしたような声を出した。

「ちっとばかり興味があってよ」

この男に興味を持たれるというのはどうも有り難くなかった。

「なぜ俺の仕事に興味を持つ」

「俺のおかげであの店に出入りできるようになったのを忘れたのかよ」

石巻はこの男にひと芝居頼んだのを後悔した。こんなふうにしゃしゃりでてくるとは思わなかった。

「あの時の礼はしたと思うが」

(三万円じゃ足りないと言いたいのか)

「そう冷たい言い方しなくたっていいじゃねえか」

口調がますます粘っこくなる。

「悪いが、明日の朝早いんだ」

石巻は会話を打ち切って車に乗り込もうとした。

「待てよ、おい」

伊勢崎は腹の底からドスの利《き》いた声を出し、体つきのわりには敏捷《びんしょう》な動きで間合いを詰めた。ドアのルーフモールに掌《てのひら》を当て、腕で石巻の動きを阻《はば》む。

傍に寄ってこられると体臭がきつい。

「すまないが、車に乗せてもらえないかな」

石巻はいよいよ落ち着き払った声で言った。

「なぜ俺を避ける」

伊勢崎はこの状況を半ば楽しんでいるような声で言った。

「俺は尾行されるのが好きじゃないんだ。それだけだ」

「尾行に気がつかなかったお前がいけないのさ」

この男は、人の神経を逆なですることを生きがいにしている。

（それにしても一体何を考えている？　どうしたいというのだ？）それがわからないとこちらもすっきりしない。

石巻は軽く肩をすくめてみせた。そして、「確かにそうかもな」と言った。

「なあ、なぜあんな店に通っているんだ？」

「あんな店とはどういうことかな」石巻はとぼけてみせた。

即座に「とぼけんなよ」と返ってきた。

「俺なりにいろいろ調べたんだぜ」

「ほお」はったりかもしれないので探ってみる必要がある。「さすがだな」

「公安のエリートが通う店じゃねえ。公安が顔を出すにゃ面白すぎるぜ」

「そうかな……」

「オーナーの響堂を始めとしてクセ者ぞろいときた。ＳＭクラブのオーナー、映画監督、歌手、モデル……」

石巻は少なからず驚いた。短期間にずいぶんと調べ上げたものだ。

「だがな……ロシアマフィアに関係ありそうな奴《やつ》はいねえ。どう考えてもいねえよ。お前は仕事であそこへ通っているんじゃない」

石巻はもう、それでもあくまで仕事のためだと主張する気にはならなかった。だから沈黙を通し、否定も肯定もしなかった。

「それにもう一つ、あんなに足しげく通って飲み代《しろ》はどっから出てるんだ？　俺とお前の給料に大して違いはないはずだろ？」

「…………」

「よお、何をやろうとしてんだ、ええ？　金はどこから出てるんだい？」

石巻はたっぷり三秒間、伊勢崎の腫《は》れぼったい陰気な目を直視してから言った。

「何かうまい儲《もう》け話を期待しているのなら、残念だな」

「なあ石巻よ、俺とお前はもう少し、涼しくて落ち着いた場所で腹を割って話し合う必要があると思わないか？　こんなくそ暑い、陰気な駐車場じゃなくてよお」

「ラブホテルにでも行くか？」

石巻の言葉に、伊勢崎は耳障《みみざわ》りな笑い声を上げた。そして臭い体を石巻に擦り寄せ、小声で言った。

「言葉に気をつけた方がいいぜ、本気にするじゃねえか。俺はな、両方イケるくちなんだ。ついでに人間以外の動物もな」

その口振りと目つきには、まんざら冗談ではないような雰囲気があった。どこまでも気持ちの悪い奴だ。

「とにかく、俺にくっついてきても、お前には面白いことなど何もないぞ」石巻はやや語気を強めた。

「あくまで何もしゃべらんつもりか？」

「これ以上つきまとうのはやめてもらおう」

石巻は平静な声できっぱりと言った。

伊勢崎の肩がわずかに動いた。

くる、と思った瞬間、やはりきた。

伊勢崎の右手が、見かけの鈍重さを裏切る素早さで石巻の襟首《えりくび》に向かって突き出された。

石巻はそれを右腕で内側から外へと弾《はじ》き飛ばした。そして左手を伸ばすと伊勢崎のワイシャツの右肩を摑《つか》み、左足を大きく一歩踏み出して体の重心をぐっと前に傾けた。伊勢崎の体が後ろに反り返る。そうしておいて右足の踵《かかと》を伊勢崎の脚の間に割り込ませ、力一杯後ろに蹴《け》り上げた。それと同時に右肘《みぎひじ》を伊勢崎の胸板に当て、強く押す。これらの複雑な動作を石巻は流れるように一瞬で行なった。

伊勢崎の左脚が地面から離れ、大きくバランスを崩した。

「てめえっ！」

伊勢崎は罵《のの》り声を上げながら地面に背中を打ちつけた。そして右の足で石巻の股間《こかん》を狙《ねら》って蹴りを繰り出した。

石巻は咄嗟《とっさ》に体を右に捻《ひね》り、攻撃を避けた。伊勢崎が足を引っ込める前に両手でその足首をがっちりと摑み、外側へ力一杯、百二十度に近い角度まで無理矢理捻った。

「があっ！」

伊勢崎が口から唾《つば》を飛ばしながら苦痛の叫びを上げた。

石巻は手を離して後ろに二歩下がった。

「馬鹿はやめろ。俺はお前がいつも苛《いじ》めているヤワな革滅の虫ケラとは違うんだぞ」

「くそったれが！」伊勢崎は喚《わめ》き、右手を石巻の顔に向けて突き出した。

顔に向かって何か液体が飛んできた。

石巻は頭を下げてそれをよけた。直射式の催涙スプレーだ。拡散はしないが、その分勢いがあり射程が長いのが特徴である。

第二弾が来る前に石巻は左足を踏み出して、右足の甲で伊勢崎の左のすねの骨をサッカーボールのように蹴り上げた。折れるかもしれないが、手加減するのは難しい。

そうしてから伊勢崎の右手に向かって飛びつく。

手首を両手で包み込み、足首の時と同じ要領で今度は内側へと曲げる。こうすると長掌筋に激痛が走り、握っていた物は自然と落ちる。

伊勢崎が吠《ほ》えた。怒りと屈辱の叫びである。

地面に落ちた催涙スプレーを摑むと、それで伊勢崎の顔を狙って、落ち着き払った声で言う。

「悪く思うな。お前が始めたことなんだから」

「てめえ、ぶっ殺してやる！」

「車に乗りたいんだ、ちょっとどいてくれ」

石巻は伊勢崎の体を跨《また》いで、中途半端に開きっぱなしになっていたドアを開け、運転席に乗り込むと、ドアを勢い良く閉めた。エンジンをスタートさせ、シフトレバーをバックに入れるとアクセルを踏んだ。

セリカの後輪が倒れた伊勢崎の肩のわずか五、六センチ横を掠《かす》めた。続いて前輪がさらに際《きわ》どい距離で通過する。

山手通りに出ると、石巻は急がず悠々と車を走らせた。

まずいことになった。この先あいつはずっと俺につきまとうだろう。公安一課の上司に奴を押さえてもらう必要がある。

2

深夜一時。伊勢崎貴一は右足を引きずりながら、伸び放題の雑草に埋まりそうになっている平屋建てのぼろい木造家屋の門を開けた。

木目合板がささくれのように剝《は》がれたドアにたどり着くと、拳《こぶし》で乱暴に四回叩《たた》く。すぐには返事がない。

「開けろ、くそ野郎！」

悪態をつきながらさらに五回叩く。

玄関の明かりがついた。

「今開けますから、待ってください」

若い男の困惑したような声が内側から聞こえた。

チェーンが外され、ドアがそっと開くと、伊勢崎は右手を隙間《すきま》に差し込んで乱暴に払った。ドアがちゃちな蝶番《ちょうつがい》から千切れそうな勢いで開き、内側にいた痩《や》せっぽちの男はぎょっとして後ろに一歩ひいた。

「ああ、くそ」

ズキズキと痛む右足首を庇《かば》いながら、土足で家に上がった。若い男は何も言わず、あきらめきった顔だ。

奥の寝室からパジャマを着た女が怯《おび》えた顔で見ていた。顔の各パーツが小さく、頬や目蓋《まぶた》や顎《あご》が異様に腫れぼったい。

「怪我《けが》、したんですか？」

男が言いながら、伊勢崎の後をついてくる。男は身長一七五の伊勢崎より十センチ以上低い。

「うるせえよ」

伊勢崎は言って、額に浮いた汗を手の甲で拭《ぬぐ》った。寝室へ向かう。

「ビール持ってこい」

伊勢崎が命じると、男は暗い顔で傍を離れた。

「くそっ、蒸し風呂《ぶろ》みてえな暑さじゃねえか。一体いつになったらエアコン買うんだよ、くそ貧乏めが」

寝室の襖《ふすま》を左足で蹴り開けた。薄っぺらな蒲団《ふとん》が二組、ささくれ、汚く変色した畳の上に敷いてあった。

女が恐怖に引き攣《つ》った顔で、部屋の隅に膝《ひざ》を抱えてうずくまっていた。

襖の脇《わき》にどっかりと尻《しり》を落とし、背中を壁に預けた。振動で家全体が揺れる。

「どうぞ」男が伊勢崎のために買ってあった五〇〇ml入り缶ビールを持ってきて、伊勢崎に差し出した。伊勢崎はそれをひったくり、プルトップを外した。喉《のど》を鳴らしてビールをドバドバと流し込む。その様子を二人の男女は絶望的な顔で見ている。

男は杉野浩二十四歳、女は橋田澄子二十三歳、二人とも革滅派の活動家。下っ端《ぱ》も下っ端、最下級だ。

この家は死んだ杉野の両親が残した唯一《ゆいいつ》の財産である。ここで二人は同棲《どうせい》している。

伊勢崎は、初めのうちは二人を情報提供者としてなにがしかの小遣いをやって利用していたのだが、ろくな情報を持ってこないため、今は単に八つ当たりの道具として、あるいは嗜好《しこう》を満足させる道具として使っている。今夜みたいな最悪な気分の夜に、誰も待っていない部屋に一人で帰るのは、我慢がならなかった。そんな時は虫ケラを踏み潰《つぶ》すのが一番だ。

公安のイヌだと仲間に知られれば、二人は仲間にリンチされ殺されかねないので、伊勢崎のいいなりになるしかない。二人とも身寄りもなく、金もなく、人より優れた知性もなければ美貌《びぼう》も体力もない、若くして将来に何の希望もない人間だった。貧しい家庭に生まれ、貧しさが心をねじ曲げ、世の中が自分を苦しめているという被害妄想を抱き、いつしか国家を転覆させる夢を革滅の連中と共に見るようになった。出口のないトンネルに入り、空気がどんどん抜かれつつあるような状況だ。

「くそっ、あの野郎」

石巻から受けた屈辱を思い返し、伊勢崎は飲み干したアルミ缶を握り潰し、汚らしい寝室の塗り壁に投げつけた。澄子がびくっと体を震わせた。

ネクタイを外し、汗でびっしょり濡《ぬ》れたワイシャツを脱いでランニング姿になった。腹はオーブンの中で焼いたカップケーキのようにでっぷりと肉がズボンから食《は》み出している。ついでに靴と、蒸れて湿った靴下も脱いで部屋の隅に放った。

「おい、洗面器に氷水入れて持ってこい」

伊勢崎は澄子に命じた。澄子がはい、と掠《かす》れた声で言って、立ち上がり、台所へ消えた。それから「てめえももっとビール持ってこいよ」と杉野に命じる。

空っぽの胃の襞《ひだ》にアルコールが浸透し、部屋がゆっくりと回り出す。

石巻の奴め、何か裏の仕事をやってやがるんだ。きっとうまみのある仕事だ。こんなふうに俺を侮辱したからにはただでは済まさない。奴のしていることを暴《あば》いてやる。そして俺も野郎の仕事に一枚嚙《か》み、奴を押し退《の》けて俺が旨味《うまみ》を吸う。

伊勢崎は金に困窮していた。バカラ賭博《とばく》の借金が六百万円あり、それに加えて酔って賭博場で暴れたので店から損害賠償として五十万円を請求されていた。金が今すぐ必要なのだ。

杉野が持ってきた缶ビールをもう一本飲み、氷水でしばらく足を冷やすと、痛みは徐々に和らいできた。

「おい、なんかつまみはねえのかよ」

伊勢崎は杉野に訊《き》いた。

「すみません、持ってきます」

「少しは気をきかせろ。何の役にもたたねえんだからよ」

杉野はすぐにサラミソーセージを持ってきた。伊勢崎はソーセージにかぶりつき、ビールを飲んだ。

けた。

「おい、お前ら」

胃が活動を始め、アルコールが気分を盛り上げてきたところで伊勢崎は二人に呼びか
「始めろ、いつものあれだ」

杉野が青白い顔で、さも言いづらそうに、澄子の方を見る。

「すみません、あの、こいつ、今日、その……」

「なんだよ」

「いや、その……生理なんです」

「なんだ、メンスか？」メンスをわざとでかい声で発音する。

「は、はい……」杉野が答えた。

澄子は真っ青な顔で、目を伏せている。

「おめえに訊いてんじゃねえよ、ボケ」伊勢崎はしわがれ声で怒鳴り、澄子を見た。

「おい、答えろ、メンスなのか？」

三秒ほどして澄子が「はい」と、消え入りそうな声で返事した。

伊勢崎はげらげらと笑い出した。ひとしきり笑ってから、

「そうか、革滅のメス豚にもメンスは来るのか、初めて知ったぜ」と言ってまた笑った。

笑っている間、澄子は顔を膝の間に埋め、杉野は顔を伏せて唇を噛んでいた。

伊勢崎はサラミソーセージの脂《あぶら》でギトギトした唇を舐《な》め、言った。

「おもしれえじゃねえか。早くやれよ」

伊勢崎は革命の脱落者であるこの醜い二人を自分の目の前でセックスさせ、それを眺めるのを好んだ。二人は伊勢崎があしろ、こうしろという指図に従順に従い、伊勢崎の嗜好を満足させる玩具《おもちゃ》だった。

「やれって言ってんだよ、早く。仲間にてめえらがイヌだってことバラされてえのかよ、ああ？」

この言葉はいつだっててきめんに効果がある。どんな屈辱でも仲間からの凄惨《せいさん》なリンチよりはましなのだ。

二人は静かにパジャマを脱ぎ始めた。顔も醜ければ体も貧弱な二人だった。

「よし、オス犬、メス犬のまんこ舐めろ」

伊勢崎は命令した。背中の辺りがぞくぞくしてきた。

伊勢崎は普通の男女のセックスでは興奮できない。他人を自分の言葉ひとつで動かせる絶対的支配の状況ができないと興奮しない体になってしまっていた。

それから伊勢崎は一時間にわたって二人の醜いセックスを眺めながら、みずからの一物をしごき、射精しそうになると氷を当てて冷やし、爆発を先送りした。

最近、二人はどうも伊勢崎に見られながらの行為に慣れてきたようだった。特に澄子は、伊勢崎の見ている前で平気でよがり声を上げるまでになった。これならますます調教のしがいがあるというものだ。

　二人の行為が激しくなってくると伊勢崎の飛ばす野次もより下品に、陰険になってくる。

「おらおら、オス犬、もっと責めろ、がんがん突っ込め！　気合い入れんと革滅がリンチしに来るぞ！」

「こらメス犬！　もっと腰動かさんか、馬鹿《ばか》もん！　そんなこっちゃ日本政府はひっくり返せんぞ」

　伊勢崎はいよいよ我慢できなくなると、がば、と立ち上がり、足をひきずりながら動いている二人の傍へ行き、「このゴミ野郎どもがあああ！」と吠えながら射精した。すぐに興奮は冷め、無性に腹がたったので、何度も何度も二人の体を蹴る。

　二人は抵抗することもなく、黙って蹴られ続けた。今や二人の命は伊勢崎の気分ひとつにかかっているのだ。逃げたり、伊勢崎に刃向かおうものなら日本中の公安警察官と革滅の同志がどこまでも追ってくるのだ。

　いくぶんすっきりすると一物をしまい、杉野のパジャマで顔の汗を拭った。脱ぎ捨てたワイシャツと靴下を拾い上げ、澄子の生理の血がこびりついた杉野の顔を見下ろし、

「また来るからな」

と吐き捨てるように言い、そそくさと出ていった。

3

警視庁公安部公安一課長の豊川警視正は、部下の伊勢崎警部が自分のオフィスに入ってきた瞬間、彼が放つ異様な臭気に思わず鼻をつまみそうになった。この前風呂に入ったのはいつだ、と訊きたくなった。

ワイシャツはしわくちゃで襟の縁は黒ずんでいる。ズボンもよれよれだ。頭髪にはフケがたまり、不精髭《ぶしょうひげ》は三ミリほども伸び、おまけに顔に三カ所あるホクロからはそれぞれ太い毛が一センチ以上も伸びている。

はっきり言ってこんな奴《やつ》を自分のオフィスには入れたくないのだが。

「来たか」豊川は机の上に広げてある書類を束ね、右側に重ねて置いた。

「何か……」その声は嗄《か》れて、いがらっぽかった。自分が呼び出された理由をわかっていないようだ。或《ある》いはわかっていてとぼけているのか。

「まあ、座りたまえ」

本当ならドアの外に立たせて、開いた隙間越しに話したいくらいだが、我慢して椅子《いす》を勧めた。

伊勢崎が近寄ってくると、体の全細胞が汚染されたかのような生臭い匂《にお》いがムワッと襲ってきた。それにアルコールの匂いが渾然《こんぜん》一体となって、部屋の空気を急速に蝕《むしば》んでいく。

（こいつは人間か？　清潔という観念がないのか？）

伊勢崎はだるそうに豊川のデスクの前に置かれたキャスター付きの椅子を引いて、尻を落とした。

「なぜ呼ばれたのかわかるかね」豊川は切り出した。

「いいえ」伊勢崎は即座に答えた。

「今朝、外事一課の課長から苦情を受けたんだ。君の行動に関することでね」

「俺の……ですか？」

豊川には彼の口から吐き出される匂いが見えるような気さえした。それは徐々に自分の顔にまとわりつこうとしている。恐怖すら覚えた。

「そうだ。君は外事一課の石巻修次警部の職務遂行を故意に妨害したそうじゃないか。石巻警部が外事一課長に報告し、そして私のところに連絡がきたというわけだ」

伊勢崎は黒い毛が数本ずつはみでている両の鼻の穴から、いかにも不服そうな息を漏らした。

（こいつが息を吸って吐く度に、俺の清潔で快適なオフィスが汚れていく。匂いの粒子が床や壁に張り付いて、何重にも……）

「どうなんだね、それは事実なのかね？」

「事実も何も……そんなのまったくのデタラメですよ」

伊勢崎は不気味な苦笑を浮かべ、頭の後ろを掻《か》いた。

（やめろ馬鹿もん！　フケが落ちるじゃないか。後で掃除機をかけないと）

「そんな事実はなかったと言うのか？　しかし、現にこうして彼から苦情がきているじゃないか」

「彼と会ったことは認めますがね……」

伊勢崎は、今度はさっき頭を掻いた指を唇へ持っていき、荒れて剝がれかけた唇の皮を爪《つめ》の先で剝《む》き始めた。

（うわっ、何て汚い真似《まね》を！　馬鹿ものめが！）

心の中で叫びながらも、豊川の声はあくまで平静を保っていた。

「会って、どうしたのだね？」

「いやあ……バッタリと会って、お互いにちょっと言葉を交わしただけですよ。しかしそれにしても、職務妨害とは……はっきりいって心外ですよ」

「石巻警部は、君が彼の職務内容を無理矢理訊き出そうとした、と言っているぞ」

「なんですって！」

口から唾《つば》が飛び、豊川のデスクに落ちた。怒りと嫌悪《けんお》でうなじの毛が逆立つ。

豊川は、水でなくてリステリンを張ったプールに伊勢崎を投げ込み、一日中泳がせる場面を想像した。奴がプールサイドにあがろうとしたら、モップで顔を突いてまた落とす……。

「彼は一体何を考えているんですかねえ……被害妄想もいいところですよ」

「ほお、では殴りかかってきたというのも彼の妄想かね？」

「なんです？」

「彼に殴りかかったそうじゃないか」

伊勢崎の黄色く濁った目が大きくなり、「冗談じゃない！」大口を開けてだみ声を張り上げた。

地獄のような悪臭が襲ってきた。おそらく十日は歯を磨いていないに違いない。豊川はポケットからラルフローレンの紺色のハンカチを引き抜いて口と鼻を覆《おお》った。

「何を馬鹿なことを……私が彼を殴ったという証拠でもあるんですか」

「いいや、それはないそうだ」

豊川はハンカチを押し当てたまま、くぐもった声で言った。

「そりゃそうでしょう。そんな事実はないんだから。しかし困った男だな、一体何を考えているんだか……ははは」

わざとらしい笑いであった。開いた口の隙間《すきま》から、並びの悪い黄色い歯と、白濁した苔《こけ》にびっしりと覆われた舌が覗《のぞ》いた。

トイレクリンを口から流しこんで、ブラシで食道から胃の中まで洗浄しないと、この汚らしさは手に負えそうもない。

「とにかく、そんな事実はありません。彼の被害妄想です。奴は一度カウンセラーに診てもらった方がいい」

(お前も一度医者に診てもらって、清潔という観念を学んだ方がいい)

「そうか……では外事一課長には、私の方からそのように報告しておくとしよう」

「お願いします」

「しばらくの間、彼には偶然会ったとしても近づかないことだな」

「ええ勿論《もちろん》。もう会うこともないでしょう」

「この件に関しては以上だ。仕事に戻りたまえ」

「では、失礼いたします」

伊勢崎は立ち上がり、ドアに向かって歩き出した。

さっきは気がつかなかったが、右足をわずかにひきずっていた。

(早く出ていけ早く出ていけ早く出ていけ早く出ていけ)

豊川は彼の背中に向かって呪文《じゅもん》を唱え続けた。

4

「そういうわけだ」

受話器の向こうで公安部外事一課長の大貫警視正が言った。

「そうですか……」

ある程度は予想していたが、石巻はやはり失望した。

「まあ、あそこの腰抜け課長に期待する方が無理というものだな。まるで部下を統率できないんだから」

「知っています」

病的な潔癖性で有名な豊川警視正に、あの歩く生ゴミのような伊勢崎を押さえつけるのはやはり無理だった。となると、今後は自分で気をつけるしかないというわけだ。

「どうする？　あの馬鹿の出方次第では特監に処分させるという手を考えてもいいぞ」

大貫警視正は何のためらいもなく、伊勢崎を〝あの馬鹿〟と呼んだ。そのことからわかるように、大貫警視正は今のところ石巻の全面的な味方である。

「いや、それには及びません。そこまで事を大きくする必要はないでしょう」

特監、すなわち特別監察官室にしゃしゃり出てこられると石巻の方も具合が悪い。

「そうか。まあ、そうなれば君もいろいろと面倒くさいだろうからな」

「ええ、今後はせいぜい自分で気をつけることにしますよ。どうもお手数をおかけして済みませんでした」

「いいさ、じゃ切るぞ」

課長は電話を切った。石巻も携帯電話のスイッチを切った。

「どうも済みません」

石巻は隣に座っている保坂峰太郎に軽く頭を下げた。

「それで、どこまで話しましたっけ？」

保坂が苦い顔をした。

「〝溺《おぼ》れる魚〟がダイトーの元組合幹部である可能性が強い、というところまで聞きました」

「ああ、そうでした、失礼」

出鱈目《でたらめ》を話し出した矢先に課長から電話がかかってきたため、話を中断させられたのだ。

「それで、もう見当はついているのかね」

車内には保坂、石巻、それに運転手の飯田しかいないのだが、他にも誰かがいて聞き耳を立てているとでもいうふうに保坂は声のトーンを落とした。

「ええ、かなり近づきましたよ」

「どこのどいつなんです？　そのけしからん屑《くず》は」

そう言う保坂の顔を見れば、犯人を見つけた際に彼が総会屋のつてを利用して何らかの非合法な制裁を犯人に加えようとしているのは明らかだった。保坂がそういう行為を躊躇《ためら》わない男であり、実際に何度も実行してきたことは、石巻が公安二課にいた頃から知っていた。

石巻は穏やかな笑みを浮かべ、軽い調子で言った。

「まあ、そう焦《あせ》らないことです。今、そいつを締め上げるのは無理ですよ。まだ証拠が充分ではないのでね。下手にこちらが動くと、奴はマスコミにたれこもうとかいうことも考えかねない」

「確たる証拠が必要なら、最初からあなたに助力を求めなどしませんよ」

保坂のやくざな本性が、顔を覗かせた。還暦が近くなって人間が大分丸くなったと本人は言っていたのだが。

「私はやくざではないんでね。話してわかる相手なら話し合いで済ませたいんですよ。まあ、あなたは派手なリンチがお好きなのかもしれないが」

保坂の顔が強《こわ》ばった。

ミラー越しに運転手の飯田と目が合った。飯田はすぐに目を逸《そ》らした。飼い主に躾《しつけ》られて少しは行儀が良くなったようだ。

「とにかく、私にこの件を頼んだからには最後まで私に任せて欲しいものですね。四度目の脅迫はありませんよ」

「そう願いたいものですな、本当に……」

〝溺れる魚〟の正体が岡部哲晃と渋沢泰人で、それに有川奈美、林田由美子も関わっているらしいことはわかった。

彼らを保坂に差し出すつもりは毛頭ない。

彼らは確かに馬鹿なことをやったが、どうにも憎めないのである。自分が説得すればやめるだろう。難しいのはいかに自分が公安警察官であることを伏せて説得に当たるかということだ。

身分を明かしてしまえば『クリング・クラング』には顔を出せなくなる。ひと癖もふた癖もある芸術家たちとの会話から得る心地よい刺激は、同僚の警察官からは絶対に得られない。せっかく楽しい飲み仲間ができたというのに、それがフイになるのが惜しかったのだ。

「ところで、調査費用の追加をいただきたいのですが」

石巻はいささかも悪びれることなく、また要求した。

保坂の顎《あご》が引き締まり、奥歯を嚙《か》み締めたのがわかった。

その時、運転手の飯田が殴りつけるようにクラクションを三度鳴らした。

「ふざけんなよ、この野郎」

飯田は強引に割り込んできたバイクに向かって、低く、押し殺した声で悪態をついた。

石巻には、その言葉が自分に向かって発せられたもののように思えてならなかった。

それならそれでよい。いくら吠《ほ》えたって所詮《しょせん》お抱え運転手だ。

保坂はわざとそうしているかのようにゆっくりとサマージャケットの内ポケットから例の白い封筒を抜き出し、石巻に無言で差し出した。

「どうも」石巻は封筒を受け取り、瞬《また》く間にそれを自分のジャケットの内ポケットに収めた。

またこの前と同じく初台駅の近くで降ろしてもらった。ダイムラーが走り去ると、注意深く周囲にさっと目を走らせる。伊勢崎の姿も気配も感じられなかった。今日は特に注意する必要があるのだ。

5

「専務」

珍しく飯田が保坂に声をかけてきた。

「何だ」

「本当は私みたいなのがこんなこと言ってはいけないのかもしれませんが……」

「何だ、言ってみろ」保坂は妙に思いつめた飯田の口調が気になり、先を促した。

「あの男は信用できません」

「なぜ、そう思う？」

「それは……私の偏見なのかもしれませんが……」

飯田は言い淀《よど》んだ。

「構わん、お前がそう思う根拠を聞いてみたい。なぜ彼は信用できないのだ」

保坂はシートに深く座り、余裕たっぷりといった声で訊《き》いた。

「あの男は専務をなめてかかっています。いえ、専務だけではありません。世の中の、公安警察官以外のすべての人間を心の底では見下しているんです。そうに違いありません。奴《やつ》の目つきや物腰を見ていると、そうとしか思えないんです」

保坂は乾いた声で小さく笑った。笑うと目の周りの皺《しわ》がくっきりと浮き出る。

「そんな奴、世の中にいくらでもいるじゃないか」

「そうかもしれませんが、奴は警察官です。よけいに性質《たち》が悪いですよ。法の手先は、法を笠《かさ》に着てやりたい放題。自分に不都合なことをもみ消すのも簡単です。ましてや公安なんて……」

「まあ、そうかもしれないな」

保坂は自分の息子よりもさらに一回りも若い男との会話に、妙に心なごむものを感じた。

「なあ、飯田よ」

「はあ」

「お前、今夜予定は？」

6

京王新線初台駅のこぢんまりとした改札口に娘の馨がぽつんと立っていた。

オレンジ色の地に水色の花柄が胸にプリントされた、チビTと呼ばれる体にぴったりとしたTシャツ、白いミニスカート、踵《かかと》の低いサンダルという格好だった。手に持ったハンドタオルで顔をぱたぱたと扇《あお》いでいる。

「馨」石巻は軽く手を挙げて呼んだ。

馨は笑うでもなく、ぎこちない顔で石巻の方へ歩いてくる。

「ここ暑いよ、こんなとこで待たせないでよ」

開口一番文句を言われ、石巻は苦笑を浮かべた。

「悪かったな。でもここが一番わかりやすいんだ」

「お父さんの格好も暑苦しい」

「文句が多いな」

先がちょっと思いやられる。

馨と二人で外で会うなんて何年ぶりだろうか。記憶を辿《たど》ると、馨が中学二年生の時にせがまれて劇団四季のミュージカル『美女と野獣』を観《み》に行って以来だ。なんと四年ぶりではないか。俺は本当に父親なのか、という思いが一瞬頭をよぎる。

今回は石巻が馨を誘った。

初台駅を出てすぐ傍に五十四階建ての東京オペラシティがあり、そこの四階にある美術館である個展が開かれている。

タイトルは『いきものましん』、作家は猪又理恵という女性。

石巻は半月前に『クリング・クラング』で彼女と知り合った。明るくてはきはきとした清々《すがすが》しい女性で、石巻は変な意味でなく好感を持った。彼女は三十歳。これまで銀座界隈《かいわい》の小さなギャラリーで数回個展を開いてきて、今回が初めての大きな個展である。それだけに本人もかなり意気込んでいた。

その彼女から時間があったら是非といわれ、チケットを二枚、無料でもらった。馨が興味を持つかもしれないと思い、思い切って誘ってみた。

馨が驚いたのは勿論だが、それ以上にびっくりしたのは妻であった。

「あんなに美術系へ進学するのを反対していたのに一体どういうことなの？」と妻は射るような目で石巻に言った。

「いいじゃないか、前から一度、馨とゆっくり話してみたいと思っていたんだ。堅苦しい雰囲気抜きでね。別に悪いことじゃないだろう」

その言い方が妻は気に入らなかったらしく、誰も悪いだなんて言ってないじゃないのよ、と言い返し、なんか私ひとり悪者みたいでイヤな感じ、と口を尖《とが》らせた。

会場の入り口でチケットを見せ、馨と連れだって中へ入る。

そこでいきなり驚かされた。

入り口には来訪者を出迎えるように、丈が二メートルほどもあるヌード女性の機械人形が展示されていた。それは金属でできていながらも原色で派手派手しく着色され、ボディーは優しい人間的な曲線を描いていた。胸と尻《しり》は大きく誇張され、腰は蜜蜂《みつばち》のように細くくびれている。内臓の部分は透明なアクリル板でカバーされ、中でいくつもの歯車が回っていた。

「わ、凄《すご》い」馨が人形に歩み寄り、子細に眺め出した。

上から下まで食い入るように見つめ、特にお腹《なか》の内部の仕掛けには顔をくっつかんばかりに近づける。それが終わると今度は背後に回ってまた上から下まで観察する。

石巻にとってこれだけでもう充分連れてきた甲斐《かい》があったというものだ。内心ほっと胸をなで下ろす。

会場には他にもさまざまな機械化有機体、すなわち『いきものましん』が展示されていた。ロボット馬、ロボット少年少女、ロボット犬、ロボット猫、ロボットおじさん、ロボットシーラカンスまでいた。どれも機械でありながら冷たさは微塵《みじん》もなく、どこかおかしくて、そしてどこか哀愁を漂わせていた。後で馨が言ったように〝おかしくてあわれ〟なのだった。

石巻もまた馨と同じくらいに楽しむことができた。

芸術に触れる楽しみというものがようやく、わかったような気がした。作品に触れて、そこから沸き起こるおかしい、恐《こわ》い、哀《かな》しい、何だこれは、という素朴な感情に心を委《ゆだ》ねればよいのだ。作品から無理に意味やメッセージなどを見いだそうとする必要などないのだ。多くの人間がそんな風に考えるから、難しそうな顔をしているつまらない芸術家がもてはやされるようになってしまうのだ。

平日の昼間ということもあり、会場は空いていた。おかげで実にゆったりとした気分で心ゆくまで鑑賞することができた。なにより、久しぶりに生き生きとした表情の馨を見ることができたのがうれしかった。

作者の猪又理恵に会えないかと密《ひそ》かに期待していたのだが、それは叶《かな》わなかった。でも、その方がいいのかもしれない。会えたら会えたで馨が妙な勘繰りをしそうだから。

「良かった、すごく良かったよ」

会場を出てエスカレーターに乗り、下へ降りる途中で馨は言った。目が輝いていた。

「平面もいいけど立体もたのしそうだなあ」

その顔を見て、石巻は決心がついた。


一階のファミリーレストランで食事を済ませる頃には、馨はまたいつものような無口に戻っていたものの、機嫌は良さそうだった。

「なあ、馨」

食後のコーヒーの三口目を飲み下すと、石巻は切り出した。

馨はストローから唇を離し、やや強ばった顔で石巻を見た。

「進路のことだけど、馨が美術系に行きたいのなら、それでもいいぞ」

馨の白目の部分がわずかに大きくなる。嬉《うれ》しさと罪悪感の入り混じった複雑な表情を浮かべた。

「でも美術系ってお金高いじゃない。ウチにそんな余裕あるの？」

「金なんて問題じゃない。そんなものどうにでもなるよ。大事なのは馨がどれだけ本気かってことだ」

馨はきっと唇を結び、それから一気に喋《しゃべ》り出した。

「あたし本気だよ。なんとなく格好いいからとか、面白そうだからとか、そんな程度の軽い気持ちで美術系を志望したんじゃないよ」

「そうか……」

石巻はテーブルの上に置いた煙草《たばこ》の箱に手を伸ばしかけてやめた。

「父さんがこんなことを訊くのもな……最近、仕事の成りゆきで、ある絵描きの人と知り合って話をする機会があったからなんだ」

「今日の、猪又さんて人？」

「いや、違う。三十五歳の女の人だよ」

嘘《うそ》だった。『クリング・クラング』に集まるさまざまな芸術家達から聞いた無名時代のエピソードを、一人の女の絵描きという架空の人物に代弁させるためのちょっとした工夫だ。

「その人は以前から両親と折り合いが悪くて、絵描きを目指した途端にほとんど絶縁状態になった。芽が出るまではとにかく、金がなくてなくて困ったそうだ。アルバイトで定期的な収入は得ていたが、短時間なので収入はほとんど部屋代に消えてしまったそうだよ。でも普通の人のように、週五日も働くなんて彼女にとってはとんでもないことだったんだ。そんなことをしたら一番大事で一番楽しい絵を描く時間がなくなってしまうからね」

「………」

「欲しい絵の具を買うために食事を抜いたり、時にはどこかの知らないオヤジにナンパされて食事を奢《おご》ってもらい、食費を浮かしたりしたこともあったそうだ。つきあっていた年上の彼には奢ってもらいっぱなし……」

「私、そういうの、なんか嫌だな」馨が固い口調で言った。

「嫌だって言っても、そうでもしないと続けられない状況だったんだよ。理解があって、いくらでも金を貸してくれる親なんてそうそういやしないさ。その人が言っていたよ、〝好きなことをやり続けるには綺麗事《きれいごと》ばかりでは済まない〟って」

「私はそんなふうに人に頼るのは嫌だな」

「残念ながらその考えは甘い」

石巻は馨の目をまっすぐに見つめ、きっぱりと断言した。

「父さんは何も馨にそんなことをしろと言っているんじゃない。勿論《もちろん》、できるだけ助けてやりたいと思う」

馨が何か言おうと口を開いたが、それを遮って続ける。

「誰だって人に頼らずに成功できたらいいと思うさ。でもな、世の中そううまくはいかないものなんだ。どうしても自分の弱いところを曝《さら》け出して、人に頼らなきゃならない時がくる。無名で、これから芽が出るかどうかもわからないという時に、いつ返せるかわからない援助を頼まなきゃならないんだ。これは結構勇気がいることだぞ」

「………」

「一年か二年でなんとかうまくやっていくメドがつけばいいが、三年、四年、五年ともなれば、周囲の目も前ほど暖かくはない。それに自分でも自分の力に疑問を覚えるだろう。それでもあきらめないつもりなら、わずかな援助を乞《こ》わなければならない。馨にはそれができるかな？　それともまだ、十七の馨にこんなことを訊く父さんがおかしいのかな」

馨の顔色が良くなかった。

「ごめん、脅かすつもりはなかったんだ」石巻は内心あわてて言った。

馨が無理に作ったような強《こわ》ばった笑顔を浮かべた。

「その絵描きさんの言う通りかもね」

午後四時を少し過ぎた頃、石巻と馨は東京オペラシティを後にした。

「父さんはこれから行かなきゃならないところがあるんだ」

強烈な西陽に目を細めながら石巻は言った。

「一人で帰れるよな?」

　馨は何か言いたげな目をしたが、「うん」とだけ言って頷《うなず》いた。

　石巻にとって今日の馨との話し合いは有意義だった。馨にとってもそうだろう。

「馨ときちんと話し合えて良かったよ」

「でも、母さんはどうするの?」馨は心配そうだった。

「母さんには父さんから話すよ。馨は心配しなくていい」

　馨はこくりと頷いた。

　空車のタクシーが山手通りからやってくる。石巻は大きく手を振ってタクシーを呼び止めた。

「じゃあな」

　呆気《あっけ》に取られたような馨の肩をぽん、と軽く叩《たた》き、石巻はタクシーに向かって走った。

7

　飯田は保坂の命じるままに車を走らせ、豊島区池袋本町のとあるマンションの門の真ん前にダイムラーを止めた。

　四階建てで、茶色い煉瓦《れんが》タイル張りの瀟洒《しょうしゃ》な高級マンションだ。

「お前も降りろ」保坂が言った。

「しかし、入り口の真ん前ですよ」

「構わん。誰も文句なぞ言わん」

飯田はなんとなく不吉な予感がした。建て物の入り口の真ん前に駐車するなんて、まるでやくざみたいではないか。それに保坂の表情も普段と少し違い、底知れぬ不気味さすら感じられる。

保坂はさっさと降りてマンションの中へ入っていった。

飯田は大いに戸惑いながら車から降り、リモコンでドアをロックしてから彼の後を追った。もしかして専務はここに愛人を囲っているのだろうか？　だが、もしそうだとしてもなぜ自分について来いだなどと言うのか。

「早く来い」既にエレベーターに乗った保坂が呼んだ。飯田もあわてて乗り込んだ。

保坂は最上階のボタンを押して、不気味に押し黙っていた。飯田は息が詰まりそうになった。これからどうなるんですかとは訊《き》けなかった。

最上階についた。驚いたことに四階はペントハウスになっていて、フロアー全体が一つの住居になっていたのだ。こんなの今までハリウッドの映画でしか見たことがない。

それ以上に度肝を抜いたのは、エレベーターホールから見渡せるフロアーの大部分が、ガラス張りになっていて奥まで見通すことができ、そのガラスの向こう側から四人の若い女が二人に向かって手を振っていたことだ。四人は皆二十歳前後で、色とりどりのバスローブの大きく開いた胸元から小麦色の肌が覗《のぞ》いていた。髪はところどころ金色に染まり、顔の輪郭といい、スタイルといい、どこか似通っていた。

その奥には巨大な丸いベッドや、床掘り込み式の半円形ソファ、さらに奥にはホームバーのカウンター。天井にはなんとミラーボールまで吊《つ》ってあった。

「よお、『バンビーズ』ちゃんたちよ」

保坂はいかにも慣れた感じで快活な声をかけた。

これから何が始まるのか飯田は直感的に悟り、一物がズボンを破りそうな勢いでむくむくと起き上がった。

「予約制のペントハウスさ」

保坂は飯田の顔を見て、にやりとした。

飯田は唾《つば》を飲み込み、いかにも心配気な声を出した。

「し、下の住民は、何も気づいてないいんですかね？」

「下は組の事務所だ」保坂は事もなげにいった。

「く、組、ですか？」

「ああ」

自分は今、後戻りできない一線を越えようとしている。保坂は正体を曝け出した。それは保坂が、自分をただのお抱え運転手以上の人間として迎え入れようという気持ちの表れに他ならない。

「どうした、肉のプリンを見て怖《お》じ気《け》づいたわけじゃあるまい?」

なんてドスケベな言い草だ。どこか得体の知れない人だと思っていたが、やはりただの会社の重役ではなかったのだ。

「峰さん! 待ってたんだよお。久しぶりじゃない」

ピンクのバスローブを着た女が真っ先に保坂の首にしがみつき、老人性の染《し》みに覆《おお》われた頬に唇を押しつけた。

「うぉほほほ、くすぐったいな、うぉほほほ」

保坂はペットの犬に顔を舐《な》められた時のような笑い声を立てた。

甘ったるい、クラクラするような香水の匂《にお》いが飯田の鼻を突いた。

(畜生! やりてえぞ!)心の中で叫ぶ。

次から次へと女たちが出迎えたが、飯田を歓迎する者は一人もいなかった。四人が四人ともきゃあきゃあ言いながら保坂を手取り足取り、ペントハウスの中へと引っ張っていく。

飯田は馬鹿《ばか》みたいに唖然《あぜん》としてその場に突っ立っているだけだった。香水の匂いが脳の中まで浸透し、脳が溶解しそうだった。

「おいおい、君たち、俺の連れを忘れてもらっちゃ困るな。腹心の部下なんだぜ」

ようやく保坂が助け船を出してくれた。

オレンジのバスローブを羽織った女が保坂から離れ、飯田を迎えに来た。そのとろけるような眩《まぶ》しい笑顔に、飯田はほとんど泣きそうな気持ちになった。

「いらっしゃい。初めまして」

「ああ、どうも」飯田は引き攣《つ》った笑顔を浮かべて応《こた》えた。

女は両手で唇を覆い、クスッと笑った。

「いやだ、ひょっとしてあたしより年下？」

「そうかな？」その声はわずかに震えていた。

「あたし年下のカッコいい男、大好きなんだ。いこ」

女は言って飯田の手を取った。

8

石巻は岡部の部屋の前に立って、ドアの横についたインターフォンのボタンを押した。返事はない。もう二回ボタンを押したがやはり返事はなく、ドアの奥に人の気配も感じられない。

突然訪問して相手を動揺させ、何もかも知っているんだぞと強く押して自分のペースに乗せてしまうのは、公安の仕事の性質上、石巻の得意とするところだったが、相手が留守ではどうしようもない。

ならば次は渋沢を訪問といこう。

アパートを出て、桜上水駅から電車に乗って新宿方面へ向かう。車内はほぼ満席で、石巻は車両連結部に近い所で吊革につかまって立った。下高井戸《しもたかいど》の駅を通過したところで、石巻のセンサーが探るような視線を右肩の辺りに感じた。何気なく中吊り広告を見るような素振りで顔を上げ、観察する。これだけ混雑していると視線が誰から発せられたものかはわからない。

ひとつだけ確かなのはその視線が伊勢崎のものではないということだ。奴《やつ》ならば真っ先にあの匂いで気がつく。

自分の迂闊《うかつ》さに腹が立った。尾行者が突然車内に現れるわけがない。当然、それより以前から尾行していたのだ。馨の存在を知られたかもしれないと思うと、胃の辺りに強いしこりを感じた。

伊勢崎でないとすると、保坂の手先か。自分を信用していない保坂が馴染《なじ》みの興信所の人間か、子飼いのトラブル処理専門の社員を使って自分を尾行させることは充分に考えられた。

相手が誰にせよ、公安警察官の自分に気がつかれずにここまでついて来たということは、相当な手合いだといえる。あるいは自分には想像もつかないような人間であるのか。近頃の興信所ではとても探偵には見えない、みるからにそこら辺の主婦といった感じの女も活躍しているそうなので、そういった可能性も考慮しなくてはならない。岡部の身が心配だ。自分が彼のアパートまで行ったせいで、尾行の相手はアパートの全住人の名前を調べ上げ、いずれはダイトーとトラブルを起こした岡部に行き当たるだろう。

渋沢の家に行くのは中止だ。

公安二課の頃からダイトーの組合員の調査はしていたので、そのうちの何人かの住所は記憶の棚にしっかりと保管されている。その数人の住所をこれから訪ね、尾行相手に、石巻が真に目的としている人物が誰であるかをほのめかすのが、とりあえず最良の策であろう。となれば無理に尾行者を振り切るのは賢明でない。むしろ相手についてこさせ、ミスディレクトするべきだ。

幸い新宿の三つ手前の明大前《めいだいまえ》に元組合員が住んでいた。明大前の駅で電車を降り、元組合員の家に向かって歩く。

まとわりつく視線はもう感じられなかった。一瞬、自分の思い違いだったのかとすら思った。

それでもその家まで行き、いかにも何かを探っているように周囲を歩き回った。

それからさらに二時間をかけて、二人の元組合員の自宅まで行き、物陰から観察し、近くの電話ボックスに入って誰かと喋《しゃべ》るふりをし、と疲れるだけで実に馬鹿馬鹿しい行動に体力を割いた。

夜八時を回って、石巻は攪乱《かくらん》行動を切り上げた。尾行者の気配は微塵《みじん》も感じなくなっていた。

それでも用心のために何度も電車を途中下車したり、タクシーを使ったりしてようやく『クリング・クラング』の近くでタクシーを降りた時には十時半を過ぎていた。

今度は伊勢崎が心配になってくる。

伊勢崎は今後どのような行動に出るか。恐らく自分の弱みを握って、それをネタに儲《もう》けさせろと迫ってくるだろう。自分にとって最大の弱みは娘の馨だ。馨だけはなんとしてもあの汚い男から遠ざけておかねばならない。金儲けが駄目になったら、あの男のことだ、ひたすら自分の邪魔をして、何もかもぶち壊しにしてやろう、くらいのことは考えかねない。

神経を張りつめて『クリング・クラング』へ向かう。また一戦交えるなんていうのは御免だが、相手が仕掛けてきたら今度は容赦なく、本気でぶちのめすつもりだった。後であいつが何を訴えようと、今朝のあいつと同じように白を切り通せばよい。

いっそのこと自分の方から襲撃して、一生不自由な体にしてやろうかという凶暴な考えも浮かんだが、それは斥《しりぞ》けた。それではあいつ以下だ。

（二人ともいるといいが）

石巻はそう思いながら『クリング・クラング』のドアを開けた。途端に複数の笑い声が聞こえた。

「今晩は」石巻はまずカウンターの奥の響堂とバーテンに声をかけた。

「やあ、どうも」響堂はいつもの渋い低音で応えた。

また笑い声が聞こえた。石巻はストゥールに腰を据えると、賑《にぎ》やかな方を見た。目的の人間をそこに見いだし、ほっとすると同時に、これからやるべき事が頭と肩に重くのしかかってくるのを感じた。

一番奥のボックス席に岡部、渋沢、林田由美子、有川奈美、それに初めて見る顔が二つあった。どちらも三十そこそこの男だ。一人は濃い眉《まゆ》のでかい男で、もう一人は色白の小男で顔も小さい。

「由美ちゃんが連れてきたんだ。若いもん同士でなんだかえらく盛り上がってるよ」

「へえ、とりあえずコロニアル」石巻はカクテルを注文した。この店に出入りするまでカクテルなどろくに飲んだこともなかったが、常連仲間にいろいろ教わって何十種もあるカクテルの中から、最終的にコロニアルともう二種類のカクテルに落ち着いてきた。カクテルの楽しみを教えてくれたのもこの店なのだ。

とにかく二人を見つけた。焦《あせ》ってもしかたがないのでゆっくりと飲むことに決めた。

聞くつもりはなくても若い連中の会話は石巻の耳に届いた。最近話題になった和製サイコパス映画の話から始まり、奈美が日常生活でいわゆるミニサイコパスに遭遇した話、それから突如車の話題に変わり、そしてドライブミュージックには何が最高か、そして岡部が衝突事故の現場に偶然居合わせ、空中に投げ出されてロケットのように飛んでいったライダーを目撃してインスピレーションを得た話、眉の濃い新参者が路肩に違法駐車した車に誤って接触し、そのまま逃げた話……目まぐるしくとりとめがない。

「この前の公安デカ、あれから出没してない？」

石巻は響堂に訊いた。響堂は顔を左右に振った。

「いいや、全然来ないな。ところで例の本の方は進んでるの？」

「いや、別の仕事も入ってきちゃって、延び延びになっている」

岡部と渋沢にダイトー脅迫をやめるよう穏やかに、かつ威圧的に説得した後は、自分がこの店に通う理由はなくなる。それは残念なことだが、嘘《うそ》の肩書きでいつまでも酒を飲み続けるにも限界がある。それにこの店に通い始めたせいで、ただでさえ少なかった妻との営みがさっぱりなくなってしまった。そろそろ戻らないと家庭を壊しかねない。

9

「わっ、わっ、ひっ」

巨大なベッドに仰向けに横たわった飯田は、泣きそうな声を上げた。

ペニスは友里という女の膣《ちつ》に締め上げられ、顔の上には英美という女が股《また》を大開きにしてでんと乗っかっていた。

「こらっ、飯田、若いくせにだらしがないぞ」

隣では保坂がまったく同じ体勢で仰向けになり、余裕たっぷりに女を突き上げ、もう一人の股間《こかん》にカメレオン並みに長い舌を出し入れしていた。

四人の女は口々に卑猥《ひわい》な声を上げ、腰を巧みにくねらせる。四人ともピルでも飲んでいるのか、避妊などお構いなしの生セックスバトルだ。

『バンビーズ・バトルセックスショー』は最高潮にさしかかっていた。あまりにも凄《すさ》まじい快感に脳と一物が爆発しそうだった。

「あっ、つっ」

顔を茹《ゆ》でたみたいに真っ赤にして甘美な拷問《ごうもん》に耐えるが、爆発の瞬間はもう目前だった。

「あははは、あはははは」

顔に跨《また》がった英美は高らかに笑いながら、飯田の顔の上で円を描く。ろくに息もできない。

「だめえ、まだいっちゃだめえ、ほらほら」

友里は飯田を叱咤《しった》しながら、締め上げ、ストンと落とす動作を繰り返す。

それとは対照的に、保坂は二人の女を楽々と攻め立てていた。

「ほらほら、まだ許さんぞ！　もっと狂え、声出せっ！」

その様子を横目で見ながら、飯田は内心舌を巻いていた。所詮《しょせん》鍛え方が違う。

「もう駄目、いくうううう」

保坂の顔に跨がった静香という女が音を上げた。

「馬鹿ものっ、俺がイっていいというまで許さんぞっ！　イク時は皆、俺の号令一下、同時にイクんだ！　飯田っ、おまえもだぞ」

「そ、そんなこと言っても、ぐっ、うっ」

「イクな馬鹿者！　何か他のことを考えろ！　お前、祖母は健在かっ！」

こんな状況でなぜそんなことを訊《き》くんだと思いながら、はい、と応えた。

「よし、それじゃお前のバアさんが和式便所に屈《かが》んで力んでいるところを思い浮かべろ！　気が紛れるだろう」保坂はそう言って豪快に笑った。四人の女も一斉にどっと笑った。

飯田は言われた通りに、七十九歳の祖母が田舎の家の和式便所で力んでいる場面を想像してみた。確かに気が紛れ、絶頂の潮が少し引いた。

「飯田、いいか、男はなあ、これぐらいギラギラしとらんと人の上には立てんのだぞっ、ハッ！」

そう言ってまた腰を突き上げる。一物に跨がった和加奈という女が「ひいいいい」と悲鳴を上げる。

「若さなんてものは女には大した武器にはならんのだ、わかるか」

飯田は話を聞くどころではなかった。快楽の拷問にただひたすら耐えていた。

「俺の腹心の部下になれば、俺の使った女をいくらでも回してやるぞ。どうだ、んん？聞いてるのかっ！」

「ああ、はいいい」

バアさんの便所もそろそろ効き目がなくなってきた。友里の腰使いはさらに激しくなり、まるで遠心分離器のような勢いで回っている。

「俺の側近になりたいか？」

「あああ、なな、なりたいですう、ううう」

保坂は凄味《すごみ》のある笑いを浮かべ、怒鳴った。

「よおし、貴様ら！　準備しろっ、俺がイカせてやるぞ、泣いて喜べ、凡人どもがあああ！」

四人の女は汗まみれで、陸に揚げられたマグロのようにベッドの上でぐったりとしている。

飯田はベッドの縁に腰掛け、精根尽き果てた後の激しい虚脱感とめまいに耐えていた。シャワールームでは保坂が一人上機嫌で『マイウェイ』を唄《うた》っていた。まったく信じられないタフさである。やがて保坂はここに来る前より数段血色の良くなった顔をして、裸体に白いバスローブを羽織って寝室に戻ってきた。

「どうした、すっかり腰が抜けちまったか？」

十歳も若返ったような声で言う。ホームバーへ行き、「水割り、飲むだろう？」と飯田に訊いた。全然飲みたくないのだが、かといって断るのも気がひけるので、「いただきます」と言った。

先程飯田の顔に濡《ぬ》れた股間を押しつけて悶《もだ》えていた英美という女がゾンビのような鈍い動作で起き上がり、ふらふらとした足取りでバスルームへ向かう。保坂はすれ違いざまに彼女の尻《しり》を平手でぱあん、と叩《たた》いてまた豪快に笑った。女も笑いながら保坂の胸を拳《こぶし》で殴る。

のびていた女たちが次々と起き出して、トイレに用を足しに行ったり、ホームバーへ飲物を取りに行ったりする。女どもはこれからまた何人かの相手を務めるのだろうか。だとしたら一番タフなのは彼女たちということになる。

保坂が両手にグラスを持ってベッドまでやってきた。飯田はあわててめくれたシーツの端を持って、それを股間の上に乗せて隠した。保坂はひとつを飯田に手渡し、右隣に腰を下ろした。それだけでもう息苦しくなった。

保坂と深く関わりすぎた。漠然とした不安が胸に沸き起こる。

「飯田」その声は鋭かった。

「はい」

なんだろう。一体なんだろう。

「お前、今は大人しいが昔は結構荒っぽいことやっていたんだろう?」

俺にはお見通しなんだぞ、というような笑みを浮かべながら訊く。

保坂が飯田の過去について訊いてきたのはこれが初めてだった。お抱えの運転手になりたての頃でさえ、仕事のこと以外は口にしたことがなかったというのに。

「いや……別にそれほど……」

「隠すことないだろう。二、三人はぶちのめしたことがあるんじゃないのか?」

保坂は実に愉《たの》しげである。この豪傑は飯田に武勇伝を期待しているらしい。確かに何人かぶちのめしたことはある。だが、あいにくとぶちのめしたのは皆自分より数段弱い、いわゆる〃いじめられっ子〃ばかりだ。

中学、高校は荒れていて、気に食わない奴《やつ》を放課後に呼び出してリンチを加えた。それも一人でぶちのめしたのではなく、大抵三、四人でつるんで袋叩きにした。逆襲の危険もなく、ましてや命がけなんていう状況とはほど遠かった。ただしあの事件を除いては。

それは飯田の停学処分と留年を招くことになった〃平目逆ギレ事件〃だ。『平目』という渾名《あだな》のその同級生が低い声で唸《うな》り、カッターナイフを右手に襲いかかってきたあの時の顔は一生忘れられないだろう。平目という渾名の由来となった左右に大きく離れた目が真っ赤に血走り、カッと大きく見開かれていた。鼻の穴は横に大きく開き、常々口というより顔の裂け目のようだと思っていた薄い唇からはよだれの糸が風下に向かってなびいていた。

まさかの逆襲に、飯田を含めた四人のリンチ仲間はあわてふためいて四散した。傍《はた》から見るとガキの鬼ごっこのような狭い空間での追いかけっこが数秒続いた。いち早く冷静さを取り戻したのは飯田だった。

平目はリンチ仲間の一人に目標を定め、執拗《しつよう》に追いかけていた。そいつしか目に入らず、他の奴には目もくれない。

飯田はそれをいいことに逆に平目の尻を追いかけた。追いつくと、地面を蹴《け》って、プロレスの見よう見真似《みまね》であるドロップキックを平目の背中に放った。期待した以上に技が決まり、平目の首がガクンと大きく後ろに反り返った。ぞっとする瞬間であった。それから平目は顔の左側からコンクリートの地面にもろに突っ込んだ。

（やべえ！）飯田は心の中で叫んだ。

次の瞬間、自分でも意識しないうちに妙な行動を取っていた。

俯《うつぶ》せに倒れた平目の制服の背中を掌《てのひら》で何度もはたいたのだ。平目の制服についた自分の靴跡を消そうとしたのである。何度思い出してもあの時の行動はせこくて、恥ずかしい。

結局、平目はムチ打ちと、左目視力の極度の低下に見舞われた。

背中を蹴ったことについては、飯田は最初、平目を止めようとして後ろ襟を摑《つか》み、あなってしまったのだ、と尋問した教師に嘘をついた。

しかし校舎の二階から一部始終を見ていたどこかのチクリ屋がその教師に密告し、すべてバレた。どうしようもなく格好悪い結末だ。

「飯田」

その声で飯田は苦い回想から現実に引き戻された。

「はい」

「俺はたった今からお前には本音でしか物をいわんことにする」

どちらかというとその言葉は迷惑だったが、飯田は「はい」とだけ答えた。

「お前の若さと腕っ節を見込んで頼みがあるんだ」

「………」

ろくな頼みじゃないだろう。胸がますます苦しくなる。

「今回の脅迫事件のことだ。石巻は四度目はないと言ったが、そんなのは当てにできん。第一、奴はちゃんと調査をしているのかすら怪しい」

「私もそう思います」

「ま、今すぐに何かしてくれというわけじゃない。だが、いずれお前のその隠れた才能が必要になる時がくるかもしれない。その時は頼む。勿論《もちろん》特別手当ても出す」

（あんた、俺のことを買い被《かぶ》り過ぎだぞ）飯田はそう言いたかったが黙っていた。

飯田は一番最後に手早くシャワーを浴び、通常のお抱え運転手業務に戻った。ダイムラーの車内は蒸し暑くなっていて、冷房を入れてもすぐには涼しくならない。これから保坂を夕方からの会議に間に合うよう東京本社に送り届ける。

ハンカチで顔に浮いた汗を拭《ぬぐ》おうとしてズボンの右ポケットに手を差し入れる。指先に薄くて固い物が触れた。紙のようだ。

保坂は後部席にふんぞりかえって目を閉じている。

その紙片は折り畳んだハンカチの間に挟み込まれていた。誰かがこっそり入れたのだ。

そっとそれを引き抜いて、見る。思った通り、名刺だった。

〈大江静香〉と、横書きでプリントされている。その下には携帯電話の番号。

静香はさきほど保坂の顔の上に乗ってひいひいよがっていた女だ。飯田とは交わらなかったが、どうも自分のことを気に入ったらしい。静香の顔と肢体を思い浮かべる。やや頬骨の飛び出た、いかにも肉食獣を思わせる女だ。四人の中で一番声が低かった。

こんな展開になるとはすこぶる意外である。

だが考えてみると、ああいう仕事でセックスする女たちのお相手というのは金持ちで脂《あぶら》ぎったジジイが多いので、意外に若い男と出会う機会がなく、飢えているのかもしれない。

(声の低い淫乱《いんらん》女か。いいじゃねえか。ただでファックだ)

なんだか話がうますぎるような気もするが、とにかく会ってみようと決めた。

これまでとは異なる時間が流れ出したのを感じ、飯田は不安と高揚感を同時に味わった。

第5章

1

秋吉が、大ファンである篠田監督にどうしても一目会いたいと林田由美子にしつこく懇願したおかげで、念願である『クリング・クラング』への門戸が開かれた。

林田由美子を起用したラッシュフィルムはまだ撮影していない。例のシーンはあまりにもデ・パルマとかいう監督の映画に似ていることを反省し、もう一度練って、書き直してから撮影することにした、と秋吉から由美子には話してある。

後になってブライアン・デ・パルマが、映画作家を目指す人間が知らないのは恥ずかしいほど有名な監督だと知って、二人して冷や汗をかいたものだ。

秋吉は一昨日、昨日と篠田監督の全作品をヴィデオで観《み》た。仕事がどんどん警察とかけ離れていくと言って、秋吉は苦笑したが、白洲から見ると秋吉はその仕事を結構楽しんでいるように見えた。

秋吉と林田が妙に仲がよさそうに見えるのも面白くない。白洲にとっては、この仕事は相変わらず息苦しくて、馬鹿馬鹿《ばかばか》しくて、腹立たしいだけだった。

特監の連中は、石巻が何かよからぬことを企《たくら》んでいるということを一体どれほど確信しているのか。公安のデカが少々変わった店で飲んだからって、それがどうしたというのだ。心の中で毎日繰り返されるこの疑問は、実にやる気を失わせる。

『クリング・クラング』へ通され、林田によって店の若い常連である岡部哲晃、渋沢泰人、有川奈美に引き合わされた。既に特監から顔写真と経歴を聞かされている連中である。

肝心の石巻警部はまだ店に現れていない。

飲みながら、話しながら、石巻を待つことにする。

話してみると岡部たちは、最初白洲が想像したようにお高くとまっているわけでもなかった。よく喋《しゃべ》り、よく笑う陽気な連中であった。話題も多方面にわたり、少なくとも警察の同僚と喋るよりはよほど楽しかった。秋吉以外の人間と口をきくのは半月ぶりだったこともあり、それなりの気分転換になった。

だが、どうにも気になることがある。

岡部哲晃の自分を見る目が、どうもなんというか普通でないような気がするのだ。話す時に必要以上にこちらの目を直視するので緊張させられる。目が合っていない時にも側頭部の辺りに這《は》い回るような視線を感じてしまう。

（まさか俺に惚《ほ》れた、なんてことないよな）

背筋に寒気が走る。あまり考えないことにした。

会話がますます盛り上がってきたところで、石巻警部が現れた。響堂とバーテンに挨《あい》拶《さつ》すると、カウンターで一人飲み始める。贅肉《ぜいにく》のない、しなやかな体をした、鋭そうな男だ。初日にいきなり会えるとは運がいい。

落ち着かない気分を無理に落ち着かせようとして飲み過ぎた。膀胱《ぼうこう》が一杯になったのでトイレに立った。店の奥のトイレの扉を開け、ぎょっとした。三方の壁と扉の内側にびっしりと細かい絵が描かれていた。常連客の一人が描いたものなのだろう。

悪趣味な絵だった。老若男女、ありとあらゆる肌の色の人間が並んでいた。並び方には規則があって、左から右に四つの行為がひとつのセットとなってそれが繰り返されている。

食って、寝て、排泄《はいせつ》して、セックスする。そのサイクルが壁の一番上から一番下まで規則正しく続いているのだ。人間、老いも若《わ》きも人種も関係なく、やることは同じだと言いたいのだろうか。作品の善し悪《あ》しはともかく、こんなもの便所の壁に描くなよ、と思いながら用を足した。

便所から出たら、やらなければならないことがある。重要な事だ。そのために実際以上に酔った芝居をしなくてはならない。

扉を開けて薄暗い店内へ戻る。

「うおっ！」ややわざとらしい声を上げてずっこける。

通路より一段高いところにカウンターがあり、そこへ頭から突っ込んだ。

「大丈夫ですか？」驚いた響堂が白洲の方へと歩み寄る。

「ああ酔った」白洲は笑いながら頭を横に捻《ひね》り、カウンターの下をちらりと覗《のぞ》いた。そこに特監の捜査官が仕掛け、後に機能しなくなった盗聴器が強力な両面テープで貼《は》りつけてある筈《はず》なのだ。

だが、なかった。盗聴器の位置は事前に何度も確認したので間違いはない。

響堂が気づいて取り外したのだろうか？


「こけたこけた」

有川奈美が白洲の方を指さして笑った。アルコールのせいで顔が赤い。秋吉も一緒になって笑った。が、すぐにその笑いが強《こわ》ばる。

目の前に石巻が、右手にグラスを持って立っていた。相手の方から近づいてくるとは思わなかったので、秋吉は少し動揺した。

「よお」石巻が言った。

秋吉の心臓が大きく脈打った。一瞬、自分のことを知っているのかとさえ思った。が、その言葉は他の常連達に向かって発せられた言葉だった。

「ハァイ」由美子が嬉《うれ》しそうに応《こた》えた。

秋吉は目で、この人誰？　と由美子に訊《き》いた。

「筒井さん、この人、私の新しいお友達」

由美子は秋吉を石巻にそう紹介した。それから秋吉の方に向き直り、「この人は筒井さんといってフリーのジャーナリストなの」と紹介した。

「座んなよ」有川奈美が、さっきまで白洲が座っていた場所を掌《てのひら》で叩《たた》いた。

石巻が白洲の方を見て、いいのか？　と問いたげな目をした。

「いいからいいから、あの人はテツ君の膝《ひざ》の上にでも座らせるわ」そう言うとまた笑った。

その発言に対する岡部の反応を見て、秋吉はびっくりした。なんと耳を赤くしたのだ。この事を白洲に知らせてやった方がいいだろうか？

「じゃ、遠慮なく」石巻は言って奈美の横に座った。

初めて見る実物の石巻警部は写真で見たよりも随分柔和に見えた。仕事の時とは別の顔を持っているのだ。いや、もしかしたらこちらが仕事用の仮面なのかも。

「へえ、それじゃ本を出版なさっているんですか？」秋吉は訊いてみた。

石巻は苦笑を浮かべた。

「以前マイナーな出版社から三冊ほど出したけど、もうとっくに絶版になった。今は女房に食わせてもらってるヒモみたいなもんですよ」

「奥さんの実家がすごいお金持ちなんですって」

由美子が補足説明した。

一体何のつもりがあってそんな嘘《うそ》をつき、誰に近づき、何をしようとしているのか？秋吉の仕事はやっと今夜、この瞬間から始まった。


ちょっと水で顔をはたいてくる、と響堂に言って白洲は再びトイレに戻った。洗面所の栓を開き、水を溜《た》めながら、腰の携帯電話を取り出し、換気扇の傍に立って電話をかけた。特別監察官の佐山が出ると、「盗聴器はなかったぜ」と前置きなしに言った。

「なかった？」

「ああ、消えていた。誰かが外したんだ」

「……そうか。となると響堂も臭いな。石巻の方は勿論《もちろん》だが、響堂の動きもよく観察しておくんだ」

「仕事を減らすのは歓迎だが、増やさないで欲しいね」

白洲は不満を隠さぬ口調で言った。

「文句は任務を完遂した後で、一応聞く」

佐山は言って、一方的に電話を切った。

2

石巻は、岡部と渋沢の二人と、あるいはどちらかだけでよいから、ほんの数秒でも邪魔者なしで話せるチャンスを辛抱強く待った。ほんの数秒でいいのだ。

奈美は十一時半頃に帰った。

二人の新参者、秋吉と白洲は岡部たちとすっかり意気投合してしまい、いっこうに帰ろうとしない。石巻はこの二人があまり好きではなかった。聞いている方が苛々《いらいら》するほどよく喋り、落ち着きがなかった。居酒屋と勘違いしてやしないか、と言ってやりたかった。

時計の針が十二時まであと数分という頃になって、秋吉という小柄で色白、かつ肌のつるつるした男が腕時計を見て言った。ちなみにこの店の中には時計がない。

「今日はカントク、来ないみたいだね」残念そうな口振りだった。それには由美子が答えた。

「残念ねえ、水曜日にはよく顔を出すんだけどな。でも、今日が駄目でもまた今度があるわよ」

そうだ、諦《あきら》めて帰れよ、と石巻は心の中で言った。ついでにこの二人は常連になってほしくないなとも思った。うるさいし、浮いている。とくに左右の眉毛《まゆげ》が繋《つな》がっている白洲という男は映画人というより、もろに体育会系だ。

ドアのベルがカランと音を立てた。

「ああ、来た！」由美子が甲高い声を上げた。

石巻は後ろを振り向いた。篠田監督がいつものように背を少し丸め、のっそりと立っていた。

「どうもおお」豊かな口髭《くちひげ》をたくわえた篠田監督は、いつもの独特の間延びした声で挨拶した。

最初会った時、穏やかな白熊《しろくま》のような男だと思ったが、その印象は会う度に強くなる。のっそり、飄々《ひょうひょう》、垂れ目、猫背。石巻も彼を気に入っていた。

「おいで、紹介してあげる」由美子は両脇《りょうわき》に座っている白洲と秋吉の肩を左右の掌で叩き、立ち上がらせた。二人は監督が登場した途端に大人しくなってしまい、由美子の後ろからおずおずとついていく。

石巻にチャンスが到来した。今この瞬間、ボックス席には石巻と岡部と渋沢しかいない。

「なあ、君たち」

石巻は、監督と由美子たちのやりとりをややぽかんとして眺めている二人に声をかけた。先に渋沢が、次いで岡部が石巻の方に向き直った。

「唐突で悪いんだが、君たち二人に話したいことがある」

いつもの穏やかな表情を脱ぎ捨て、単刀直入に言った。二人はきょとんとした顔で石巻を見た。

「酒を切り上げて、どこか他の場所で会おう」

「どうしたんすか？」岡部が戸惑い顔で訊いた。

石巻は二人の目を交互に見据えた。

「ダイトーを脅迫しているだろう」

薄暗い照明の下でも二人の表情がさっと変わるのがわかった。

石巻は腕時計を見ながら、宣告した。

「今から三十分後に、ムラヤマビルの地下駐車場入り口に来るんだ。駅からの通り道にあるからわかる筈だ。俺が何を、どこまで知っているか、俺の目的が何なのか、来ればわかる」

岡部の口が何か言おうとして開きかけたのを遮って続ける。

「俺は一人で行くし、誰かが痛い目に遭うこともない。それは約束する。だから二人とも必ず来るんだ。来なければ、今後の身の安全は保証できないぞ」

二人の目の中には不安と混乱と憎しみが複雑に入り混じっていた。

「俺は先に行って待っている。後で会おう」

石巻は言って、席を立った。

3

石巻が急に席を立って出ていったので、秋吉はあわてた。

「さて、じゃあ今日は帰ります」

由美子と篠田監督に向かってあっさりと言った。由美子は目を丸くした。

「何言ってるの！　監督が来るのをずっと待ってたんじゃない」

「いや、一目お会いできただけで充分です。実は明日の朝早くから仕事があるのです。お話はまた今度ゆっくりさせてください」

「おや、そうなの」

篠田監督はトレードマークの白髭をしごきながら、もこもこした声で言った。

「失礼よ、せっかく紹介したのに」由美子がむくれた。

「ごめん、行かなきゃならないんだ。また今度来るよ」

秋吉は謝り、白洲《しろ》の肘《ひじ》を突いて、行こう、と促した。皆に丁重に挨拶して、金を払い、店を出た。飲み代がいくらか不安だったが、思ったより安かったのでホッとした。

石巻の姿は見えない。

「二手に分かれて探そう」

秋吉は言い、白洲がわかった、と答えた。通りに出ると左右に分かれた。十分近く経《た》ち、中目黒駅方面に向かった白洲から携帯電話に連絡が入った。

「石巻を見つけた」

「どこ？」秋吉は勢い込んで尋ねた。

「ムラヤマビルというオフィスビルの、地下駐車場の入り口にいる。隠れているといった方がいいな」

「よく見つけたね」

「佐山が助けてくれた」

「佐山？」こんな時に佐山の名を聞くとは思わなかった。

「ああ、盗聴器が外されていたと聞いて心中穏やかでなくなったんだろう。車で二手に分かれて店の前の通りを張ってたら、佐山のいる方にやってきたんだと。とにかく来いよ」

「頼りないな」

開口一番、佐山は言った。謝るのは癪《しゃく》だったが、とりあえず「すみません」と詫《わ》びた。そうする他ないではないか。

秋吉、白洲、佐山の三人は今、通りを隔ててムラヤマビルの斜め向かいにある雑居ビルにいた。非常階段の四階の踊り場に身を縮めて隠れている。

立ち上がればムラヤマビルの地下駐車場入り口がよく見える。石巻が、なだらかなスロープの、街灯の明かりの届かない暗がりに立っている。石巻がそこに車を置いていたのなら、さっさと車に乗って出ていくはずだ。なのにあんなふうにして突っ立っている。随分と不審な行動である。

佐山は金属性のアタッシュケースを持っていた。音を立てないよう静かにそれを階段に置き、蓋《ふた》を開ける。

DATを使うテープレコーダーはすぐにそれとわかったが、他は秋吉も白洲も初めて見る物だった。物珍しげな二人に佐山は、単一指向性集音マイクだと説明した。全体が棒のように細かった。その尻《しり》からコードが伸びてケースの中のテープレコーダーに繋がっている。

「それ、性能はどんなもんなんです?」白洲が小声で訊いた。

「鳥の鳴き声などを録音するために使う物だ。音を拾う範囲はわずかに一度。狙《ねら》ったポイントの音だけを確実に拾うから雑音は少ない。だが、音を拾うポイントを探すのにコツがいる」

「天体望遠鏡と似てますね。あれの音版みたいな物ですね」

「まあ、そうだな。悪いが、その三脚を取り出して組み立ててくれ。音を立てないようそっとだぞ」

それは秋吉がやった。

深夜十二時半近く、人通りの絶えた歩道を二人の男が連れだって歩いてきた。離れたところからでも二人が誰だかわかった。ついさっきまで話していた、岡部哲晃と渋沢泰人だ。二人の歩調はムラヤマビルに近づくにつれて遅くなり、岡部が落ち着かない様子で周囲を見回した。そして二人は一瞬目を合わせ、意を決したようにムラヤマビルの地下駐車場のスロープを下っていく。

佐山がヘッドフォンを装着し、テープレコーダーの録音ボタンを押した。

4

石巻と二人は、無言のまま数秒間対峙《たいじ》した。

緊張している二人とは対照的に石巻は落ち着き払っていた。

「約束を守ったな」穏やかな声で言う。

「来ればいろいろわかる、と言いましたよね」

岡部が怒りを含んだ声で言う。

「言った。来たからには俺も約束を守ろう」石巻は言った。

本当の名前を教え、自分が公安の刑事であることを明かし、ダイトーの保坂に頼まれて単独で脅迫犯の調査を行なうことになった経緯、先日銀座で岡部たちの姿を見つけ、尾行したことなどを話した。

渋沢はうなだれてじっと聞き入っていたが、岡部はさも不愉快そうに顔を歪《ゆが》めた。

「で、俺たちをどうするつもりなんだ？」

石巻が話し終わると、岡部が石巻を睨《にら》み、言った。

「別にどうもしない。脅迫をやめればね」

岡部は石巻の目から真実を言っているのか探り出そうとした。

「俺が嘘を言っていると？」石巻は訊いた。

岡部は無言で、どうしたらいいのかわからないというふうに顔を左右に振った。

「君らに制裁を加えるつもりなら、わざわざこんなところに呼び出して身分を明かしたり、ことの経緯を話したりはしない、黙って保坂に告げ口すればいいだけなんだからな。後は保坂がイヌを放つ。奴《やつ》にはその筋のお友達が一杯いるからな」

「そうしなかったのは？」

「俺が奴のイヌではないからだ」

「でも野郎に雇われた」

「雇われたが、自分の意志で行動している」

岡部は小さくため息をついた。

「ここで収めるのも、告げ口するのもあんたの気分ひとつというわけか」

「そうだ」

また数秒間の沈黙。それを破ったのは石巻だった。

「なぜこんなふざけた真似《まね》をしでかしたんだ。賞金を取り損なったからか？」

「あれは俺が自分で辞退したんだ。こいつもね」

と岡部は言って、渋沢の方を見た。

「他に理由がありそうだな」

「……ある」岡部が重々しく答えた。

記念すべき第一回目のダイトー・コンテンポラリーアート・アワードで大賞受賞者と優秀賞受賞者が受賞を辞退し、作品まで持ち帰ってしまった事は、第二回目以降の継続を困難にし、ダイトーという企業の体面を著しく傷つけた。

週刊誌は『本当の一流になり損ねたダイトー』などという見出しで書き立てる。批判は企業幹部らの芸術に対する理解のなさや、開催までの段取りの悪さといったことから、企業体質そのもの、つまり不動産業でトラブルが多いことや、総会屋や暴力団との縁切りが最も遅れていることなど、今回の公募展と関係のないことにまで及んだ。ニュース番組ではゲストコメンテイターがしたり顔で、やはり日本の企業の文化水準はまだまだ、などとコメントした。

それらの批判の矢面に立たされたのが保坂峰太郎であった。自業自得《じごう》とはいえ、保坂が岡部と渋沢に対して腸《はらわた》の煮えくり返るような怒りを抱いたであろうことは想像に難くない。

岡部と渋沢が相次いで複数の男による襲撃を受けたのは、式から半月が経った頃である。それはメディアによるダイトー批判が一段落した頃と一致する。

渋沢は自宅近くのスーパーで買い物をして自転車で帰る途中に、岡部は当時付き合っていた男の家から自宅へ帰る途中で、いかにもやくざ風の男三人に因縁をつけられ、路上で暴行を受けた。

渋沢は左の鎖骨を折り、予定していた公演ができなくなって、三カ月もギプスをつけた生活を強いられた。

岡部の方はもっとひどかった。蹴《け》られて睾丸《こうがん》の片方を潰《つぶ》され、おまけに大事な商売道具のハッセルブラッド503を目茶苦茶に粉砕されてしまった。警察に届けたが襲撃犯は捕まらなかった。二人が襲われる原因はダイトー絡《がら》みとしか考えられないにも拘《かか》わらず、警察は話を聞くだけ聞いて結局それきりだった。

年が明けた頃、ギプスの取れた渋沢がまだ入院中の岡部を見舞いに来た。その時、ダイトーへの復讐《ふくしゆう》計画が持ち上がった。二人とも泣き寝入りするつもりは毛頭なかった。

ここで常人なら、話は脅迫して金をゆすり取るとか、保坂を闇討《やみう》ちにするとかの方向へ行くのだが、彼らは少し違った。金にも暴力にも興味はなかった。それらを憎んでいた。なぜなら彼らにとって金と暴力はダイトーを象徴するものだったからだ。金も取らず、暴力も使わない復讐こそが二人の心意気だった。自分達がその気になりさえすれば、巨大企業だって簡単に翻弄《ほんろう》できるのだということを証明したかった。そしてその方法は、あくまで徹底的に連中を馬鹿《ばか》にしたやり方であるべきなのだ。

恥さらしパフォーマンスの演じ手は、授賞式に参加していたダイトーの幹部ならとりあえず誰でもよかった。どんどん内容をエスカレートさせ、最後の演じ手は保坂、というのが二人のシナリオだった。

だが、〝溺《おぼ》れる魚〟の第一回目の脅迫は失敗した。あまりにも馬鹿馬鹿しい要求だったので本気だと受け取られなかったようだ。指定した期日に名指しした幹部は現れなかった。そこで本気であることをわからせるために、ダイトーフォトステーションに破壊工作を行ない、その後でもう一度脅迫状を出した。

そして第二回目の脅迫、この頃には新たに二人の仲間が加わっていた。有川奈美と林田由美子である。何度か見舞いに来るうちに二人の話を聞き、怒りを覚え、半ばは好奇心とゲーム感覚から参加したのだ。第二回目で指定した日には四人で臨んだ。

話を聞き終えても、石巻はしばらく言葉が出てこなかった。

渋沢が駐車場の壁に背をもたせ、ずるずると沈み込んだ。そして呟《つぶや》くように言った。

「僕らを差し出せば結構いい金になるんでしょうね」

「差し出すつもりはない。君らが脅迫を止《や》めればだが」

「妙に優しいんですね」渋沢の口調には皮肉がこもっていた。いつもの彼と違い、珍しく感情が剝《む》き出しだ。

「誰も痛い思いをせずに済むのなら、それに越したことはない」

「へ、あんたはいいよなあ」

岡部が言った。口調は刺々《とげとげ》しく、これまで少しずつ培《つちか》われてきた親愛の情は跡形もなく消え失《う》せていた。

「俺らが負けても、ダイトーが負けても、あんたは安全な所にいて小遣いが稼げるんだから。お巡りのあんたには誰も手が出せない。まったくおいしいよ」

その言い草にはさすがに腹が立ったが、石巻は無表情を通した。

岡部の言う通りだ、と思った。自分の汚さをはっきりと指摘されてかえって清々《すがすが》しささえ感じた。

「もう、脅迫は終わりにするんだ」

岡部は耳を貸さず、ふてぶてしい態度で両手をズボンのポケットに突っ込んだ。

「保坂に借りがあるのかい？」

「ない」

「借金でも抱えているのか？」

「それもない」

岡部は頭を左右に振った。「俺には理解できない。誰にも借りはないし、金の必要もないのになぜ働くんだ？　老後の貯蓄か？」

「金はあって困るものじゃない」

「ああ」岡部は嘆かわしい、というふうにため息をついた。

「俺には、そういう、いつ必要になるかもわからない金を稼ぐために働く人間が理解できない。そんな暇があるんなら、もっと他に楽しいことが一杯あるはずだろう。保坂のクソ爺《じじ》いからつまらない小遣い銭なんかを引き出す暇があったら、スケッチの一枚でも描くなり、写真の一枚でも撮るなり」

「ダンスのステップを覚えたり」渋沢が言葉を継いだ。

「そうだ、カクテルの作り方のひとつも覚えたり。そういう事をした方が楽しくはないか？」

自分より一回り以上年下の人間に、そんなことをハッキリ言われるとは思わなかった。しかし、年下の言葉だから真実ではない、ということはない。岡部の言葉はいささかこたえた。確かに自分は随分とつまらない小遣い稼ぎをやっていたのかもしれない。そんなことを始めたのも公安の仕事にやり甲斐《がい》を失ったからだ。虚《むな》しさが生んだ心の隙間《すきま》を埋めようとしていたのかもしれない。

「世の中には好奇心を失わなきゃ、楽しいことが山ほどあるんだぜ」

「俺に果物のデッサンでもさせて、その間に脅迫の仕上げをやろうっていう魂胆なのか？」

「止めないでくれってお願いしてるのさ。あんたは保坂に忠誠を尽くす必要なんかない筈《はず》だ。いろいろ調べたが結局わからなかったと奴に報告してくれればいいんだ」

ほとんど無名の若くて貧乏な男二人が、鬼の公安と呼ばれる中でも選り抜きの外事一課の警部に向かって、こうまで図々しいことを言っている。石巻は半ば呆然《ぼうぜん》とし、半ば愉快にさえなった。公安警察官の肩書きが通用しない人間も世の中にはいるのだ。そう、世の中はそんなに狭いわけではない。

それは石巻にとって新しい発見だった。

確かに保坂に忠誠を尽くす必要などない。四度目の脅迫を受ければ、保坂は石巻を役立たずとみなし、以後二度と声をかけてはこまい。そうなったところで別にどうということはないのだ。

「俺達は毒入り缶ジュースを商品棚に置くわけじゃないんだぜ。それに警察ってのは基本的に事件が起きてから動くもんだろ」

「……今度の脅迫は何だ」

「もう一度DPE攻撃だ」

「保坂を名指しするわけだな」

岡部は頷《うなず》いた。

「俺が保坂に告げ口しないと思うのか？」

しゃがんでいた渋沢が立ち上がった。石巻にゆっくりと歩み寄り、言った。

「僕はね、リンチされてギプスが取れてから、空手と護身術を習い始めたんですよ。この通り背は低いけど、自分の身は自分で守れる。岡部も僕に護身術の手解《てほど》きを受けた。この前みたいに簡単にはやられませんからね」

止めても無駄だと言いたいらしい。

石巻はわずかに肩を動かした。渋沢は肩の動きを読んでいた。電撃の如《ごと》く反応し、全身からナイフのように鋭い気を発し、一瞬で臨戦態勢になった。

やり合わなくてもわかる。渋沢の反応の素早さも、構えも、紛れもなく本物だ。石巻は苦笑し、全身の力を抜いた。

渋沢も笑いを浮かべた。

「ハッタリじゃないとわかったでしょう」

「そうらしいな」

「さようなら。もう会うこともないでしょう」

渋沢は言い、岡部に行こう、と目で促した。

「彼女達も守れるのか」石巻は言葉を突きつけた。

背を向けかけていた渋沢が振り返った。

「彼女たちのことを保坂に教えるほど、あなたは腐ってはいない」

自信たっぷりだ。

その自信は間違いではなかった。

「呆《あき》れたな。なんて男だ」佐山は頭からヘッドフォンを外すと、呆然とした顔で嘆いた。

背後の二人を振り返り、目で同意を求めた。

白洲も秋吉もオーディオタップから自分の耳に繋《つな》がっていたイヤーフォンを外した。

「なんて男だ……」佐山はもう一度言い、それきり絶句してしまった。

白洲も確かに話を聞いて驚いたが、とりあえずこれ以上任務を行なう必要がなくなった事に対する安堵《あんど》の方が大きかった。石巻があの店に出入りしていた目的はわかったのだ。

「どちらとも関わらないことにしたのは賢明な選択でしょう」

秋吉が妙に感心したふうに呟いた。

佐山は今夜、このテープを上司に提出する。それに対し、上がどんな行動を起こそうと、それはもはや自分の領域ではない。そんなことより、今後の自分の処遇の方が心配だ。

カン、と空缶が転がるような音が駐車場の方から聞こえた。三人が同時に反応し、体を強《こわ》ばらせた。石巻たちが話している間は誰も出入りしていない筈だ。となると誰かがかなり長い間、駐車場に潜んでいたことになる。

行動を起こしたのは佐山だった。

「機材を仕舞っといてくれ」二人に命令し、自分はゆっくりと足音を殺して階段を下り、向かいの駐車場に大股《おおまた》で入っていった。

二人は困惑しながらマイクを片づけ始めた。そうしながら耳をそばだてる。

「何をしている」

入り口のスロープ近くで佐山の声が聞こえた。

「ここはラブホテルじゃないぞ」

白洲と秋吉は目を見合わせた。

「すみません」女の声が聞こえた。

路上に男と女が現れた。男も女も背が低く、お世辞にも美男美女とは言えない。身なりも貧しく、この辺りにそぐわなかった。

白洲は苦笑を浮かべた。こちらが盗聴している間、駐車場の隅の明かりが届かない所でペッティングでもしていたのだろう。男の白いシャツの胸がはだけ、女のスカートのファスナーの位置もずれているようだ。二人を追い立てるように出てきた佐山に、小声で「すみません」と呟いて、退散していった。佐山が不機嫌な顔で戻ってきた。

二人を見て言う。

「二人とも、帰っていい。自宅謹慎だ」

白洲と車に乗り込むと、秋吉はためらいがちに言った。

「実は、君に教えておいた方がいいかな、と思っていることがあるんだ」

「あんたの好きな体位か？　聞こうじゃないか」

「いや、そうじゃなくて、あの岡部という男なんだが……」

キーを回そうとする白洲の腕が止まる。

（やはり、本人も気づいていたか？）

「いや、やっぱりいいよ」

「言いかけてやめるなよ」白洲が睨《にら》む。

「君に、膝《ひざ》の上に乗ってもらいたがっているみたいだよ」

6

伊勢崎を追い越した車が突然止まった。

伊勢崎はその車に見覚えがあった。メタリックブラックのＢＭＷ・Ｚ－３ロードスター。クソ、口の中で小さく悪態をついた。

ＢＭＷのルーフは畳まれていた。知っている男が運転席に、見知らぬ男が助手席に居た。ドアが開き、運転手が降り立った。

「今晩は」足が長く、身のこなしが優雅である。黒の服も上等で、しかもきちんと着こなしている。深町という名だが、いつもこんな風に前触れもなく、風のように現れるのだ。年は二十代後半か三十代前半。いつもにこやかだが、目は人を見下している。

後ろ盾がなければ、今すぐケツの穴に銃を突っ込んで射殺してやりたいくらいだ。

「少し気が早いんじゃないのか？」

伊勢崎は気圧《けお》されないように深町を睨みながらゆっくりと言った。

「期限の日まで現れるなと言った筈だぞ。目障《めざわ》りだ」

「くくく」と深町は喉《のど》を鳴らして笑った。

「こりゃ失礼。でもうちのオヤジが心配性なのは、ご存じでしょう？　伊勢崎さんがもしや約束を忘れているんじゃないかと心配し始めてましてねえ」

「金は払ってやる」

伊勢崎はさもうるさそうに言った。バカラ賭博《とばく》の借金六百万円と、壊した店への賠償金五十万円。支払い期限はあと十日に迫っていた。

「頼もしいお言葉。オヤジも安心するでしょう。そうだ、せっかくですから伊勢崎さんに私の部下を紹介しておきましょう」

深町はBMWの方に向かって、「スッ」と歯を鳴らした。

助手席のドアが開き、色黒で、痩《や》せた小柄な男が降り立った。身長は伊勢崎より十センチも低い。しかし、全身がバネのような男だった。拳闘《けんとう》か何かをやっていることは一目でわかった。

そして日本人でないことも、顔を見れば一目瞭然《りょうぜん》だった。

「こいつはコウといいましてね。あんまりでかい声じゃ言えませんが、北朝鮮の出身なんですよ」

コウと呼ばれた男からは亡霊のような気味悪さが発せられていた。

「元兵士でね、それもえらく優秀な現役兵だったそうです。死ぬ思いで韓国へ逃げてしばらく暮らしていたが、ツテを頼って日本へやって来たんです。いやあ、これが強いのなんの」

伊勢崎が金を払わなければ、この男が現れるというわけだ。

「こいつがウチで働くようになってから金のトラブルがガタッと減りましてね、結構頼りにしてるんです」

深町は男の背中を軽く叩《たた》いた。

「おい、ちっとは愛想よくしろよ。お得意さんの前だぞ」

コウの浅黒く薄い唇の端がゆっくりと持ち上がり、上がややせり出した歯が覗《のぞ》いた。

機械仕掛けの人形が笑ったようで、気持ちが悪い。

伊勢崎の背中に鳥肌が立った。

「まだ日本語がろくに話せないんですよ。この間、馬鹿《ばか》を一人痛めつけたんですが、日本語が通じないからいくら哀願しても無駄ってわけ。凄《すご》かったなあ」

伊勢崎は右手の人差指を立て、それを深町の仕立ての良いサマージャケットの胸に突きつけた。

「金は払う。お前も、その朝鮮人も二度と俺の前に現れるな」

深町は突きつけられた人差指を珍しそうにしげしげと眺め、それから高らかに、短く、笑った。

「オーケー、いいでしょう。あなたはとても物分かりがよくて、約束を守る人だ。仰《おお》せの通り、目障りな私どもは消えましょう」

踊るような軽やかな足取りで車に戻り、「それじゃ」と快活に挨拶《あいさつ》すると、瞬《また》く間に車をダッシュさせて消えた。

「くそっ」伊勢崎は、今度は口に出して呟《つぶや》いた。

あと十日しかない。十日の間に六百五十万円なんとしてでも手に入れないと、あの薄気味悪い朝鮮人が俺を死ぬよりひどい目にあわせる。公安警察官の肩書きが通用しない人間も世の中にはいるのだ。警察を辞めて逃げたとしても奴《やっ》らは簡単には諦《あきら》めないだろう。賭博場の後ろには広域暴力団がいる。日本に居る限り、いつかどこかで必ず見つけられる可能性が高い。

今度こそ本当にまずい。胃がやたらと重くなってきた。

だしぬけに腰につけた携帯電話が鳴ったので、心臓が止まりそうになった。電話を抜き、相手が言葉を発するのを待つ。

「あの……杉野です」

「なんだ馬鹿野郎！」怒鳴ってからハッとした。「それで、どうだったんだ？」

杉野は興奮しているようだった。いつもより早口で喋《しゃべ》る。

「公安のデカを尾行するのはやっぱり疲れますよ。なにせ向こうも尾行のプロですからね。澄子と交代しながらやったんですが、途中で何度も気づかれたかなってヒヤッとしたことが……」

「能書きはいいんだよ、カス！　それでどうだった、と訊《き》いてるんだ」

怒鳴りつけると、杉野は途端にしゅんとなり、「すみません」と謝った。

「電話ではちょっと……でも、とにかく凄い情報です」

「では今から貴様の家に行く。飯の用意をしておけ」

第6章

1

翌日、石巻は旧ソビエト軍のスターライトスコープ（暗視ゴーグル）を輸入・販売している小さな会社の三十代の若社長を一日監視した。

若社長はどこにも鋭さの感じられない顔をした、コビトカバのような太った男だった。午後二時になると男は店を社員に任せ、駅の傍の喫茶店で『モーニング』を読みながらフルーツババロアを嬉《うれ》しそうに食った。食べ終える頃、まだ二十歳そこその豹柄《ひょうがら》のミニスカートをはいた若い女が入ってきて、男の向かいの席に座った。一見水商売風だが、女は腕にクリアケースを抱えていて、中にテキストらしきものが見えた。おそらく大学生だろう。

ただでさえだらしない男の顔面の皮膚がだらりと伸び切った。二人はお互いにトモちゃん、マー君と呼び合っていた。それから二人は手を繋《つな》ぎながら店を出ると、駐車場に止めてあるメタリックブルーのフィアットに乗ってドライブに出かけた。

石巻は尾行した。

フィアットは街道沿いの、屋根にピンク色の自由の女神像がそそり立っている『メモリーズ』という名のラブホテルに入り、それから三時間以上も出てこなかった。

まったく反吐《へど》が出そうなくだらない仕事であった。男がロシアマフィアの関係者とはとても考えられない。

四時間が過ぎ、石巻は男を監視対象から外すことにした。監視対象者のリストから名前が一つ消える度に、最後には誰も残らないのでは、という思いがよぎる。全《すべ》ての名前が消えたとしたら、その時石巻は、自分が目をつけた人間達の中にロシアマフィアと関係のある人間は一人もいなかったという、実にささやかな成果を得る。

携帯電話が鳴った。電話を抜き、いつものように相手が名乗るまで無言で待った。

「石巻さんか？」

驚いた。声は渋沢泰人だった。なぜこの番号を？

「もしもし？」

「俺だ」低い声で答える。

「響堂さんから番号を聞き出したんだ」

そうだった。『クリング・クラング』に初めて潜入した時、響堂に名刺を渡した。名前も職業も嘘《うそ》だが、携帯電話の番号は本物だった。

「何か用か？」

「岡部をどうした」

「なに？」

「岡部に何をした」

何のことかわからないので、「一体何のことだ」と訊《き》いた。

「とぼけるな」爆発寸前の声で渋沢が言った。

「岡部がどうかしたのか？」

「岡部を売ったな」

「何のことかわからん」石巻は言い放ち、電話を切った。

五秒後、再び電話が鳴った。

「売っていないというのか？」

「売っていない」石巻は答えた。そして「少し頭を冷やせ」とつけ加えてまた電話を切った。

三十秒後、三度目の電話が鳴った。

「岡部に何かあったらしい」

渋沢の声は少し落ち着いていた。

「話せ」石巻は言った。

渋沢は朝方まで岡部の部屋に居て、二人で四度目の脅迫状を作成した。それから少し眠って、九時半頃、岡部は隣町のコンビニエンスストアから、ダイトーへ脅迫状をファックスで送るため出ていった。そのまま何時間経《た》っても、戻って来ず、連絡もない。

「事故にでも遭ったんじゃないのか」我ながら冷たい声が出た。

「俺達はどちらかに何かあれば、必ずもう一方に連絡が行くようにしてあるんだ。昨日、俺達と話しているところをダイトーの連中に見られていたということはないか？」

「尾行があれば気がつく」

一〇〇パーセント気がつくとは言い切れないが、尾行には用心していた。

「言っておくが、俺はもう君たちにもダイトーにも関わらないと決めたんだ」

「岡部の身に何か起こったんだ」

「そうだとしても俺にはもう関係ない」

石巻は言って電話を切った。が、またすぐにかかってきた。

「ダイトーに脅迫状が届いたか知りたい」渋沢は言った。

「電話して聞けばいい」

「あんたが保坂に探りを入れて欲しい」

「断る」

「保坂が岡部を拉致《らち》させたのなら、あんたにも責任があるぞ」

渋沢は刃を突きつけるように言った。

「保坂の手下に尾行されていたのならあんたの失態だ」

石巻は少し考え、渋沢の携帯電話の番号を訊いた。

「そのまま少し待っていろ」そう言って電話を切った。数秒間、窓の外の景色を眺め、それから保坂の携帯電話の番号をプッシュする。

四度目のコールで保坂が出た。

「石巻ですが」

「あんた、一体今まで何をしていたんだ?」

保坂は挨拶《あいさつ》抜きでいきなりなじるように言った。

「何を、と言いますと?」呑気《のんき》にすら聞こえる声でとぼける。

「私から百万近くもむしり取っておきながら、一体どこで遊んでいたんだ、と訊いてるんだ」

その攻撃的な声から、この男との腐れ縁もこれで終わりだな、と悟った。

「随分ときついお言葉ですね」

「あんたには失望した。信用していたのに、あんたは平気で私を裏切ったんだ。何が四度目の脅迫はないだ!」

「まさか、四度目の脅迫がきたと……」

「そのまさかだ！」

では岡部の脅迫状はちゃんとダイトーへ届いていたのだ。岡部はどこへ消えた？

「脅迫状はいつ届いたんです？」

「今朝だ。まったくあんたは本当に調査とやらをしていたのか？〝かなり近づきました〟だなんて出鱈目《でたらめ》言っておいて私から小遣い銭を引き出して、タダ酒を飲んでいただけじゃないのか？」

これが保坂という男だ、と石巻は改めて実感した。他人の失敗は絶対に許さず、徹底的に叩《たた》く。関係が円滑な間は相手にもそれなりの敬意を払うが、ひとたび失望させたり怒らせたりしたら最後、信頼関係の修復は絶対に不可能。

「脅迫状はファックスですか？」

「そうだ」

「そうでしたか。どうやら私が怪しいと睨《にら》んだ人物は犯人ではなかったようです。そいつの家にはファックスはないし、昨日からずっと張っていたんですが外出もしていない」

「結局、あんたは何の役にも立たなかったわけだ」

石巻はかつて、保坂が自分の部下に対して同じ言葉を投げつけるのを何度か聞いたことがある。その言葉が今自分に投げつけられた。だからといって傷つくわけでもないが。

「どうも、今回は申し訳ないことをしました」

「もういい、あんたなんかを当てにした俺が馬鹿《ばか》だったんだ」

なんとでもほざけと思いながら、会社は警察に通報するつもりなのかと訊いた。

「そんなことあんたの知ったことではない。あんたにはもう何も頼まないし、二度と会わん。電話もしないでくれ、迷惑だ」

保坂は一方的に電話を切った。

見張っていたカップルが手を繋いでホテルから出てきたが、完全に無視した。

渋沢の携帯電話にかける。一回目のコールが鳴り止《や》む前に渋沢が出た。

「どうだった?」

「脅迫状はファックスで届いていた」

「嘘じゃないでしょうね」

「嘘だと思うのなら、さっさと切ればいいだろう」

「……わかったよ。信用する」

「話し合う必要がありそうだ。これから出てこれるか?」

渋沢との待ち合わせ場所は新宿西口のとある高層ビルのロビーだった。

石巻がロビーに入ると、渋沢は既に来ていてエレベーターホールの傍の固いベンチに落ち着かなげに座っていた。

岡部からの連絡は跡絶《とだ》えたままだった。

「本当にダイトーの連中に拉致されたんじゃないんですか？」

「もしも保坂が岡部を拉致したのなら、俺に脅迫状がきただなんてことをわざわざ教えない」

「じゃあ、あいつはどこへ？」

「それはひとまずおくんだ。脅迫状を見せろ」

石巻は渋沢に脅迫状の下書きを持ってくるように言っておいた。

脅迫状は岡部が書いた。左手を使って書いた物で、文字が崩れていて読みづらい。


〝溺《おぼ》れる魚〟は要求する。

八月二十九日金曜日の正午、専務・保坂峰太郎は新宿西口Oデパート別館二階の時計台の下に一人で来い。

服装は以下の指示を厳守せよ。
●頭にはセサミ・ショップで売っているビッグバード・ハットを被《かぶ》る
●上半身は乳首の部分に穴のあいた、黒革のSMレザージャケットを着用

●豹柄の膝丈《ひざたけ》スカート
●左足に赤、右足に黄色の靴下
●便所マークのついた水色のビニールスリッパ
●両耳にはピンク色の洗濯挟みをぶら下げること
その格好で時計台下を出発し、通りを下り、大ガードを抜けて東口へ、さらに新宿コマ劇場に向かって歩くこと。

なお三十歩ごとに立ち止まり、そこでヒンズースクワットを五回行なうこと。

横断歩道を渡る時はスキップせよ。

また途中、最低三人の通行人の前にひざまずいて、靴にキスをせよ。

以上の要求の一つでも満たされなかった場合は、ダイトーフォトステーションへの攻撃を即座に実行する。


石巻は思わず頭を振った。

「ふざけるにも程があるぞ」

「だから言ったでしょう。保坂に徹底的に馬鹿をやらせて自尊心を踏みにじるのが目的なんだ」

八月二十九日は明後日だ。

「このまま岡部が現れなかったらどうするんだ？」

石巻は訊いた。

「何も変わりませんよ。僕は一人で新宿へ行き、雑踏の間から保坂を監視する。奴《やつ》が現れなかったら、僕がＤＰＥショップへの攻撃を開始する」

2

「御免、こんなに遅れちゃって」

飯田は待ち合わせの喫茶店に飛び込んで、目的のテーブルに着くなり謝った。

「初めて会う日にこんなに遅れるなんて最低だな」

飯田つよしは申し訳なさそうに言いながら、静香の大きく開いた黒いカットソーの胸元から目を逸《そ》らした。そうしないとそこばかり見てしまう。

「いいのよ、本を読んでいたから」

大江静香はやや大きな唇の端をきゅっと釣り上げて微笑《ほほえ》み、文庫本を閉じた。テーブルの隅に置かれた灰皿には細い煙草《たばこ》の吸殻が二本。

へえ、本なんか読むんだ、という言葉が喉《のど》まで出かかったが、飯田はそれを飲み込んだ。女って奴はどんな言葉で傷つくかわかったもんじゃない。慎重に言葉を選ばないと。

「本当に御免」

「しょうがないじゃない、仕事だもん」

飯田はやや意外な気がした。もっとずっと高飛車で生意気な女だと想像していたのに、その低い声は優しかった。中身も結構いい女なのでは、と飯田は思い始めた。

「お腹《なか》減ったでしょ？」

「ああ、まあ、そうだな」

何が食べたい、と訊いてきたので、飯田は何でもいいと答えた。

「しゃぶしゃぶなんて食べる？」静香が訊いた。

またちょっと驚く。最初のデートでいきなりしゃぶしゃぶか。肉食獣のようなワイルドな顔だと思っていたが、本当に肉が好きだったのだ。

「ああ、いいかもね」

飯田はしゃぶしゃぶ屋なんて一度も入ったことがない。

「あたしの知っている店でよかったら行こうよ」

「いいね」

牛肉食って勢いをつけ、その後で女の生肉を食らう。すけべったらしい想像がどんどん膨らみ始めた。

「いやさ、オヤジがなんだか大変なことになっちゃってさ。凄《すご》いご機嫌斜めで、冷や冷やしたよ」

　オヤジとは雇い主の保坂のことである。

　しゃぶしゃぶは次々と飯田の口から胃の中へと吸い込まれていった。実際、うまかった。

　タレが手の甲に垂れると、すかさず静香がティッシュペーパーで拭《ふ》き取った。その細やかな気遣いに飯田は妙に感動した。

（ひょっとして凄く性格のいい女だったりして）

　半分に割った風船のような形の良い胸をちらりと盗み見る度に、心臓が大きく脈打つ。

「大変なことって？」

　話していいものかどうか一瞬、躊躇《ためら》った。「あんまり大っぴらには言えないんだが……」

「あたしなんかに話してもいいことなの？」

　静香が箸《はし》を休めて言う。

「いいさ、話し出してから引っ込めるのは好きじゃない」

　便秘のウンコみたいで、と口まで出かかってあわてて飲み込んだ。

　飯田は今朝ダイトーの本社に脅迫状が届いたこと、それが四度目だということ、を話した。

「四度目！　四回も脅迫してきて、警察はどうしたの？」

「警察には届けていなかったんだよ」

「どうして？　だって脅迫なんて重罪じゃない」

「会社の上の方には何か考えがあるらしくて、これまで警察には届けてないんだ。今回のもまだね。犯人が今度はオヤジを名指ししてきてね」

「専務を！」睫《まつげ》の長い大きな目が丸くなる。

「そう。怒りまくってたよ」

「脅迫ってどんな脅迫なの？」

「いや……仕事の話はもうよそう」

「駄目、話し出しといて途中で止《や》めないで」

静香が左手を伸ばし、飯田の手に触れた。ドキリとし、既に勃起《ぼっき》している一物の先端に力が入る。

「せっかくのデートなのに仕事の話なんか」

「時間ならまだたっぷりあるわよ」

ズボンの中の一物がきりきりと痛む。時間はたっぷりある、か。いいだろう。

「大きな声じゃ話せないんだ」

静香が好奇の目で、飯田の方へ乗り出してきた。甘い香水の匂《にお》いが鼻をくすぐる。長くて優雅な睫が、襞《ひだ》のひとつひとつさえもが艶《なま》めかしい唇が、ゴールドのピアスで飾られた、囓《かぶ》りつきたくなるような柔らかそうな耳が、飯田の目の前にあった。

「犯人は三千万円を要求してきたんだ。オヤジが運び役だ」

「ええ？」

静香は驚き、飯田の目をまっすぐに覗《のぞ》き込んだ。

「お偉方が集まって緊急会議さ。いつ終わるか分からないんで俺は先に帰れって言われて、解放されたんだ」

「まさか、お金を払うんじゃないわよね」

飯田は顔を横に振った。

「とにかく、オヤジがどう出るかはまったくわからないんだ。それはともかくとして」

静香の日本人離れした濃い顔を見つめた。

「どうして俺なんかを誘ったんだ？」

引き締めようとしても顔の筋肉がいうことをきかない。

「知りたい？」

「知りたい」

「飯田君て、すぐに核心に迫りたがる人なの？」

「なんだいそりゃ？」

静香は「ふふ」と笑った。

背中がぞくぞくしてきた。もう我慢も限界だ。今すぐ腕を引いて店から飛びだし、雑居ビルの階段の踊り場だろうが、自動販売機の陰だろうが、駐車場に止めてあるトラックの陰だろうが、どこだっていい、連れ込んで舌をねじ込んで、胸を鷲掴《わしづか》みにしてやりたい。

この女だってそれを期待しているはずなのだ。

「飯田君、あたしのこと何にも訊《き》かないの？」

「え？」

「あたしがどんな風に育って、どんな男と付き合ってきたかとか、どんな映画や音楽が好きなのかとか、そういったことよ」

「勿論《もちろん》、興味あるよ。すごくね」

とりあえずそう答えたが、実を言うと言われるまで全然考えもしなかった。早くセックスしたい、それればかり考えていた。

「本当にぃ？」

疑いの眼差《まなざ》しで訊いてくる。

俺の顔に、お前なんか所詮《しょせん》性欲の捌《は》け口だとでも書いてあるのだろうか。もしかしたらそうかもしれない。

「本当だよ。俺がエッチなことにしか興味がないように見える？」

「見える」静香は真顔で答え、それから弾《はじ》かれたように笑った。飯田もつられて笑う。

「まあ、出会いがあんなだったからね。とりすましてもしょうがないのかな」

飯田は、その通り、と言いたかったが言わなかった。飯田の脳裏には、静香のよがり声と裸体がしっかりと焼き付いているのだ。あんな特殊な状況下で出会いながら、普通の若いカップルのようにお茶でも飲みながら一から知り合おうなんて考える方が変ではないか。

「でもね、あたしは飯田君とはちゃんとした形で知り合いたいの」

ちゃんとした形だと？　ということは今夜はやれない、ということか？　お茶飲んで、しゃべくって、せいぜい手をつないでおしまい、ということなのか。

（そんなのありかよ、おい）

だが、ちゃんと知り合いたいということは、自分のことをかなり気に入っているということではなかろうか。一晩だけのセックス相手にそんなことは言わない。

「飯田君はそんなの嫌？　面倒くさい？」

静香は、一物が切なくなるような声と目で訊いてきた。

仕方がない。ちょっとの辛抱だ。

「とんでもない、嬉《うれ》しいよ」引き攣《つ》った微笑みを浮かべた。

「よかった」静香はほっとしたように微笑んだ。

やれやれ、やくざの下で保坂のオヤジみたいな金持ちのジジイに股開《また》いて奉仕して、それで生計立てているような女が、ちゃんと知り合いたいの、ときたもんだ。

女ってのは不思議な生き物だ。

3

玄関のチャイムが鳴った。

プロディジーを大音量で鳴らしながらサンドバッグ苛《いじ》めをしていた白洲は、振り上げた右の拳《こぶし》を止めた。プロディジーも止めた。再び自宅謹慎しろと言われて、今日がその二日目。

首にかけたタオルで顔と首筋の汗を拭《ぬぐ》い、拳に巻いたテープをほどきながら玄関へと向かう。

ドアの魚眼レンズで外を窺《うかが》うと、スーツ姿の中年の男が立っていた。佐山でもなく、確か阿倍といったか、もう一人の監察官でもない。

レンズのせいで歪《ゆが》んで見えるものの、非常に整った造りの良い顔である。

「どなたです？」

インターフォンのマイクに向かって訊いた。

「恐れ入ります、警察庁の者です」

男は声を潜めて言い、警察手帳をレンズの前に翳《かざ》して見せた。

それでも半信半疑といったふうに白洲はそっとドアを開けた。

男の身長は白洲とほぼ同じ。英国紳士風の優雅かつ厳粛な雰囲気を持っていた。くそ暑い外から来たというのに、体の内部でクーラーが回っているみたいに汗ひとつかいていない。

『クリング・クラング』のマスター・響堂とどことなく雰囲気が似通っている。つまり見栄《みば》えのする中年男ということだ。

男は白洲の格好を見て微笑んだ。目尻《めじり》と鼻の両脇《りょうわき》に深い皺《しわ》ができる。悪くない笑顔だ。

「トレーニング中でしたか。リズムを壊してすみませんでしたね」

リズムときたもんだ。そんな言葉を使ったということだけで、もう普通の警察官ではないと直感的にわかってしまった。

「特別監察官の方ですか？」白洲は強《こわ》ばった顔で訊いた。

「ええ、トッカンです。察しが良いですね」

渋好みの女がよろこびそうな低い周波数の声で言う。余裕と軽いユーモアの下に油断のならないしたたかさが隠れている。特監にもこんな奴がいたんだ、と思いながら、入りますか？　と訊いた。

「終わってからでもいいんですよ」

妙に腰が低いのでなんだか気味が悪い。

「かまいません。もう飽きたところです」

白洲は言ってドアを大きく開けた。

キッチンに通し、キッチンテーブルの椅子《いす》を勧めた。

「冷たい物でも飲みますか？」

ぶっきらぼうな声で訊く。これまで特監の人間に飲みものを出してやったことなど一度もない。だが、この男には茶の一杯でも出さなければならない、と白洲にさえ思わせるような雰囲気がある。

「いや、どうぞお構いなく。清潔で気持ちの良いキッチンですね」

男は誉《ほ》めた。

「日頃全然使わないからでしょう」冷蔵庫を開けながら白洲は言った。

「わっはは」と背後で男が笑ったので白洲はぎくりとした。「面白いことをおっしゃる」

といって男はまた短く、低い声で笑った。

まったくなんなんだよこりゃ、と思いながら白洲はアイスコーヒーを二杯作り、一杯を男に勧めた。コップを片手に椅子を引いて座り、男に向かい合う。

「私の最終処分が決定したのでこうしていらしたのでしょう？」

「いやあ、おいしいアイスコーヒーですね」

一口飲んだ男ははぐらかすように言い、幸せそうな顔をしてさらにもう一口飲んだ。

それからようやく白洲の顔を見返して、「お話の前に名乗らなければいけませんね」

と言った。

「はあ……」

ならさっさと名乗れ、と白洲は心の中でせかした。

「私、首席監察官の御代田《みよた》といいます。いちおう警視正です」

白洲はぽかんとして男を見返した。

首席監察官の警視正だと？

とんでもない客人ではないか。特別監察官室の室長がじきじきお出ましになったのだ！

「さて、自己紹介が済んだところで本題に入ってもよろしいでしょうか」

白洲は頷《うなず》くしかなかった。

「白洲さんは、バカラ賭博《とばく》というものをやったことがありますか」

白洲は首を振った。

「ありませんね。もしあったとしても、ないと答えますが」

「まあ、そうでしょうね。最近、警察官が密《ひそ》かにバカラ賭博に手を出してのめりこんだ挙げ句、抜け出せなくなるケースが増えているんですよ」

「はあ……」俺に何の関係があるんだ、と思いながら相槌《あいづち》を打つ。

「つい先日、池袋署の生活安全課の巡査が、夜中に自宅のアパート近くの公園の木の枝で首吊《くびつ》り自殺を図りましてね。たまたまその公園でペッティングの場所を探していたらしいカップルに発見されたんです。ちょうど木からぶら下がって脚をばたばたさせていたところを、下から抱きかかえられて一命を取り留めました。カップルが一一九番通報して病院へ運ばれたところで、身につけていた身分証明書から彼が警察官であることがわかり、それから程なく連絡を受けた直属の上司が駆けつけ、意識が回復したところで事情を聞いた。最初はなかなか喋《しゃべ》ろうとしなかったが、ふいにワッと泣き出して、実はバカラ賭博に手を出して借金を四百万近くもつくってしまい、誰にも相談できず、それで自殺を図ったのだ、と告白しました」

「どうして家じゃなくて公園で首を吊ったんでしょうかね」

「家には縄をひっかける場所がなかったそうです」

そういえば、俺の部屋にもないな、と白洲は初めて気がついた。天井は低いし、体重を支えられそうな梁《はり》もない。

「私たち特監がその上司から事情聴取を引き継いだところで、いろいろなことがわかってきた。彼を賭博に誘い込んだのも警官で、どうもその警官を中心に口コミで賭博仲間の輪が広がっているようです」

「マスコミにでもバレて騒がれたら大変ですね。特監としては冷や汗ものでしょうね」

白洲は皮肉めかして言った。

「お気遣いありがとうございます。その通りです。私たちは自殺を図った警官、仮に鈴木とでもしておきましょうか、鈴木から彼を誘った警官、賭博場で紹介された警官などについての情報を洗いざらい引き出しました。その中で特に問題になりそうなのが一人いまして」

「問題？」

「ええ、賭博もほどほどに自制してやっている分にはそれほど罪でもないと思うんですよ、私は」

御代田は平然と言ってのけた。

「ほどほどにやっている連中は、やばくなりそうな気配を察すると自制して離れていきます。自制心のない奴《やつ》というのは、とめどなく金を注ぎ込んで泥沼にはまっていく。負ければ負けるほど今度こそは勝ってでかく当てられると意気込む。こういうのが問題なんです。賭博場ともめて暴力沙汰《ざた》を起こしたり、借金を返すために犯罪に走ったりして事件を表沙汰にしてしまうのはそういう奴なんです」

　御代田は、そういう奴によって警察の信頼を失墜させることを阻止しなければならない立場だ。

「そういう奴を特監はどう処理するんです？」

「死んでくれると一番いいんですけどね」

　御代田は言って、小さく笑った。白洲はちょっと気味が悪かった。

「まあ、私たちが処刑するわけにもいかないから、早期に監視下において これ以上馬鹿《ばか》をしでかさないよう抑えるわけですが……もう既に馬鹿をしでかしてしまっていた場合、ちょっと面倒なんですよ」

　御代田は左右の手の指の腹を合わせ、祈るように目を閉じた。白洲には御代田の話がどこで自分に繋《つな》がってくるのかわからず、御代田の長い優雅な睫《まつげ》をなんとなく眺めながら待った。

　やがて頭の中で何かのお告げがあったかのように、御代田はパッと目を開いた。白洲はあわてて目をそらした。

「公安一課に伊勢崎という警部がいましてね。その存在は鈴木巡査から聞いたのですが、鈴木によると伊勢崎警部も鈴木以上に借金を抱えて困っているそうです……ここに伊勢崎警部の写真があります」

御代田はスーツの内ポケットからカードケースを取り出し、小さな写真を白洲に差し出した。連続レイプ魔みたいな顔してやがる、と白洲は思った。目と口元に性格の歪みというか破綻《はたん》がはっきりと表れている。

「顔からしてやばそうですね」正直な感想を述べた。

「今はもっとひどいですよ。公安に入るまでは、なかなか優秀な警察官だったんですけどねえ……」

御代田の口振りはいかにも残念そうだった。

「優等生の末路っていうのは案外そんなもんなんじゃないですか」

白洲はやや皮肉っぽく言ってみた。

「やはり公安には何か魔物がひそんでいるのかなあ……」

遠くを見るような目つきで呟《つぶや》く。まるきり役者みたいだ。

「ところで、こいつがどんな馬鹿をしでかしたんですか」

「企業を脅迫したんです」

白洲の頭にゴン、という衝撃がきた。とてつもない大馬鹿だ。現役の公安警察官が企業を脅迫とは。

「企業って……まさか」

自分との接点というのは……。

「ダイトーってご存じでしょう。あなたもつい先日、ダイトーの名を聞いたはずです」

「すると……今、二組の人間がダイトーを同時に脅迫しているわけですね。岡部と渋沢の二人組と、伊勢崎」

「いや、ちょっと違うんですよ」

「違う？」

「特監が伊勢崎警部の監視を始めたのと、あなたと秋吉さんが石巻警部の内偵を本格的に始めた時期がちょうど同じ頃だった。ですが、まさかふたつの別の任務がひとつに絡《から》まるとは予想外でした」

　絡まるという言葉の意味がよくわからない。

「伊勢崎警部の監視をこちらが決定したのは、つい五日前のことです。驚くべきことですが、その時点で彼は行方知れずだった。自宅のアパートに張り込みをつけたが、帰ってこない。しかも警視庁にも登庁していない。上司も居所を把握していない。単独行動の多い公安警察官にはわりとよくあることなんだそうです。まったく呆《あき》れたものです。だが、上司からちょっと興味深い話を聞けた。彼は行方知れずになる直前に、外事一課の石巻警部から抗議を受けていたそうです」

　思わぬところで石巻の名前が出てきた。

「石巻警部は伊勢崎に職務妨害を受けたと外事一課長を通して公安一課に抗議をし、伊勢崎は身に覚えのないことだと突っぱねたそうです。まあ、それはとりあえずおくとして、昨日、ようやく明け方に伊勢崎が自宅のアパートに帰ってきました。でも二、三分ですぐにまた飛び出していった。監察官は彼を尾行した。伊勢崎は京王線に乗って桜上水でおりると、あるアパートの前で張り込みを始めた。それから三時間近くたって、ある男がアパートから出てくると、その男を尾行し始めた。ところが、尾行を始めて十分も経《た》たないうちに監察官が突如襲われてしまいましてね。女が背後から回り込んできたかと思ったら催涙スプレーを顔にかけられ、もう一人の男に工具のような物で頭を殴られた。彼の話では二人ともサングラスをかけていたそうです」

白洲はなんだか、よくわからなくなってきた。

「後で調べてみると、伊勢崎が尾行していたのは岡部哲晃という男でした。その男も昨日からまる一日自宅に戻っていない。そして昨日ダイトーに〝溺《おぼ》れる魚〟から脅迫状が届いた。内容は専務の保坂という男に現金三千万円を持たせて、正午に新宿のOデパートの時計台の下へ来いというものだそうです」

「ダイトーが、警察に通報してきたんですか」

「いいえ」

「じゃあ、なぜ脅迫状の内容までわかるんですか」

「ちょうどいい具合に、ダイトー内部に情報提供者がいましてね」

御代田はにこりとした。

「前にも聞かされたと思いますが、石巻警部は過去にも、ダイトーの経営陣と組合幹部の間を取り持つような行為をした疑いで特監にマークされたことがある。その一件を我々に知らせてくれた男が、今も会社に在籍しているんですよ。今回も脅迫状がきた時、すぐにその男がこっそり私に知らせてくれた。竹橋という総務部の部長です。知らせてくれる前にかなり悩み、苦しんだようです」

なるほど、一度繋がったパイプを錆《さび》つかせずに保っているといつか思いがけず役に立つものなのだ、と白洲は感心した。

「岡部と渋沢はダイトーへの第四回目の脅迫をするつもりでいた。佐山監察官の話では岡部と渋沢の二人は、これまで三回ダイトーを脅迫しているがいずれも金など要求していない。それが今度に限って三千万円です。何か変だと思いませんか？」

「伊勢崎が〝溺れる魚〟の名をかたって脅迫状を送り付けたということでしょうか」

「私はそう考えています。〝溺れる魚〟は、これまで三回ダイトーに脅迫状を送り付け、ダイトーはそのうち二回要求を飲んでいます。だから伊勢崎はここで新たな脅迫者として名乗りを上げるよりも、相手にとって馴染《なじ》みのある〝溺れる魚〟の名を使ったほうが、ダイトーが要求を真剣に受けとめる確率が高いと読んだのじゃないでしょうか」

「でも、どうして伊勢崎の奴は〝溺れる魚〟の正体を知ることができたんでしょうね。

石巻警部が教えるとは考えられないし、彼は秘密をうっかり漏らすような間抜けでもないと思いますが」

「ええ、そうです。実を言うと、恥ずかしいことですが、それはウチのヘマなんです」

「ヘマ?」

御代田が申し訳ないという顔で頷いた。

「あの佐山が珍しくヘマをしでかしてしまったんですよ。一昨日、あなたと秋吉さんと、佐山の三人で、石巻警部と岡部、渋沢の会話を盗聴しましたよね」

「ええ」

「あの時、駐車場でカップルがいちゃついていませんでしたか?」

「ええ……アッ!」

カップル。伊勢崎を尾行していた監察官を襲撃したのも男女二人組だ。あの見るから に醜男醜女《ぶおとこぶおんな》のカップルがまさか伊勢崎の仲間だったとは。そんなことは考えもしなかった。

「私が思うにそのカップルは、石巻警部と岡部、渋沢たちの会話を盗み聞きしたのではないかと。そしてその内容を伊勢崎に教えた。話を聞いた伊勢崎は〝溺れる魚〟の名をかたってダイトーから金を脅し取ることを考えついたが、本物の〝溺れる魚〟がそのままでは具合が悪い」

「すると、岡部は」

「まあ、おそらく伊勢崎に拉致《らち》されたのでしょう。どこかに監禁されているか、あるいは既に殺されているか」

となると、気になるのは相棒の渋沢が一体どう出るかだ。

渋沢は、二人で考えたであろう脅迫状の文面がすり替わっていることを知らない。共犯である岡部は行方知れずだ。

「渋沢は今頃、ダイトーの裏の連中が岡部をさらっていったとでも思っているかもしれませんね」

「そうです。だから渋沢には今、ふたつの選択肢がある。ひとつ、逃げること。ふたつ、ダイトーに仕返しすること。まあ、彼がどちらを選択するにせよ、あなたの力が必要です。白洲さん」

急に話を自分の方に向けられたので白洲は戸惑った。

「なんです？　私の力が必要とは……」

「伊勢崎が捕まると困るんです」

白洲は太い眉《まゆ》を顔の真ん中に寄せ、しわを一本つくった。

「考えてみてください。ダイトーは今のところ脅迫の件を警察に届けてはいませんが、もしも届け出た場合、捜査一課が乗り出して、金の受け渡し時に伊勢崎が捕まってしまったら……現役の公安警察官が、企業を脅迫して三千万もの金を出させた挙げ句に逮捕されたら……警察の信用はどうなりますか？」

俺の知ったことかと言いたかったが、白洲の口から出たのは月並みな言葉であった。

「これ以上落ちようのないところまで落ちるでしょうね。警視庁、いや警察庁のトップまでとばっちりを食うでしょう」

その通り、と言いたげに御代田が頷いた。

「早く奴の潜伏先を見つけて捕まえないと」

「もう無理です」御代田はあっさり言った。

「潜伏先として一番可能性が高いのは、例の謎《なぞ》のカップルの家でしょうが、彼らが何者かはまったくわからないので探しようがない。それに金の受け渡しは明日なんですよ」

「明日！」御代田が無理というのも当然だ。

「伊勢崎を捕まえるとしたら、明日、金の受け渡しが行なわれる時が唯一《ゆいいつ》のチャンスです。それまで奴は下手に外に出たりしないでしょう。そこで白洲さん」

御代田は力のこもった眼差《まなざ》しで白洲の顔を見つめた。

「明日、金の受け渡しの現場でいち早く伊勢崎を見つけて保護し、速やかに連れ去ってください」

「そんな無茶な！」声が一段跳ね上がった。

「白洲さん、秋吉さん、石巻警部、それに我々特監が一丸となって伊勢崎とカップルを捕まえるのです。それしか警察の威信を守る術《すべ》はないのです」

（一丸になんかなりたくねえよ）白洲は大いにうろたえた。

「で、でも伊勢崎がまんまとうまくやりおおせる可能性だって」

「そんな可能性、ありませんよ」御代田は静かに、きっぱりと断言した。

白洲は喉《のど》の奥につかえた唾《つば》の塊をゴクリと飲み下した。

「ここに来る前に秋吉さんとも話してきました。彼はもう我々の仲間です」

断ることができないのはわかりきっているが、それにしても。

「なぜ、伊勢崎のような悪徳警官を保護しなくちゃならないんですか」

自分もまた悪徳警官の一人なのだという認識はこの瞬間、白洲の頭の中にはなかった。

「理由はさっき言いましたよ。あなたのやりきれない気持ちはよくわかる。馬鹿な身内の馬鹿な行ないの尻拭《しりぬぐ》いをしなくてはならないのですからね。ですが、伊勢崎を確保したら後で我々が必ず報いを受けさせます。それは約束します」

4

「あの二人がね……」

走るトヨタ・チェイサーの後部座席で石巻は呟いた。

「まあ、悪く思わないでください。こちらも仕事なもので」

隣に座っている二階級上の警察庁長官官房特別監察官室長の御代田警視正は、照れたような笑いを浮かべた。

御代田は警察官にしておくには勿体《もったい》ないような端正で甘いマスクと、渋好みの女が悦《よろこ》びそうな低い声、それに優雅で謎めいた雰囲気を持った男である。正直言って、他人に気圧《けお》されるような気分を味わったのは久しぶりのことだった。癪《しゃく》にさわると同時に、相手がこの男なら仕方ないか、という気もした。とにかく貫禄《かんろく》が段違いなのだ。

『クリング・クラング』で会った若い新入り二人が、自分をスパイするために監察官室が寄越した刑事であったことも驚きだったが、それ以上にあの伊勢崎が、脅迫状をファックスで送りにでかけた岡部を拉致し、その文面を勝手に書き替えてダイトーへ送ったらしいという情報は衝撃的だった。

伊勢崎は〝溺れる魚〟の名をかたって三千万円を出させようとしている。伊勢崎が賭《と》博《ばく》でかなりの借金を抱えていたというのも初耳だった。

御代田は、石巻がダイトーから裏金をもらって独自に脅迫犯を探していたことを叱責《しっせき》もしなかったし、嫌味のひとつも言わなかった。そのかわり、伊勢崎のダイトー脅迫の責任の一端が石巻にある、と指摘した。

金の受け渡しは明日。伊勢崎は行方知れず。なんとかして伊勢崎を捕まえないと、彼が金の受け渡し時に捜査一課に捕まってしまうかもしれない。そうなったら警察の信用は失墜する。

そこで金の受け渡し現場で伊勢崎を見つけて確保し、連れ去らなくてはならない。その後で伊勢崎には報いを受けさせる。以上が御代田の話だった。

勿論《もちろん》、それを断る立場に自分はない。断ればなんらかの大きな処罰がくだされるだろう。だが、協力すれば裏金の件に関しては不問。

やるしかなかった。

それに自分の保身だけでなく、拉致された岡部の身も心配だった。既に殺されてしまっているのなら心配してもしょうがないが、まだ生きているのなら救い出してやりたい。

「ダイトーが脅迫の件を警察に届けるかどうかは、私は五分五分だと思います」石巻は言った。

「ほお」と御代田は興味を示した。

「ダイトーという企業は、業界の中で最も総会屋との縁切りが遅れているんですよ。特に私が金をもらっていた専務の保坂は、かねてから組合とのもめ事を潰《つぶ》すのにやくざを使っていた。だから、保坂がやくざの手を借りて、独自に犯人を探し出して捕まえようとする可能性もあります。警察が犯人を捕まえてニュースになり、脅迫の手口が公にされると、同じ手口を真似《まね》する人間が現れるのを心配しなくてはならなくなる」

「ああ、例の、なんでしたっけ……」

「DPEショップのフィルム現像機への破壊工作です。誰でも簡単に真似できますからね」

「なるほどね」

「表沙汰《おもてざた》にせずに解決できれば、そういう心配もしなくて済む。破壊工作に対する予防を講じるとなると、新型機械を導入しなくてはならなくなるから、出費もかなりなものになる。不況の今はその出費が痛い」

御代田はさも感心したというふうに、何度も小さく頷《うなず》いた。

「なるほど。正直言うと、こちらとしては捜査一課よりは、やくざが乗り出してくれる方がどちらかというと都合がいい」

石巻はなぜ、と目で問い返した。

「理想としては、伊勢崎が金の運び役である保坂から金を受け取る前に捕まえたい。だが、必ずしもそれができるとは限らない。場合によっては、伊勢崎が金を奪って逃走する後を追っていかなければならないかもしれない。するともし、捜査一課が出てくると、我々は一課の刑事たちを妨害しなくてはならなくなる。できればそういうことはしたくありません。心苦しいですし、あまり手荒な真似もできない。でも相手がやくざなら、その辺を気にする必要はないでしょう」

「手荒な真似って、どういうことですか」

「手荒な真似ですよ」御代田はそれしか言わなかった。

「やくざどもは、我々を伊勢崎の仲間だと勘違いして攻撃してくることも考えられます。奴《やつ》らに逮捕の規則なんてものはないから、何をしでかすかわからない」

「それはそうでしょう、やくざなんですから。しかし、その辺の問題に対する備えもしてあります」

運転手が静かに車を停める。

「さあ、着きました」御代田が嬉《うれ》しそうに言った。

車からおりると、目の前に築二十年は経っていそうな古びたクリーム色のマンションが建っていた。

「ここのある部屋で作戦会議です。白洲さんも、秋吉さんも、私の部下も顔を揃《そろ》えています。さあ、どうぞ」

5

池橋健治は、奥住槙雄《おくずみまきお》の部屋のドアをノックした。インターフォンは二年以上前に壊れたのだが、奥住は直そうともしない。

合板の剝《は》がれかけているたてつけの悪いドアが嫌な音を立てて軋《きし》み、その隙間《すきま》から鳥の巣のようにクシャクシャの金髪頭がまず現れた。髪の根元から二センチは黒かった。続いて脂《あぶら》ぎった奥住の顔が池橋の目の前に出てくる。不精髭《ぶしょうひげ》が五ミリ以上伸びていて、でかい鼻のでかい毛穴には、つまめば歯磨き粉みたいにニュルッと出てきそうなほどたっぷりと皮脂が詰まっている。

目は本当に物が見えているのかと疑いたくなるくらい生気がない。

「奥住さん」

池橋は声を落として呼びかけた。

「なんだ」奥住は薄い眉毛を右手の爪《つめ》で掻《か》きながら、面倒くさそうに言った。くわえ煙草《たばこ》なので発音は不明瞭《ふめいりょう》だ。寝起きらしく、生臭い口臭が池橋の気分を悪くさせた。

奥住はこの二年ばかりで本当に老《ふ》けたな、と池橋は改めて実感した。国家との展望のない戦いに飽き、虚無主義に飲み込まれ始めたのだ。四年前、三里塚での二期工事阻止闘争で初めて会った時のあの不気味で、強烈な毒牙《どくが》を隠し持っていると感じさせた奥住を見いだすことはもはや不可能だ。

実際、奥住は池橋の憧《あこが》れの闘士だった。仲間なんていなくても、彼一人で充分日本をひっくり返せるのではないかと思えるほどの凄味《すごみ》を身につけていて、外国のテロリストにも引けを取らないとさえ思っていた。

「俺はケチな過激派なんかで一生を終えるつもりはない。この国の腐った官僚と資産家と政治家を片っ端から粛清したら、世界に飛び出してプロのテロリストになってやるんだ」

いつだったか、奥住は池橋にそう語った。その時、全身に鳥肌が立ち、こいつなら本当にやれると思ったものだ。だが、今の奥住を見ていると、過去に自分がそんなことを言ったのも忘れてしまったのではないかと思える。

このまま奥住と自分、そして仲間たちは時代に流され、飲み込まれ、何一つ生きた証《あかし》を残すことなく死んでいくのだろうか。

義憤に燃えるわずか数百名の精鋭達が、腐って肥え太った官僚の豚どもと大企業、そしてそいつらのイヌである公安警察によって支配されている瀕死《ひんし》の日本国を容赦ない剝《む》き出しの暴力でもって完全解体し、抹殺した後に、これまで虐《しいた》げられてきた教育のない貧しい国民を教化し、彼ら主導によるあらたな平和国家を造り上げるという大義は、この頃では誰も口にすることさえなくなった。

革滅は確実に死につつある。実行を伴わない妄想だけが頭の中で肥大化し、同志たちの多くがその妄想を増幅させるために次々に覚醒剤《かくせいざい》に手を出し、アルコールに溺《おぼ》れ、乱交で同志の女を取り合った挙げ句にリンチされて死んだり、自殺したり、失踪《しっそう》したりしている。

池橋はこの頃時々、自分がハムスター以下の馬鹿《ばか》じゃないのかと思うことがある。

こんな組織、こっそり抜け出して、誰も自分の過去を知らない土地でもう一度やり直そうかと考えたことが何度もある。だが、それを考えると、足もとの地面に穴が開いて、落ちていくような恐怖を覚えた。一人になって一人で仕事を探して、一人で生きていくことなど考えただけで恐《こわ》い。孤独が死ぬほど恐くて仕方ないのだ。自分で考え、自分で決めて行動し、その責任を引き受けることが恐くて耐えられない。自分のような背の低い肥満体で、汗臭くて、醜悪な男がまともな伴侶《はんりょ》など見つけられるわけもない。それなら仲間と妄想にふけっている方がいい。リンチの標的にさえされなければ、少なくとも一人で孤独に震えながら死ぬこともない。

「ちょっと、話が。ここじゃまずいんで」池橋は小声で言った。

奥住はさもつまらなそうな顔で池橋を眺め、勝手にしろとでもいいたげにドアを大きく開けると、さっさと奥へ引っ込んだ。

池橋は中へ入ると、後ろ手にドアを閉めた。

イカ臭い精液の匂《にお》いと、安っぽいアルコールの匂いと、ラーメンの汁が腐った匂いが部屋に充満していた。エアコンは一応回っているが、フィルターが遠くから見てもハッキリわかるほど埃《ほこり》に覆《おお》われていて、機能していない。

「話ってなんだ」

奥住は黒いノースリーブのTシャツに色の落ちたピンクのブリーフという姿だった。しわくちゃのシーツが大きくめくれたパイプベッドの縁に腰掛け、半分ほど吸った煙草の灰を、床に置いた缶コーヒーの空缶に落とす。

座れと言ってくれないので池橋は仕方なくベッドの傍に、叱《しか》られているみたいに立った。

部屋にはコーラのペットボトルとコーヒーの空缶が散乱していて、畳のあちこちに茶色や黒の染《し》みができている。

「杉野のことなんですが」

（クソ、この部屋には最低二万匹はダニがいやがる）

池橋は早くも体がむず痒《がゆ》くなってきたのを堪《こら》えながら切り出した。

「あいつがどうかしたのか」

奥住はブリーフの中に手を差し入れ、ボリボリと音を立てて陰毛を掻き、さも興味なさそうに訊《き》いた。

気持ち悪いので視線をベッドの下に逸《そ》らせると、池橋はそこに奇妙な物を発見した。ポラロイド写真が何枚か散乱していたのだ。

全部、生々しい男の局部のアップだった。

どきりとし、汗が一瞬止まった。

奥住はホモではない。ということは自分で自分の一物と尻の穴にカメラを押しつけるようにして撮ったのだろうか。一体何のためにそんなことを？

「ええ。先日、奴に貸してた金を取りに行こうとして」

「ちょっと待て、吐きそうだ」

奥住はそう言うが早いか、便所に駆け込み、ドアを閉めずに壁に両手をついた。そして、むああと胃の底から搾《しぼ》り出すような声を上げて反吐《へど》をびたびたと便器にこぼした。

池橋は顔をしかめ、情けない気分で自分の足もとに視線を漂わせた。すると、卓袱台《ちゃぶだい》の下の座蒲団《ざぶとん》からポラロイド写真の角がはみだしているのが見えた。さりげなく足の先で座蒲団を押しのけてみると、十枚ほどの写真が現れた。

奥住が自分で自分の舌をアップで撮影した写真だった。白い苔《こけ》に覆われて、ところどころ赤いぼつぼつのある舌。

「もああ、あへ、ペッ！」

奥住は吐き続けている。

ひっくり返って裏になっている写真を足でめくってみた。

吐き気が倍増した。

ウンコの写真だった。奥住は自分で自分の糞《くそ》をポラロイドで撮影したのだ。何が楽しくて？

「それで？　どうした」

奥住の声がしたので、池橋はあわてて顔を上げた。

「杉野の家から男が出てきたんです。その顔に見覚えがあったんですが、どうもよく思い出せなかったんです。ずうっと考えて考えて、今朝、やっと思い出したんです」

奥住は誰だとも訊かなかった。だから仕方なく続けた。

「イヌです。公安の」

「イヌだと？」

「公安一課の伊勢崎という野郎に覚えはありませんか」

「いせざき……どんな奴だ」

「でっかくて不潔な野郎ですよ。寄居をぶちのめして額を割ったデカですよ」

池橋は、去年狂ってマンションの十一階から飛び降り自殺した同志の名前を出した。

「ほら、一昨年、野方のアジトの手入れの時……」

「ああ、思い出したぜ、あいつか」

一瞬だが奥住の目に光が宿った。ほんの一瞬だけだったが。

「俺は野郎に髪の毛をひと房ひっこ抜かれたぜ、あの野郎か」

「ええ、俺もビンタを食らいました」

早くトイレ流せよ、と思いながら池橋は言った。

「あいつかあいつか、ああ、ああ」

奥住は一人でしきりに頷きながら、池橋の方へ足早にやってきた。

池橋は身を引きそうになったが我慢した。

奥住はベッドの下を覗《のぞ》き込み、右手を奥へ差し入れた。

「杉野の野郎、伊勢崎に飼われていたんですよ」

「………」

返事がない。奥住が右手を引き抜いた。その手には箱形のポラロイドカメラが握られている。

「どうします？　始末しないとやばいんじゃないですか」

「そうだな」奥住はあまり関心なさそうに答えた。

ポラロイドを持って便所に戻ると、便器の上にかがみこんだ。バシャッという音と共にストロボが光った。続いてガーッという写真がせり出してくる音。

奥住は自分の吐いたゲロを撮ったのだ。

「杉野みたいな能なしを飼おうとするデカがいるとは思わなかった。そこが盲点だったな」

奥住は言い、さらに近づいてもう一枚撮った。それからようやく水を流す。

あんたは一体何のためにそんなことをするんだ。池橋は知りたかったが訊くのが恐かった。リーダーである奥住が本当はただの狂人だとわかってしまったら、と考えただけで体が震えそうになる。この先この男と一生を共にするつもりなどないが、もうしばらくの間、奥住にはまともでいてもらいたい。せめて自分がもう少し違う生き方へと踏み出す勇気が出るまでは。

カメラからはき出された写真をしげしげと眺め、奥住は言った。

「杉野から話を聞く必要があるな」

「ええ、そうですね」

久しぶりにやる事ができて安堵《あんど》した。たとえイヌ狩りだとしても立派な革命活動だ。最近、このまま組織がずるずると自然消滅してしまいそうな気がして心細かったのだ。する事がなくなれば自分はただの負け犬で、死ぬまで自立できない図体のでかい赤ん坊なのだ。

革命なんて本当はやってもやらなくてもいい。ずっとこうして、何かをやっているという気にさえなれればそれで良かった。

「どうします？　奴の家に押しかけて吐かせますか」

「まあ、待てよ。相手は杉野だけじゃない。後ろに伊勢崎がいるんだぜ」

反吐のついた唇を拭《ぬぐ》いもせずにベッドまで戻り、ごろんと仰向けになった。

「おまえよお」

「はあ」

「座ったらどうだ？　そこに突っ立ってられると俺が落ち着かねえんだよ」

「は、すみません」

池橋はあわてて座蒲団の上に重たい尻《しり》を乗せた。それだけで部屋が小さく揺れる。

奥住はふう、とため息をつくと、右手をブリーフの中に差し入れ陰毛をぷちぷちと引っこ抜き始めた。話の途中だったのも忘れてしまったかのように、ひたすら陰毛を抜き、なんとそれを枕元《まくらもと》に置き始めた。

池橋はたまらなくなり、また「それで、どうします？」と訊いて、話がまだ途中だったことを思い出させてやらなければならなかった。

「おお、伊勢崎だったな、そうそう。あいつはよ、まともなデカじゃねえんだ」

奥住は話しながらも手を休めない。

「野方の手入れのもっとずっと前のことだがよ、宮尾っていう仲間がいてな。そいつはある時首を吊《つ》っちまったんだが、その遺書に奴《やつ》らしき男のことが書いてあったんだ。遺書は自殺の現場には残さずに、寺島という同じ大学出身の仲間に郵送されてきたんだ」

「郵送？」

「ああ、その遺書には、自分は公安のデカに人生を目茶苦茶にされ、もう耐えられないから死ぬって書いてあった。宮尾はよ、ある公安に飼われてイヌになっていたんだ。ところがその公安がとんでもねえ変態で、ホモのサド野郎だったそうだ。会う度に稼いだ金をほとんど持っていかれ、おまけにしゃぶらされたそうだ」

池橋は言葉を失った。

「ケツの穴にも突っ込まれたんだってよ、ケケケケケ」

奥住は喉《のど》を痙攣《けいれん》させて変な笑い声を立てた。

「仲間にイヌだってことがばれたらリンチされるし、誰にも相談できずにいたそうだ。で、結局耐え切れずに首を吊った。その公安ってのが、イケガキだかイセザキだか、そんな名前だった」

「確認できないんですか？」

「確認？」

「その、寺島って人にそのデカの名前を……」

「ああ、無理無理。寺島はシャブで捕まってよ、去年ムショでくたばった。凍死だって」

また「ケケケケ」と笑う。そしてまた「凍死だって」と呟《つぶや》いた。

「俺はよ、そいつが伊勢崎じゃねえかと思ってるんだ。奴にはそういうことやりそうな雰囲気があっただろ」

「確かに、ちょっと不気味な奴でしたね」

それから奥住は「よっこいしょ」と声を出して俯《うつぶ》せになり、枕元に集めた陰毛の小山にポラロイドを向けると、バシャッ、ガーとやった。

「奴はよ、治安を守るためじゃなくて、てめえのチンポの欲望と他人から金を巻き上げることしか頭にねえ、とんだ腐れデカだ」

バシャッ、ガー。

これからどうするのかという結論はまだ出ていない。

「で、どうします？」池橋は訊いた。これで四度目だ。

「ううむ」と奥住が呻《うめ》いた。そして突然「屁《へ》が出る」と声を上げた。

ブビッという音がやけに虚《むな》しく響いた。

池橋はつくづく今の状況と、それにどっぷり浸《つ》かっている自分を情けなく思った。

「杉野をちょいと泳がせてみるか」

「確証を摑《つか》むんですか？」

「そうだ。それに……」

それに？　池橋は続きを待ったが、奥住はそれきり黙りこんでしまい、そのまま数十秒が流れた。あまりにも静かなので、池橋には自分の腕時計の秒針の音さえ微《かす》かに聞き取ることができた。

今初めて気がついたのだが、14型のちっぽけなテレビの上に置かれた時計の針が止まっていた。

文字盤の3の所が日付になっていて、日付を見たら十八日だった。一体、何年何月の十八日なのだろうか？

あの時計の電池を交換したら、俺達の淀《よど》んで腐った時間もまた流れだすだろうか？

池橋はそんなことを思った。

「で、どうします？」五度目の問い。

「おまえ、今から杉野にへばりつけるか」奥住が訊いた。

「監視ですか？」

「ああ」

「やれますけど」

「じゃ、やってくれ」

(やってくれって、あんたは何もやらないのか)頭に血がのぼりかけたが抑える。

「監視だけでいいんですか、家探しとかはしなくていいんですか」

「う〜んと……」奥住はTシャツをめくり、右脇腹《みぎわきばら》をぼりぼりと掻《か》いた。

「うまく侵入できそうだったら、やっといて」

(やっといてじゃねえよ、クソ)

「他の仲間には知らせますか？」

「いや、まだいい。少し様子を見てからだ」

6

事情を話し終え、渋沢泰人はうなだれていた頭を恐る恐る上げてみた。

有川奈美も林田由美子も真っ青な顔をしていた。二人の目は、混乱と恐怖に激しく揺れる心を映し出していた。

巻き込むべきではなかった。

巻き込まないためには自分がもっと堂々と構え、何も心配事などないという振りをしていなければならなかったのだ。しかし岡部の失踪《しっそう》で、自分でも情けないほど動揺してしまっていた。そんな時に奈美から野暮用で電話がかかってきて、勘の鋭い奈美は、こっちの声を聞いただけで何か良からぬことが起きたと確信したのだ。

なんでもないよと言っても、奈美は心配することをやめなかった。強引に追及してきて十分後には石巻の正体や、脅迫の件がばれてしまったこと、そして脅迫状を出しに行って岡部が失踪したことなどを洗いざらい喋《しゃべ》ってしまっていた。

奈美は由美子にも声をかけ、二時間後にこのアパートへやってきたのである。

「石巻は、絶対に岡部を売っていないと言ったよ」

渋沢はもう一度同じ言葉を繰り返した。

「だからそんなのデタラメなんだってば」

由美子は今まで見たこともない恐《こわ》い目で、きっぱりと言った。

石巻がダイトーと繋《つな》がっていたという話は由美子にとってかなりショックだったようだ。渋沢はかなり前から、由美子が密《ひそ》かに石巻を気に入っているということに気づいていた。だから由美子が、石巻に対して激しい怒りを抱く気持ちは理解できた。

「でも、俺は彼と直接会って話をして、彼は嘘《うそ》をついていないと思ったよ」

「じゃあ、どうしてあの人まで行方をくらますのよ」

奈美が冷ややかに指摘した。

渋沢は言葉を失った。確かにその通りだった。石巻とは連絡がつかなくなっている。ダイトーに探りを入れてみると言ったくせに、それきり何の音沙汰《おとさた》もない。石巻まで失踪してしまった。

渋沢はお手上げだというふうに、顔を左右に振った。

「わからない。でも彼がダイトーに密告していたのなら、今頃俺も捕まってリンチされてておかしくないはずだよ。なのにここでこうして奈美ちゃんや由美ちゃんと話している。つまり彼は俺達を売ってはいないんだよ。テツはきっと何か他の事情があって……」

「どんな事情だろうと、岡部君が拉致《らち》されたのかもしれないって時に行方をくらますなんておかしいわよ。きっとまずい事態になったから保身のために逃げ出したのよ」

「あの人がそんな人だったなんて……」

由美子の声は別人のように暗かった。

奈美が由美子の背中にそっと手を置いた。そして厳しい顔で渋沢の方を見て、訊《き》く。

「これからどうするつもりなの？」

「僕が片をつけるしかないだろう」

「もっと具体的に言ってよ」

「もうやめるわけにはいかないんだ。脅迫状は送って、向こうに届いてしまったんだからね。テツの行方がわからなくなったからって途中で投げ出すのは、テツだって望まないだろう」

「つまり、明日新宿へ行くってことね」奈美が念を押した。

「ああ、そうするよ」

「私も行くわ」

「駄目だよ、そんなの」渋沢はあわてて言った。

二人をこれ以上深入りさせたくない。

「いいえ、行くわよ」奈美は聞かなかった。

由美子はどうしていいのかわからないという顔をしている。

その時、卓上の電話が鳴り出したので三人はぎくりとした。

渋沢は反射的に電話に飛びつき、受話器を取り上げると耳にぴったりと押しつけた。

岡部か？　それとも何か他の……。

「もしもし？」

「渋沢か？」

聞いたことのない男のざらついた声がした。嫌な予感が背中に鳥肌のように広がっていき、胃袋がぎゅっと縮こまった。

「そうですけど……」

「仲間を取り戻したいか？」

渋沢は息を詰めた。仲間とは当然岡部のことだ。

「誰だ、あんた」

「誰だっていいだろう。それより訊かれたことに答えろよ。仲間を取り戻したいのか、それとももう逃げ出したいのかはっきりしろ」

「テツ、岡部をどうした」

「うるせえんだよ、ボケ！　仲間を取り戻してえかと訊いてんだ、この野郎、答えろ！」

男が突然切れて、怒鳴った。

奈美と由美子が両脇から顔を寄せてきた。

渋沢は二人にも聞けるようにスピーカーフォンのボタンを押した。

「勿論《もちろん》、取り戻したいさ」

渋沢は我ながら情けなくなるようなか細い声で答えた。

「なら、今から言うことをよく聞け。メモはあるか？」

奈美があわてて目の前にあるメモパッドとボールペンを渋沢に手渡した。

「ああ」

「一字一句聞き漏らすなよ。まず明日、お前は正午に新宿の……」

男は話し終えると、約束通りにすればお前の仲間は返してやる、間違っても警察に通報するような馬鹿《ばか》な真似《まね》はするな、と念を押すと一方的に電話を切った。

渋沢はショックでしばらく呆然《ぼうぜん》としていた。奈美がだらんとたれた渋沢の手からプープー鳴っている受話器を取り上げて、静かに元に戻した。

「とんだことになったわね」

「どうしよう、どうすればいいの」

由美子の顔が今にも泣き出しそうに歪《ゆが》む。

「行くさ。それしかないだろう」

岡部は今どんな状況にあるのだろう。サンドバッグみたいに殴られて冷たい床に転がされているのか、それとも出刃包丁で小指でも切り落とされ、血塗《ちまみ》れでのたうち回っているのか。

どんな状況であれ、彼を助け出すために何かできるのは自分しかいない。

奈美が渋沢の手をぎゅっと握り締めた。

「あたしも絶対に行くわよ。テツ君もあなたもあたしには数少ない本当の友達なんだからね。それにあたしだって共犯なんだから、片は自分でつけないと」

「奈美ちゃん、相手はどんなとんでもない奴かわからないんだぜ」

「そりゃそうだけど……だけど、電話を聞いた限りでは、あいつはあたしと、由美ちゃんの存在は知らないみたいじゃない。仲間はシブヒト君だけだと思っている。そこをうまく利用すれば、何か効果的な手が打てるかもよ」

「そりゃ、そうかもしれないけどさ。でも、奈美ちゃんはどこへ行っても目立ち過ぎるんだよ」

「なら男装でもなんでもするわよ！」奈美の顔が怒りと興奮で上気した。

「あのねえ、女をトラブルに巻き込まないのが理想の男みたいに思っているんでしょうけどね、現実的に考えてシブヒト君一人で一体何ができるっていうのよ。たった一人でさ」

そう言われてしまうと返す言葉がなかった。

「あたしがバックアップしてあげるよ、恐いけどさ」

7

「あれえ、どうしたの」

ドアを開けた少年は、白洲の顔を見るなり言った。

昼寝でもしていたのか目蓋《まぶた》が腫《は》れぼったく、頭の天辺《てっぺん》の髪が寝癖ではねている。

「よお」

「俺に用？　姉貴に用？　姉貴に用なら残念だね、ついさっき男が四駆で迎えにきてどっか行っちゃったよ」

「くそ、そいつを殺してやる」

「よしなよ、あんな女に入れ込むのは」

「お前に用があるんだ、伸吉」白洲は言った。

「へえ、俺にね。ところで足下のそのでっかい荷物は何なの？　マンション出ていくの？」

「いや、違う。こいつの中身でおまえにちょっと用がある」

「なんだよ、随分遠回しだな」

「ちょっと俺の部屋に来る時間あるか？」

白洲は声を潜めた。

「俺にいたずらするんじゃないよね」

「そんな気があったらとっくにやってるさ。お母さんは？」

「出かけてる」

「そりゃいいや。とにかくちょっと来てくれないか？　折り入ってお前に頼みたいことがあるんだ」

「なんだか怪しいねえ」

「うだうだ言わずに来いよ、面白いもの見せてやる」

白洲は強引に少年を引っ張り出した。

「ひえええ」

白洲が大きなナイロンバッグの中身をベッドの上にぶちまけると、伸吉は素《す》っ頓狂《とんきょう》な声を上げた。

「どうだ、来て良かっただろうが」

「こんなすげえものどこで手に入れたんだよ！　いくらデカだって、どうしてこんな物持ってるんだ？」

「まあ、詳しい事情はちょっと……。それよかそいつに触ってもいいんだぜ。弾は入っていない」

ベッドの上に同じ型の七丁の拳銃《けんじゅう》が乗っていた。全《すべ》てオートマティックで、22口径ロングライフル弾を使う物だ。伸吉は瞬《まばた》きする間さえ惜しいとでもいうふうに大きく目を見開いてひとつを手に取り、驚嘆の声を上げた。

「うう、スタームルガー・マークII・ブルバレル5・5インチ……すげえ、完璧《かんぺき》に本物だぜ、おお、これ、このバランスの良さ！　俺、夢にまで見たんだよな、うふ、うふふ」

「即座にわかるってのもすげえよな」

白洲は伸吉の博識に素直に感心した。

「当たり前じゃんか、伊達《だて》でガンおたくやってるんじゃないぜ。いひ、ゆ、夢みたいだ、本物のガンが目の前に、七丁も！」

伸吉の唇の端からよだれが一筋垂れ、Tシャツに染《し》みをつくった。

「ねえねえ、どうしてこんな物持ってるんだよ、何かやばいことやったのかい？」

「いいや、やばいことはやってない。これからやるんだ」

白洲はいかにも気乗りしない口ぶりで言った。

「まさか、銀行強盗？」

白洲は首を振った。

「銀行強盗の方がまだマシかもしれない」

伸吉は全然聞いていなかった。スライドを摑《つか》むと、ホールド・オープンさせる。カキン、という音に体をぶるっと震わせる。

「いひひひ、ああ、もういっちゃいそうだよ」

「危ない奴《やつ》だな。俺のベッド、ザーメンで汚すなよ。ところでおまえに頼みたいことがあるんだ、聞いてくれ。お前にしかできないことだ」

白洲はせわしなく上下している伸吉の骨張った肩に手を置き、グッと握った。

「お前、この前エアーガンにレーザーサイトを取り付けてたよな」

伸吉は気圧《けお》されて、うん、と頷《うなず》いた。

「なかなかいい出来だった。そこで頼みだ。この拳銃全部に小型のレーザーサイトを取り付けちゃくれまいか？　サイトは七丁分用意してある」

「お、俺に？」伸吉の声は極度の興奮で裏返った。

「そうだ。あまり根掘り葉掘り訊かずに黙ってやってくれる職人が必要なんだ」

「ほ、本当に何か悪いことするつもりなの？」

白洲は大きなため息をついた。

「俺もやりたくないんだ。全然、これっぽっちもやりたくないんだが、やらないと俺はもうお前にも、亜美ちゃんにも会えなくなる。悪いがこれ以上は話せない」

「じゃ、どうしてレーザーサイトが必要なの？　それも機密？」

「いや、別に機密じゃない。勿論、発砲なんかせずに済めばそれに越したことはないんだが、そういう場合も考えなきゃならないんだ。しかも、街のど真ん中でだ」

「街ん中でかい？」

「ああ。勿論、できるだけ発砲せずに済ませるように努力はするが、相手もそう思ってくれるとは限らない。向こうが抜くようだったらこっちも大人しくやられるわけにはいかないからな」

「そうか、雑踏の中での作戦なんだね」

「ああ、そういうことになる。歩道の真ん中でいきなり銃を抜いてふり回したりしたらどうなるかくらいわかるよな？　たとえ発砲しなくても、銃を抜いて威嚇《いかく》するだけでもパニックが起きる。パニックは困るんだ」

「ううん、そうなるとエイミングも、ファイアリングもウエストレベルでってことになるか……」

狙《ねら》いを定めるのも、発砲するのも、目線より下、つまり腰の辺りの位置で行なわなければならない事態が想定されるということである。

「そうなると、やっぱりレーザーサイトは必要だね」

「そうだ、隠密《おんみつ》作戦だからな」

「アンダーカバーって言ってよ、カッコ悪いなあ」

うるせえ、と白洲はあしらった。

「だけど、なんで俺なの？」

「他に取り付けができそうな奴の心当たりがない」

その言葉に伸吉は、さも得意そうな顔をした。

「まあ、そうだろうね、うん。で、22口径にしたのも銃声が小さくてそういう作戦に適しているからなんだろ？」

「そうだ、ニューナンブみたいな大口径をぶっ放すわけにはいかないからな」

「でもさ、22ロングライフルだとパワーはかなり情けないから、相手が大男だったら頭を狙うか、胴体なら五、六発はぶち込まないとならないよ」

白洲は、「物騒な忠告を有り難う」と礼を言った。確かに伸吉の言う通りだ。なにせ22ロングライフル弾は、もともとターゲット射撃用、もしくは射撃初心者用の弾丸なのだから。

「なんだかえらいことになっているんだね、にいちゃん」

「そう、これ以上ないっていうくらいクソやばいことになっているんだ。ま、自業自得《じごう》だけどな」

白洲は両の手をパン、と打ち鳴らした。

「さあ、師匠、一発頼みますよ。腹減ってたら、何でも好きなもの出前で取りますから、さっそくかかってください」

「よし、よかろう。お主の頼みとあらば」

白洲はこんなに機嫌の良い伸吉を見たことがなかった。

8

沢木がわずかにソファの上で身じろぎした。それだけで白熊《しろくま》がのっそり起き上がったような迫力があった。

沢木はガラステーブルの上のマールボロの箱を保坂の足ほどもある大きな手で摑み、一本抜いて口にくわえ、ジッポーのライターで火をつけた。

これほど巨体の男なら五口くらいであっという間に吸い終わってしまうのでは、とさえ思えた。だが、実際は九口で吸い終え、静かに灰皿でもみ消した。灰皿は重たそうなガラス製で、縁にはガラスの亀《かめ》が二匹、日向《ひなた》ぼっこでもするみたいにちょこんと乗っかっていた。

「ま、お話はよくわかりました」

沢木の声は相撲取りみたいに掠《かす》れていた。怒鳴ると実に張りのある、堂々たる声が出るのだが、それ以外の時はいつもこんな声なのだ。

「うまくやってもらえたら、沢木さんには五百万払いましょう」

保坂はさっそく交渉に入った。

「悪い話ではないが……」

沢木は言って、ソファの上で脚を組んだ。呆気《あっけ》に取られるほど極太の、筋肉の丸太だ。たぶん、人間を含めて大抵の動物を一撃で蹴《け》り殺せるだろう。

「若いもんらにタダ働きさせるってわけにもいかない。その分を上乗せしてもらわないと」

よく言うよ。保坂は思わず苦笑を浮かべそうになった。

どうせ上乗せした分も全部沢木の懐《ふところ》に入るに決まっているのだ。沢木はそういう男なのだ。

「では、もう二百万ということでは?」

保坂は今、あまり悠長に駆け引きする気分ではなかった。

「ううん、十人くらい集めて、一人三十万の報酬とすると、三百万てとこですかね」

がめついことを言う割りに沢木の目と口調は穏やかだった。

沢木は俳優の田中邦衛を思わせる垂れ目で、睫《まつげ》も長いので優しい熊のような印象を与える。この目のおかげで随分と女にもてるという噂《うわさ》も聞いた。

少しばかり目がぱっちりしているというだけでコロッといってしまう女どもっていうのは、つくづく馬鹿《ばか》だと思う。実際、沢木の目以外のパーツはどれもいただけない。鼻はいびつなナスみたいに太くてちょっと右に曲がっているし、その鼻の両脇《りょうわき》には、あと少しで完全な左右対称になるほどの位置に大きなホクロがひとつずつ、さらに右目の下の弛《たる》み切った皮膚にもホクロがひとつ。鼻の下の溝は保坂の小指の腹がちょうどよく納まりそうなくらいの深い溝、色の薄い唇は水族館で見たマンボウを思い出させる。

「いいでしょう。では、全部で八百万ということで」

「気前がいいですね。さすがダイトーさんだ」

「三千万円まんまと奪われた挙げ句に、この先も脅迫が続くかと思えば安いもんですよ」

「金をもらえば、こちらもきっちり仕事はしますよ。その点はご心配なく。しかし、それにしても会社を背負って立っている人間というのは大変ですね」

沢木にしては珍しい、他人に対するねぎらいとでもいうべき言葉であった。

「あなたも組を背負って立っているじゃありませんか」

「私が、まさか」

垂れ目が細くなり、マンボウ唇が綻《ほころ》んだ。

「違うんですか？」

「私は、組を背負っているなんていう意識は全然持っていませんよ。その気にさえなれば明日からでも一人で生きていける。誰にも責任を負っていないし、誰にも寄りかかっていない。たまたま今は、ここが一番ぴったりはまれる場所だからここに居るってだけの話でね」

なかなか言える言葉ではない。保坂は少しだけ、自分よりも一回り若いこの巨漢を羨《うらや》ましく思った。

円滑な関係を維持し、うまく利用するならば暴力団というのは便利な組織であるということを学んだのは、保坂がまだ、西関東営業部地区長をしていた頃のことだ。あるちょっとした事件がきっかけで沢木との面識ができたのだった。

金の受け渡しはどういう段取りになっているのか、と沢木が訊《き》いてきた。

「それがよくわからないんだ。脅迫状には受け渡しの段取りについて何も書いてなかった。とにかく正午に新宿のOデパート別館の時計台の下に来いとだけ。それから携帯電話を持ってこいとも書いてあった。おそらく奴が当日、私の携帯電話に連絡してきて、私は奴の指示に従って行動することになるのだと思う」

「あなたの携帯電話の番号をなぜ知っているんです？」

沢木が不思議そうな顔をして訊く。

「それは簡単ですよ。課長クラス以上の人間は緊急の時にいつでも互いに連絡が取れるよう、携帯電話の番号は社内で公表されているし、その一覧表はスーパーとか、ＤＰＥショップなんかの店内に、緊急連絡先として従業員の誰でも見られるような場所に張ってあるんですよ。それを外部の人間が見たければ、ちょっと間抜け面《づら》して、うっかり入ってしまったみたいなふうにオフィスに入っていけばいい。私の名前と電話番号は一覧表の上から二番目ですからね、簡単に見つけられる」

沢木は納得したというふうに頷いた。

「そうですか。じゃあ、こっちは人員を車組、バイク組、徒歩組に分けて臨機応変に対応できるようにしておきましょう。それから、金を入れるバッグは私の方で用意します。特徴がはっきりしていて、遠くからでも見分けられる物がいいでしょう」

「よろしくお願いします」

保坂は謙虚に頭をさげた。

9

「明日は長い一日になりそうだ」

保坂が背後でぼそりと言った。

飯田は何と言ってよいのかわからず、とりあえず黙って車を走らせ続けた。

事態はどうもキナ臭い方向へ向かいつつある。保坂は今日、警察ではなく、馴染《なじ》みのやくざに協力を求めるために組事務所にまで出向いたのだ。事務所から出てきた保坂はここへ来る前と同じ無表情で、何を考えているのか全然わからない。

この状況は気に入らない。

オヤジはきっと、俺のことも今回のトラブル処理要員の頭数に入れているに違いないのだ。別に腹心の部下になんてなりたくなかったのに。ただの運転手のままで良かったのに。ただし、静香と会えたことだけは幸運だったかもしれないが。

「飯田」

「はい」

「今日はもう帰っていいぞ」

「え、もうですか」まだ午後四時になったばかりだ。

「体力を温存して明日に備えておけ」

気が滅入《めい》ることとこの上ない言葉だ。

(俺、もう逃げたいよ)

気を引き締めないとベソをかいてしまいそうだ。無性に静香に会いたくなった。そしてそんな気持ちに自分でも驚いた。

まさか、あの女に惚《ほ》れてしまうとは思わなかった。


昨夜、二人ともいささか酔ってへらへら笑いながらしゃぶしゃぶ屋を出ると、静香が突然どこか高い所へ登ろうと言い出した。

「あたし、いい気分になると高いところへ上りたくなるの、高ければ高いほどいいんだ」

瞳《ひとみ》がらんらんと輝いて、肉食獣のような顔にいっそう迫力がでた。

「変な趣味なんだな」飯田は笑った。

「ねえ、いこうよ」

静香が飯田の手をぐいっと引っ張った。飯田はされるがままについていった。実にいい気分だった。こんなふうに女と二人で酒を飲んではしゃぐなんて初めてだった。工場に勤めていた頃は飲んでも野郎とばっかりだった。

デートだってろくにしたこともない。それが今夜は、肉食顔だが、こんなにいい女と一緒にいる。俺の人生も案外捨てたものではない。これからもっといいことがたくさんあるんじゃないだろうか。

「どこかないかなあ……どこか」

静香は唄《うた》うように呟《つぶや》きながら通りの左右をきょろきょろと物色している。

やがて明かりのすっかり消えた、とあるビルの裏階段の入り口で立ち止まった。

「ねえねえ、ここの上に登ろうよ」

「ここかい？」飯田はぼんやりとした頭で上を見上げた。

何階あるんだろう。一、二、三、四…………九階か。

「大丈夫かな、警備員に見つかったら怒られるぜ」

「平気平気。こんなぼろいビル、警備員を雇う余裕ないって」

随分ひどい言い草だが、確かにかなりの年数が経《た》っていそうなビルだ。側面の窓ははめ殺しで、壁はあちこちひび割れている。震度5以上の地震が起きた時、傍にはいたくない。

「いっくよお」

静香は軽やかな足取りでステップを駆け上がり始めた。

タイトスカート越しにくっきりと浮き出たヒップに、目が吸い寄せられる。

飯田はその尻《しり》を追って階段を上り始めた。

最初は笑っていたが、四階を過ぎたあたりから息が切れ、脚が自分のものでないみたいに重くなった。

飯田はついに五階と六階の間でバテてしまった。

静香は相変わらず軽快なペースでステップを上がり続けている。

（やべえ、ちょっときついぞ）

「遅いよお」

静香が頭上から冷やかすように声をかけた。薄暗い中でも嬉《うれ》しそうに大きな口を開けて笑っているのが見えた。

「だらしないなあ、もう」

「そんなこといったってよお……うう」

アルコールが一気に体を駆け巡り、足が地面から離れて宙に漂い出しそうだった。おまけに全身からしゃぶしゃぶのタレの匂《にお》いの汗が噴き出し、めまいを一層加速させた。

「飯田君、運動不足なんだよ。車の運転ばっかりしてるから」

「そんなことといったって……それが仕事なんだからしょうがねえじゃんか」

「ほらほら、あと三フロアーだよ、ファイト！」

静香はくるりと背を向けると、長い髪を揺らしながらまた上り始めた。

「くそっ、だらしねえなあ」

飯田は自分のひ弱さに腹が立った。確かにオヤジの運転手になってから一日に一キロも歩いてないかもしれない。鈍《なま》るのも当然だ。

俺はまだ二十二だ。なのに中年オヤジみたいにバテてしまうとは。これはまずいぞ。静香の奴《やつ》、きっと俺を試しているんだ。ここでバテてたらポイント下げて、恋人失格になっちまう。クソ、そうはさせるか！

「野郎っ」

深呼吸してから歯をくいしばり、体に鞭《むち》打って腕と膝《ひざ》を大きく振って走り出した。

静香は今、ちょうど半フロアー分飯田に差をつけている。

抜いてやる！

頭をぐっと下げ、右手で手摺《てすり》を摑《つか》むと、一段飛ばし走法に切り替えて猛然と追い込みをかけた。

静香が後ろを振り返り、「キャア」とはしゃぎ声を上げた。

「くそくそくそくそ」

抜かないとセックスはおろかキスだってできないかもしれない。そうだ、階段駆け上がり競走で女に負ける男なんて誰も相手にするわけがない。喉《のど》がひゅうひゅうと鳴り、がぼがぼの胃が激しく揺れる。

ついに追いついた。

「お先にっ！」

追い越しざまに静香の脇腹を指でつついた。

体が芯《しん》から熱くなり、鼻汁まで垂れてきた。それでも最後まで力を緩めず、一気に九階の踊り場まで駆け上がった。どうしてこんなにもムキになったのか、自分でもわからない。でもそんな単純なことに熱くなるという感覚を、この頃の自分はすっかり忘れていたことに気づいた。

いい気分だった。

「くやしい、負けた！」

静香が五秒ほど遅れてゴールインした。

飯田は胸を張って静香の前に立ちはだかった。

「どうだ。本気出せばこんなもの……」

それから後の言葉は続かなかった。

まったくだしぬけに、胃の底から大きな吐き気の塊が間欠泉みたいに突き上げてきた。止めようにも止められず次の瞬間、手摺の外側に身を乗りだし、未消化のしゃぶしゃぶを約三十メートル下のビルの谷間に向かって撒《ま》き散らした。

第二、第三の波が襲ってきて全身が痙攣《けいれん》し胃袋がひっくり返った。眼下の街のネオンが涙で円形にぼやけた。

(何やってんだ馬鹿《ばか》野郎、最低じゃねえかよ)

あまりにも格好悪くて、情けなくて、最低だった。いきがった挙げ句にゲロ吐いてどうすんだよ。

その時、静香の手がそっと飯田の背中に伸びてきて、優しくさすり始めた。その手はとても暖かく感じられた。ようやく痙攣がおさまると、ポケットから￥《えん》ショップ武富士のポケットティッシュを抜き出して、反吐《へど》で汚れた唇と前歯を拭《ぬぐ》った。そうする間も静香の手は背中をさすり続ける。

「なあ」飯田は突如振り返り、静香の顔をまっすぐに見据えた。

「どうしてあんな仕事をやってるんだ」

静香はいきなりそんなことを訊かれてびっくりしたようだ。

「なんであんなオヤジ相手の仕事なんか」もう一度質問を繰り返す。今度は少し詰問《きつもん》調だった。

自分でも不思議なほど気分がころころと変わる。会った時はセックスすることしか頭になかった。しゃぶしゃぶを食っている時はリッチで楽しい気分だった。階段駆け上がり競走をやった時はすっかり鈍った自分の体に腹が立ち、ゴールした時は熱い物が胸をかき立て、吐いた時は自分が情けなくなった。そして今、静香に対する苛立《いらだ》ちに揺れている。

わずか三時間足らずでこんなに大きく心の状態が変化したことなんて、これまでなかった。どうしてこうもいろいろな感情が次々と沸き起こってくるのだろう。

静香のせいなのか？　静香が俺の心を乱しているのか、というより俺が静香に心を乱している？

静香は黙ったままだ。

「言いたくないか？」

「別に、そんなことないけど」

その困った顔を見て、飯田はなんだか自分が頼れる男になったような気分になる。つい三十秒前、静香の目の前でゲロを吐いた時の情けない気分は既に忘れていた。

「じゃあ、教えてくれよ。さっき、ちゃんと知り合いたいって言っただろう？　俺も今、同じ気持ちでいるんだ」

静香はその言葉に、ぎこちない笑みを浮かべた。ドアの上の非常灯の弱い明かりに照らされた静香はひどく弱々しく見えた。

「大体想像つくんじゃない？」

「金か？　借金か？」

静香は小さく頷《うなず》いた。

「俺でよかったらわけを聞かせてくれよ」

後で思い出して恥ずかしくなりそうな気取ったセリフだが、今ならそれも許されるような気がした。

「わかった。あのね……」

静香は話し出した。階段の手摺に寄りかかり、大して綺麗《きれい》でもない街のネオンと、飯田の顔を交互に見ながら。

ある日、たまに携帯電話で話す程度の女友達から割りのいいアルバイトの話をもちかけられた。消費者金融へ行って二百万円から五百万円を借り、そのお金をある男に渡すと、その一割をもらえるというのである。消費者金融で金を借りるだけで、である。

借りた金はその男が後日名義変更してくれるので、自分の方に督促がくることはない。男は会社を設立するためにやっているとのことだった。

本当にいい話はこういう口コミで伝わってくるものなのだということを、静香は経験から知っていた。その女友達に紹介されて会った男は三十代後半のきちんとした、信用できそうな人間であった。既に静香の周りの多くの友達がこの話に乗っていて、高額なバイト料を手に入れていた。静香も金は欲しかった。だから一抹の不安は残しながらもその話に乗った。それからすぐに気合いを入れて三時間余りで八つの消費者金融を回り、四百二十万を借り、一割の四十二万円を手にした。

静香はこのバイトを他の友達数人にも教えてあげた。

ところがそれから二カ月ほどして、静香のもとへ督促状がきた。名義変更はされていなかった。真っ青になって男を紹介した女友達に連絡をとると、彼女にも督促状がきていた。

その時、やっと自分が騙《だま》されたことがわかったのである。男は半月前から行方をくらましていた。数十人から巻き上げた一億近い金を持って。

騙されたのだと言い訳したところで、消費者金融が借金を帳消しにしてくれるわけはなかった。

男の行方は依然わからない。

静香はいつ返済できるかわからない、大き過ぎる借金を背負ってしまった。

「何年も何年もかけて、つらい、嫌な思いをしてちょこちょこ返していくよりも、こんな汚い仕事でもいいから一気に稼いでさっさと借金を消したかったの。だってちょこちょこと何年もかけて返したら結局高くつくし、それに、その間ずっと後悔と自己嫌悪《けんお》に悩まされるだけだもの。そんなの嫌なの、あたし」

自分の不始末にどのように片をつけるかは本人の自由だし、飯田が何か偉そうなことを言える義理もなかった。だからとりあえず黙っていた。

「馬鹿でしょ、あたしって」

そんなことないさ、とはさすがに言えなかった。確かに馬鹿だと思った。なんでそんな話に引っかかるんだ、とも思った。

「そうだったかもしれないけど、いまさらもう、そんなこと言ったたって仕方ないじゃないか」

「友達も巻き込んじゃったから、もう気まずくて連絡も取れないのよ」

飯田は痛む腰（明日はきっと全身が痛いかもしれない）を手で揉《も》みながら言った。

「確かに、さっさと借金を返しちまえば嫌な思い出も早く忘れられるってのはわかる。でも、こういうやり方を選んで後悔はしてないのか？」

こういうやり方とは、ペントハウスでのセックス接待のことだ。

「いろんな物を一杯なくしたの。友達も、信用も、将来の希望も。で、ついでに自尊心もなくしちゃった。だからもうやけくそで飛び込んだの。セックスでお金稼ぐなんて最低だけど、それより、二十代を借金漬けで終わらせる方がよっぽど最低だって考えたの。だっていろいろな可能性があって、それを試せるかもしれないのに、それなのに、借金の残りがあと幾ら、あと幾らって、毎日そんなことばっかり考えなきゃならないのよ、そんなので終わっちゃうなんて……そんなの……」

静香が泣きそうな顔になったので飯田は肩を抱いてやった。我ながらさりげなくできたと思う。

「借金、あと幾ら残ってるの？」

静香は目尻に滲《にじ》んだ涙を拭ってから、小さな声で答えた。

「まだたくさん。利子も毎月払わないとならないから、あと三百五十万くらい……」

三百五十万稼ぐにはあと何回、保坂やその他のオヤジに股《また》を開いて、精液を飲まねばならないのだろう。飯田は自分の事のようにぞっとした。

「体壊れちまうぞ。それに妊娠の危険だって」

「それは平気よ。雇い主の人がピルをくれるし、客に病気持ちの人もいないし……多分」

飯田は聞いているのがつらくなった。何が『バンビーズ』だ。畜生どもめ。自分も楽しんだことはとりあえず棚に上げて、飯田は怒りを感じた。

「最近のあたし、ちょっとおかしくなっていたのね。飯田君に名刺を渡した時だって半分遊びのつもりだったの。でも今日会って話しているうちに、だんだん普通に戻ってきた。今日会わなかったら相変わらずおかしなままだったかも。ああ、なんだか自分で何言ってるのかわかんなくなってきちゃった」

飯田はそれから三十分以上も静香をそっと抱きしめていた。キスさえもせず、ただ抱きしめていた。

第7章

1

十一時四十四分。

秋吉宗貴は真っ白いワンピースに、黒のハイヒールサンダル、右腕にはプラダのハンドバッグをさげ、新宿Oデパート別館二階の時計台下に立っていた。

頭には薄茶のショートヘアーのカツラをかぶり、縁がピンク色の濃いサングラスをかけていた。今日も日差しが目を焼きそうに強いので、サングラスをかけていてもまったく不自然ではない。

仕事で女装するのは初めてだ。

自宅で変身してから出かけ、最寄りの駅前で移動指令車に拾ってもらった。中では既に御代田警視正、佐山監察官、白洲、それに石巻が待っていた。一番妙な反応をしたのは白洲だった。ワンピースの下から伸びたきれいに剃《そ》り上げた真っ白い秋吉の脚を見て、なぜか顔を赤くしたのだ。それから、口の中で小さく「なんてこった」と呟《つぶや》いた。

御代田警視正は「素晴らしいじゃないですか」と誉《ほ》めたが、石巻は不機嫌に黙りこくっていた。

「指定の場所で保坂をマークするのは秋吉君が妥当でしょう。彼の見事な女装をもってすれば、まず怪しまれることはないでしょうからね」御代田は昨夜の会議でそう言った。

車内で、胸に小型のマイクとトランスミッターをテープで装着した。マイクのテストを済ませると、次は22口径の拳銃《けんじゅう》を点検してからバッグに入れ、準備完了である。

十一時半に移動指令車から出て、Oデパートに向かった。

途中で何人かの男が秋吉を振り返り、物欲しそうな目で見た。

「時計台の下に着きました。保坂はまだ来ていません。このまま待機します」

秋吉はマイクに向かって囁《ささや》いた。


白洲勝彦は、Oデパートから五十メートルほど離れたS銀行の路上脇《わき》にとめたホンダのVTR250CCバイクに跨《また》がって、ヘルメットの中で容赦なく照りつける太陽を罵《のの》しっていた。暑いなんてもんじゃない。体が焦《こ》げそうだ。ホンダの荷台には大きな黄色い箱が乗っていて、側面にはQバイというバイク便のロゴが赤い字で書いてある。それがカモフラージュだ。

「白洲君にはバイクに乗ってもらいます。伊勢崎はバイクの免許は持っていませんが、カップルの方はわからないし、バイクの方が追跡に有利な場合も想定できますからね」

御代田警視正は昨夜そう言った。

ライダーブーツの中が蒸れて、不快なことこの上ない。

左腕にはめたハミルトンのミリタリーウォッチに目をやる。

十一時四十六分。

さっさと始めてさっさと終わらせたい。それだけが切なる願いであった。

岡部哲晃はどうなったろう、とふと考える。『クリング・クラング』に行った最初で最後の夜に白洲を妙な目つきで見た岡部。俺を膝《ひざ》の上に乗せたいだなんて、よほど気に入られたらしい。

生きている可能性は五分五分だろう。まだ生きているとしても、伊勢崎が金を手に入れたら殺される可能性はぐんと跳ね上がるかもしれない。

何度見ても最低の顔だ。

吸殻入れと一体になっている鏡に映った自分の顔を見て、石巻はつくづく嫌になった。白洲によく似合っているとからかわれた時には、思わず摑《つか》みかかりたくなった。その後の御代田警視正の言葉もさらに追い討ちをかけた。

「うん、いかにも怪しげなスカウトマンに見えていいですよ」

顔中に塗りたくった茶色い顔料のせいで、毛穴が窒息しそうで不快なことこの上ない。おまけに、頭に乗っかっている馬鹿《ばか》そのものといった感じの長い金髪のカツラといったら、死んでも娘の髱には見せられない。服装は、安っぽいスカウトマンの特徴とでもいうべき黒ずくめだ。外を歩いていて目につく度に、なぜか妙に不愉快になる連中の格好をしなければならないなんて。

「こうでもしないと変装になりませんからね。ま、少しの間我慢してください」御代田は石巻に不平を言わせなかった。

これ以上見ているとよけいに惨《みじ》めなので、鏡に背を向けた。

ここはOデパート別館一階の出入り口前。時計台の真下だ。

横断歩道を渡ってこちらに向かってくる人々の流れの中から、自分とほとんど同じ格好の男数人が、獲物にふさわしい若くてちょっと気取った女に馴《な》れ馴れしく声をかけている。無視せずに立ち止まってちゃんと話を聞く女の方が多いことに、石巻は呆《あき》れた。

そういう男どもの中でも石巻は飛び抜けて年を食っている。

「随分と若返ったじゃないですか。三十代前半でも通用しますよ、いや素晴らしい」

御代田はひとりで喜んだが、石巻は嬉《うれ》しくもなんともなかった。

石巻の任務は秋吉と同じく、保坂のマークと、伊勢崎たち、保坂に雇われたであろうやくざたちの動きをいち早く察知して臨機応変に対処することだ。今朝の御代田の話では、ダイトー脅迫の件では警視庁も所轄署《しょかつ》もまったく動いていないということだった。やはりダイトーは警察には届けず、独自にケリをつけるつもりなのだ。

十一時四十八分。

伊勢崎は保坂にどんな指示を出して、いかに三千万円を奪い取るつもりなのか。

流れる人の群れに油断なく目を光らせながら待った。

渋沢泰人は新宿西口の郵便局前通りに面した『三ツ星コーヒー』新宿西口二号店の二階で、窓際《まどぎわ》の席にひとり座っていた。小さなテーブルの上には携帯電話が、鳴ったらすぐ摑めるように置いてある。不安と焦燥で胃が痛かった。アイスコーヒーを一口飲んだら余計に痛くなったので、やめた。

岡部をさらった男は昨日電話で、正午にここで待てと指示した。

十一時四十九分。

階下から新たな客がトレイを持って上がってきた。

その客を見て渋沢はどきりとした。なんと林田由美子だった。

昨日の男が由美子の存在を知っている可能性は低いが、皆無とは言えない。そのためにも変装は必要だった。奈美と由美子はそれぞれ変装して渋沢をバックアップするとは言ったが、どんな変装かは結局教えてくれずじまいだった。

実に大胆で完璧《かんぺき》な変装だった。

長かった髪を肩までバッサリと切り落とし、太い黒縁眼鏡をかけていた。口に綿でも含んでいるのか、妙に頰の肉付きがいい。黒のTシャツに白のミニスカート、底の厚いノーブランドのスニーカー、肩には製図を丸めて入れるプラスチックケースを下げて、背中には黒のナイロンリュック。どこから見ても補講帰りのデザイン学校生という感じだ。

由美子は店内をキョロキョロと見回し、渋沢から二メートルほど離れた所に空席を見つけて座った。渋沢の方はまったく見ない。

やるじゃないか、渋沢は素直に感心した。

だが、由美子をあまり長く見つめることはしなかった。ほぼ満員の店内には既に岡部をさらった男かその仲間がいて、自分の一挙一動に目を光らせているかもしれないのだ。視線を由美子からそらし、ぎらぎらした太陽が照りつける外の景色に目をやった。

通りを隔てた銀行の入り口の内側に、痩《や》せた男が立っていた。右手に持った携帯電話を耳に当てて、誰かと話している。男は茶色のサマーニットに、ダークブラウンのジーンズ、黒のハイカットブーツという格好で濃いサングラスをかけている。後ろに撫《な》で付けた髪は明るい茶色。

おや、と思い、改めて目を凝らす。

そして、こんな状況にもかかわらず思わず笑みが漏れそうになった。

男ではない。あれは奈美だ。

携帯電話はふりだろう。だが、知らない人間が見ればどう見ても男だ。胸はきれいに潰《つぶ》れている。さぞかしきつく締めつけたに違いない。

二人を巻き込みたくなかったのは確かだが、いざこの状況に飛び込んでみると、やはり味方が傍で見守っていてくれることのありがたさが身にしみる。もし一人きりだったら恐ろしくて今頃震えていただろう。

店内で携帯電話が鳴った。渋沢のではない。

由美子がリュックにぶらさげた携帯電話を取る。渋沢はさりげなく耳を澄ませた。

「うん、いるよ……すぐ傍……わかんない。何かあったらそっちのケータイにかけるから……うん、まかしといて、じゃあ」

由美子が電話を切った。

再び視線を外へ転じる。奈美も一旦《いったん》電源を切り、また別の人間にかけているふりをした。

結構頼もしい二人である。

「マイク、オーケーです」

頭にヘッドフォンを乗せた男が、沢木を振り返り、言った。男の前歯は上下とも三本ずつ欠けていて、残りの歯には全《すべ》て金が被《かぶ》せてある。

沢木はわかった、というふうに頷《うなず》いた。保坂の携帯電話を呼び出し、保坂が出ると言う。

「保坂さん、マイクの準備、オーケーです。いつでもどうぞ」

――よし、では行くとしよう。

保坂が電話の向こうで答えた。珍しく声が硬い。

「しばらくこちらからは連絡できませんが、心配は要りませんよ。ぴったりくっついていますから」

沢木はそう言って安心させてやった。

――ああ、頼みますよ。

電話を切ると、ダッシュボードの上のトランシーバーを摑み、送信ボタンを押した。

「じじいが指定場所へ向かうぞ」

じじいとは無論、保坂のことである。部下たちにはじじいで充分通じる。保坂は気を悪くするだろうが、そんなの知ったことではない。

「バカ黒、ヘビメタ」

——こちらバカ黒、ヘビメタ。READYです。

「くそ足袋、線目」

——ええ、こちらくそ足袋、線目。READYです。

「ノーチン、クチクサ」

——ノーチン、READYです。

——こちらクチクサ、READYです。

「豚まん、ピグミー、カッパ、ラットマン」

それぞれからREADYの応答があった。

バカ黒とヘビメタは二号車、くそ足袋と線目は三号車、ノーチンはバイク一号、クチクサはバイク二号。豚まん、ピグミー、カッパ、ラットマンはそれぞれ徒歩である。

ALL READYだ。

「よし、お前ら。必ず敵をヒットしろよ」沢木は命じた。


「さて……行くぞ」

後部座席で保坂が呟いた。膝の上には現金三千万円の入ったスポーツバッグが置かれている。

スポーツバッグはナイロン製で基本は黒なのだが、見る角度によっては青っぽくも、緑っぽくも見えるという特殊な物だ。保坂はこれを〝玉虫バッグ〟と呼んでいた。

金は、犯人が途中で本物か見せろという指示を出してくるかもしれないので、ごまかしはない。本物の現金である。

「気をつけてください」飯田が声をかけた。

「なに、心配ないさ。それより無線をよく聞いて、沢木の指示にちゃんと従うんだぞ」

保坂は念を押した。

飯田は「はい」とだけ返事した。

「なに、仕事といったってお前は俺を拾いにくればいいだけだ。どこまで行かされるかわからんからな。だが、それだけだ。後は連中がやる。気を楽に持て」

「ええ、そうします」と答えて、トランシーバーのスイッチを入れる。

「じゃ」保坂はドアを開け、外に降り立った。

ここは新宿西口、T‐ZONEの裏である。犯人の指定したOデパート別館まで歩いて三、四分だ。保坂がゆっくりとした足取りで指定場所へ向かうのを飯田は見送った。

――じじいが車を出て、Oデパートへ向かいます。

ダッシュボードの上に置いたトランシーバーから声が聞こえた。

(この声は豚まんという奴《やつ》か？　ピグミーか？　それとも……)わからない。

――よし、気をつけろよ。指定場所へ着く前にふいを突いて襲いかかるってこともある。

沢木が指示する。

（うまくいくだろうか）

静香の顔が頭に浮かんだ。そして静香の裸体も。物凄《ものすご》くリアルだった。

このまま逃げようか、という囁き声がした。

（静香と二人で逃げてしまおうか）

2

池橋はダイヤル式のワイヤー錠で施錠された門越しに、丈の高い雑草に埋もれかかっているその平屋を観察した。

ついさっき公衆電話から杉野にかけた。もしも杉野が出たら、間違い電話を装《よそお》って切るつもりだったが、いざかけたら誰も出なかった。そこで仕方なく車に乗ってここまでやってきたのだ。

さて、どうするか。車に戻ってしばらく張り込むか、侵入して家捜しするか。

「そうか」池橋ははっと気づいた。

杉野の在不在を確かめるのが先ではないか。

「どうしよう」電話は通じない。となると……。

「石でも投げてみるか」

幼稚な手段だが、今はそれしか思いつかない。池橋は下を向いて、投げるのに適当な大きさの石ころを探しながら杉野の家の前の通りを歩き始めた。ところが、行けども行けどもいっこうに石なんかありはしない。

「ああ、いらいらする」

池橋は困ったり、苛々《いらいら》すると決まって独り言が多くなる。結局百メートルほど歩いても石ころひとつ見つけられず、早くも暑さでばててきた。汗だくの顔を上げると、缶ジュースの自動販売機が目に飛び込んだ。石はあきらめてジュースの缶を投げてやればいいじゃないか。

さっそくアイスコーヒーを買い、プルトップを開けて中身をごくごくと飲みながら杉野の家の前まで戻った。門から三メートルばかり左横に移動し、背伸びをすると塀越しに荒れた家の側面が見える。雨戸は閉ざされているが、だからといって留守だとは限らない。

飲み終えたアイスコーヒーの缶を右手に持って振りかぶり、雨戸を狙《ねら》って投げた。

缶は放物線を描いて庭の雑草の中に落ちた。

「ええっ？」

そんな、届かないなんてひどいじゃないか。

中身を飲んでしまったために重量が足りなくなったらしい。暑さと悔しさで頭がくらっとした。

「あああ、くそお」悪態をつくと急ぎ足でまたさっきの自動販売機へと向かった。汗がどっと大量に噴き出し、ポロシャツとバミューダパンツを濡《ぬ》らしていく。販売機に辿《たど》り着いた時には、口を半開きにして、はあはあいいながら肩を大きく上下させていた。今度はアクエリアスを買い、太陽を背負っているみたいに背中を丸めて戻る。

杉野の家まであと十メートルというところまで来て、家からさらに二十メートルほど先にある米屋の軒先に、缶ジュースの自動販売機があるのを今頃になって発見する。

わざわざ遠い方へ行ってしまったじゃないか。

「なんだよお、もおお」池橋は泣きそうな声を出した。

最初からあそこで買えば、こんなに疲れなくて済んだのに。俺ってどうしてこう視野が狭いんだろう。立ち止まって、冷静に周囲を見渡してみるということが、いつまでたってもできないのだ。

（俺は馬鹿ってことか？）

「うるせえや」頭を振って嫌な考えを追い払う。

丸ごと投げるのはもったいないので、プルトップを開けて二口飲んでから缶を投げた。

投げた瞬間に中身が少し飛び出したが、今度は雨戸にちゃんとぶつかって大きな音を立てた。

一分経《た》っても杉野は出てこなかった。念のためもう一分待つ。それでも何の動きもない。池橋は、留守だという結論を下した。これだけで既にくたびれてしまった。

さあ、監視か、家捜しか。

既に暑さと疲労でくたくただ。この上、何時間も張り込みだなんて無理に決まっている。今頃、奥住は家でひっくり返って寝ているだろうに、なんで俺ばっかり……。

「侵入しよう」

家捜しして、手っ取り早く奴の裏切りの証拠を手に入れてやる。

通りの左右を見渡す。静かな住宅街にはとりあえず誰の姿もない。門の天辺《てっぺん》を汗ばんだ両手で摑《つか》み、ワイヤー錠の弛《たる》みにスニーカーのつま先を突っ込むとしっかりと踏み締めた。ふうっと気合いを入れ、体重を持て余した体を苦労して引っ張り上げると門を跨《また》ぎ越し、ぶざまに内側へ着地した。

ほっと胸をなで下ろしたのも束《つか》の間《ま》、「しまった」と声を上げた。雨戸をこじ開けて侵入するためのバールを持ってこなかった。

「もおおお、なんでだよおおお」

結局もう一度門を越え、車まで戻ってバールを取り出し、また家まで戻った。雑草の中には藪蚊《やぶか》が大量に潜んでいたので、ようやく侵入を果たした時には、顔や両腕や足首などを十数カ所も食われていた。

家の中には、外と大して変わらぬ熱気と湿気が充満していた。

入ったところは畳敷きの六畳の寝室だった。ぺちゃんこになった蒲団《ふとん》が二組、敷きっぱなしになっていた。

二組？　杉野には女がいたのか？　くそ、なんであんな冴《さ》えない臆病《おくびよう》野郎に女なんかが。

「むかつく」

それはともかくとして、証拠探しだ。

押入れの襖《ふすま》を開けると、いきなりとんでもないものに出くわした。思わずワッと声を上げ、後ろに飛びのく。バールを頭の上に振り上げて構えたが、それはぴくりとも動かない。

人間だった。男だ。動かずに横たわっている。

男は手首と足首を荷造り用のナイロンテープで厳重に縛られ、目と口は布のガムテープで塞《ふさ》がれていた。左耳上に大きな血の塊がこびりついている。白い麻のシャツの襟と胸元は血と反吐《へど》で汚れ、嫌な匂《にお》いを放っていた。

「なんなんだ、こいつ」

池橋はおそるおそる男に近づき、顔の傍にかがみこんだ。

男はまだ息をしていた。

わけがわからない。だが、こんなものを発見してしまったからには報告しないわけにはいかない。池橋はそっと家を抜け出すと、公衆電話で奥住を呼び出した。

3

「保坂が一人で現れました。バッグを肩からさげています。あれに金が入っているんだと思います」

秋吉は携帯電話に向かって囁《ささや》いた。指示を仰ぐときは携帯電話を使う。

歩道橋を行き交う人々の流れを縫って、保坂が時計台の下に辿り着いた。腕時計に目をやる。

「どんなバッグですか?」御代田が訊《き》く。

「それが……なんというか不思議な色で……」

「不思議?」

「ええ、光の当たり具合によって微妙に色が変化するんです。黒だったり、深い緑だったり……紺色っぽくも見えます」

「ほおお」

「まるで玉虫のような、とでも言えばいいんでしょうか」

「玉虫バッグですか、了解しました」

その瞬間、時計台の文字盤が左右に割れ、中から人形が迫《せ》り出してきた。メロディーに合わせ動き始める。何人かが足を止め、その様子に微笑《ほほえ》みながら見入る。

保坂が強《こわ》ばった顔で周囲に目を走らせた。

秋吉も油断なく視線を走らせる。

誰かの携帯電話が着信を告げるメロディーを奏《かな》でた。時計台の音楽に掻《か》き消されそうなほど小さかったが、秋吉は聞き取ることができた。

保坂の顔色が変わる。

保坂の腰につけた携帯電話が鳴っていた。携帯電話を抜き、ディスプレイに目をやり、通話ボタンを押して耳に当てる。

きた。

保坂の胃袋がぎゅっ、と引き締まった。携帯電話を抜いてディスプレイに目をやると〇一〇から始まる十桁《けた》の知らない番号だった。

「はい」保坂は平板な声で答えた。

〝なんだその無愛想な声は〟

とげとげしい男の声。

（やはり脅迫犯だ）

〝取り引きをパーにしてえのか〟

「いや、す、すまん」

〝金は持っているな〟

「持っている」

液晶の番号を見て、この番号から犯人まで辿れるだろうか、と考えてみたが、すぐに無理だろうと打ち消した。近頃はやくざが、多重債務者に契約させた携帯電話を〝二カ月間かけ放題使い捨て電話〟などといって高校生などに八千円くらいで売っているのだ。この番号もおそらくその類《たぐい》だろう。

〝よし、まず最初にやってもらうことがある〟

「なんだね」

〝財布を持っているだろう〟

「ああ、持っているが」

〝入り口脇《わき》のゴミ箱に捨てろ〟

「なんだって？」

〝捨てろ。今すぐ〟

「しかし財布の中にはカードやら何やら」

〝嫌なら中止だ〟

「わかった、わかった。捨てる」

〝電話は切らずにやれ〟

保坂はズボンの尻《しり》ポケットから黒革の細長い財布を抜き、入り口脇のゴミ入れに歩み寄った。ゴミ入れの傍には真っ白いワンピースを着て、プラダのハンドバックをさげた若い女が立っていた。

なかなかいい女だ、サングラスの下はどんなだろう。こんな時なのに保坂はそう思った。

保坂が財布をゴミ箱に放り込むと、女は驚き、ゴミ箱と保坂を交互に見た。驚くのも当然だ。いきなり財布をゴミ箱に捨てる奴なんてそうそういない。

「捨てた」

〝よし、ではこれからこちらの指示する通りに動くんだ。まず店内へ入れ。それからティファニーの宝石売り場に行け。そしたら左コーナーの陳列棚に置かれている百八十七万円のダイヤの指輪を買うんだ〟

「なんだって？」思わず声がうわずる。

〝金ならまだあるだろう、腐るほど〟

「三千万円の中から金を抜いて買えというのか」

バッグの中の金が本物かどうか試すつもりなのだ、と保坂はやっとわかった。

〝そうだ。俺の言ったことが飲み込めたな？〟

「わかった。言う通りにする」

〝買ったら、もう一度時計台の下に戻って来い。さあ行け〟

電話が切れた。

「沢木さん、犯人から電話があった」

冷房が効きすぎている店内に入ると、保坂がマイクに向かって囁く。

「警視正。妙な具合です。保坂が、私の目の前でいきなり財布をゴミ箱に捨てました」

秋吉は携帯電話で報告した。

「それからどうしました？」

「店内に入りました。私もついていきます」

「お願いします」

店内に入った。汗がスウッと引いていく。

「豚まん、ピグミー、お前らも宝石売り場へ行け。周囲に目を光らせろ。犯人が近くにいるはずだ」

沢木は指示した。豚まんとピグミーから了解の返事があった。

思い切ったこと考えやがったな、と沢木は思った。

三千万円は百万円の束で三十だ。よくある手で、札束の上と下だけが本物の一万円札で後は紙切れというのがある。犯人はそれを警戒し、無駄を承知で高い物を買わせたのだ。そしてクレジットカードを使えないように財布も捨てさせた。

「ありがとうございます、ありがとうございます」

宝石売り場の責任者は、感動に目さえ潤《うる》ませながら保坂に深々と頭を下げた。他の店員も皆カウンターに一列に並び、責任者に倣《なら》ってありがとうございます、と頭を垂れた。

そんなことされても保坂は嬉《うれ》しくもなんともなかった。こんな指輪なんか欲しくないのだから。他の買い物客の視線が保坂に集まり、居心地が悪かった。こう注目されては、〝溺《おぼ》れる魚〟の方もさぞかし監視しやすいであろう。まったく忌《い》ま忌ましい限りだ。

「神田君、お送りして差し上げなさい」

責任者は若い女子店員に指示した。

神田と呼ばれた店員がカウンターから出てきて、保坂の傍に寄る。

「ああ、いいよ、見送りなんか」保坂は断った。

「そうはまいりません、なにぶん高価なお品物ですから。お帰りはお車ですか、タクシーですか？」

うるせえな、と保坂はますます機嫌が悪くなった。

「歩きだ。これからまだ寄る所がある」

「ではせめて玄関までお送りさせていただきます」

「いいってばさ」

それでも女子店員がついてくるので保坂はいい加減うんざりした。二階の玄関を出ると女はやたらと大きな声で、「ありがとうございます、またのご来店をお待ちしております」と最後の駄目押しをした。

時計台の下に出ると、さっきのちょっといい女は消えていた。

携帯電話が鳴り出した。一体どこから見ているのだろう。

「保坂だ」

〝指輪は買ったな〟

「ああ、買った」

〝よし、では指輪を紙袋ごとゴミ箱に捨てろ〟

「なんだと！」目眩《めまい》が保坂を襲った。コケにするにもほどがある。

〝捨てろ、ぐずぐずするな〟

怒りで体が細かく震え始めた。この野郎、捕まえたら絶対に五体満足では帰さない。

保坂は買ったばかりの、税込み百九十六万三千五百円のダイヤモンドの指輪を袋ごとゴミ箱に放り込んだ。さっきの女子店員はもう売り場に戻ったらしく、その様子は見られていない。見たらきっと卒倒しただろう。

「捨てたぞ」

〝よし、では今から言う場所に来い〟

「財布を拾ってはいかんのか？」

〝うるせえ、じじい。つべこべ言うな〟


「警視正、保坂が買ったばかりの指輪をゴミ箱に捨てました」

秋吉は携帯電話で報告した。

「ほお、なかなか愉快ですな。私も一度やってみたい」

御代田は楽しんでいるふうな口ぶりだった。

「あっ、地上へ下りるようです。エルタワー側の階段からです。私も行きます」

携帯電話を切る。切っても胸に装着したマイクは繋《つな》がっているので、こちらから状況報告だけはできる。保坂を追いながら、自分と同じように保坂を追っている人間がいないかと周囲にも目を光らせるが、人が多すぎてわからない。

石巻はその頃、黒服茶髪の男四人に取り囲まれていた。商売の邪魔になるし、目障《めざわ》りだから勧誘ならどこか余所《よそ》へ行けというのである。ここは公共の場所ではあるが、彼らのシマらしかった。

「君らがどんな商売をしているのか知らないし興味もないが、仕事の邪魔をするつもりなんかないよ」

石巻は言ったが、四人は聞き分けが悪かった。

「目障りだって言ってんだよ。お前、AVマンか？」

四人の中で一番格上らしい目つきの暗い男が訊いた。

石巻は苦笑が漏れそうになった。では何か？　お前らはAVマンではなく、もっとご立派なスカウトマンだっていうのか？

「警察官だよ」投げやりに言う。

「てめえ、なめてんのか！」男が凄《すご》んだ。

馬鹿《ばか》の相手をしている暇などない。

「弱ったな」苦笑を浮かべて一歩後退《あとしざ》りした時、腰の携帯電話が鳴った。リーダー格の男から目を離さずに電話を抜き、耳に当てる。

「石巻さん、保坂が一階におります。新宿エルタワー方面からです」

御代田だった。

「了解」

石巻は電話を切って仕舞うと、男たちに向かって言う。

「消えるから、まあ、そう怒らないでくれ」

「待てよ、てめえ。話は終わってねえんだ」

男は納まりがつかないらしく、右手を伸ばすと石巻の左肩を摑《つか》んだ。石巻は男の手首を右手で摑み、左手で男の薬指を摑むと力をこめて思いきり後ろへ反り返らせた。

男が絶叫し、膝《ひざ》を折って崩れた。顔がちょうど石巻の膝の前にきたので、石巻はそいつの顎《あご》を膝で蹴《け》り上げてやった。男はひっくり返り、地面をのたうち回った。

通行人が石巻たちのところでサアッと左右に割れる。

頭に来る仕事に、頭に来る妨害。我ながら非常に機嫌が悪かった。他の三人の顔をにらみつけると、皆、目が怯《おび》えていたので満足して仕事に戻ることにした。急がないと保坂を見失う。

「お前らはクズだ。さっさと自殺でもしろ」

石巻は吐き捨て、その場を立ち去った。

〝郵便局前通り沿いにある『三ツ星コーヒー』西口二号店に入り、二階へ上がれ。そこで次の指示を出す〟

〝溺れる魚〟が命令し、電話を切った。

「沢木さん、『三ツ星コーヒー』西口二号店だ。そこへ行けという指示が入った」保坂はマイクに向かって呟《つぶや》いた。「あの野郎、二百万もするダイヤを俺に買わせた挙げ句に入り口のゴミ箱に捨てさせやがったんだ。信じられるか？　とことんなめやがって……くそ野郎……ぼけが……絶対殺してやる」

ぶつぶつと恨み言を言いながら階段を下りていく。

「バカ黒はねえよな、バカ黒は。傷つくじゃねえか」

助手席のバカ黒は運転席のヘビメタに向かって嘆いた。ワゴンの後ろは、ヘビメタのバンドの機材で埋め尽くされている。

「沢木さんは俺らのこと、人間だと思ってねえんだよ。そう思わねえか」

「しょうがねえよ。だってお前、肌焼きすぎだもん。そんなのっぺりとした日本人面《づら》で、そこまで焼いたら絶対変だって」

ヘビメタは同情してくれなかった。ヘビメタはその名の通り、全身黒レザーのヘビメタファッションで固めている。シャブのせいで目の周りは異様に黄ばんでいて、目は真っ赤に充血している。

「俺、今度ライブやるんだ。ロフトでよ」

またいつもの妄想が始まったので、バカ黒はうんざりした。

――〝溺れる魚〟から指示が入った。じじいは『三ツ星コーヒー』西口二号店へ向かう、全車急行しろ。

沢木の声がトランシーバーから響いた。

「二号車、了解」

バカ黒が答える。そしてヘビメタに向かって「行こうぜ」と言った。

「レッツ、ロッケンロール」

ヘビメタがアクセルを踏み込み、ワゴンを発進させた。


――白洲さん、保坂は郵便局前通り方面へ向かうようです。

無線から御代田の声が入った。

白洲だけはヘルメットにマイクとイヤーフォンをセットして、御代田と双方向でやりとりができるようにしてある。

「了解、そっちへ向かいます」

おいでなすったか。白洲はホンダにまたがり、スタンドを蹴った。

正午をもう二十分も過ぎた。

おかしい。どうして何も起こらない。

渋沢の心臓は破れそうに大きく脈打ち、気分は最悪で、吐き気すら催してきた。すっかり氷の溶けたアイスコーヒーは飲む気がしなかった。席を立ち、トレイの返却カウンター脇《わき》にあるセルフサービスの冷水機で水をコップに注ぐ。一杯目はその場で一息に飲み干し、二杯目を持って席に戻った。

由美子は俯《うつむ》いてファッション雑誌に読み耽《ふけ》るふりをしている。しかし内心は自分と同じか、それ以上の不安と焦燥に震えているに違いない。

目を細め、窓の外を見る。

奈美はまだ銀行の出入り口に立っていた。壁に背中を預け、ブーツの踵《かかと》で地面を掻《か》いている。

新たな客が一階から上がってきた。男二人。一人はカッパみたいな頭だ。頭頂は見事に禿《は》げ上がり、周囲の毛はてんでんばらばらな長さだ。おそらく自分で散髪しているのだろう。渋沢は少し前、今よりもっと貧乏していた頃に、自分で鏡を見ながら苦労して散髪していたので、同類はわかるのだ。いっそのこと、つるつるに剃《そ》ってしまった方がよほど潔《いさぎよ》くていいいと思うのだが。

もう一人の顔には強烈なインパクトがあった。

ラットマンだ、と閃《ひらめ》いた。

身長は常人並みだが、顔がラットマンだ。

半月ほど前、レンタルビデオ屋で何気なく手に取ってみた変態ホラー映画の主演男優によく似ている。『ラットマン』の主演男優は身長なんと四七センチ、ペニスの長さも一・五センチしかない短軀《たんく》で、元はサーカスにいたそうである。パッケージには、ラットマンが人間の内臓をにやけ顔でうまそうに食っている写真と、〝本物の変態の国からやってきた変態指数五〇〇パーセントの超絶ゲテモノホラー〟という文句が謳《うた》ってあった。ちょっと興味を引かれたが、〝あなたの心に間違いなくトラウマを残します〟というもうひとつの売り文句にひるみ、結局借りるのはやめたのだ。

可哀《かわい》そうに。あの男はきっと心ない人々から陰で〝ラットマン〟と呼ばれているに違いない。

カッパとラットマンは店内を見回し、階段のおり口の脇のテーブル席にでかい態度でどっかりと腰をおろした。

彼らが岡部を拉致《らち》した連中でなくて良かった。もしそうだったらあまりにも気持ち悪い。そういえば、二人ともなぜかトレイを持っていない。連れがいて、そいつが階下でまとめて注文しているのだろうか。

視線を目の前のコップに戻した時、どす、どす、というやたらに重い足音が階段から聞こえた。

そちらに目をやった瞬間、心臓が口から飛び出すかと思った。握り締めたコップから水がこぼれ、手首を濡《ぬ》らした。

保坂峰太郎が立っている。

由美子も渋沢の異変に気づき、階段のおり口に立った中年の、肩から重たそうなバッグをさげた男を見た。変な色のバッグだった。つやつやしていて、緑や紺や黒が混じった複雑な色。そう、玉虫のようだ。

渋沢と保坂の視線が、互いに吸い寄せられるようにぶつかった。

保坂の目が大きく開かれる。目は口よりも雄弁だ。その目はこう言っていた。

〝お前を知っているぞ！〟

「こ、この……」

保坂の口から遅ればせながら言葉の切れ端が漏れた。

カッパとラットマンが一斉に保坂を見上げ、その視線を辿《たど》り、最後に渋沢を見据えた。

渋沢の全身に鳥肌が立つ。

「犯人を見つけました」ラットマンが独り言のように呟く。

周囲の客たちがトラブルの起きそうな気配を感じ取り、怯えた顔で自分の荷物をまとめ始めた。

渋沢の中で恐怖が掻き消え、かわりに激しい怒りが体の中心から突き上げてきた。

「やっぱりお前か！」渋沢は立ち上がり、怒鳴った。

その瞬間、カッパとラットマンも立ち上がり、それぞれ椅子《いす》を蹴倒した。客の誰かがきゃっ、と悲鳴を上げた。二人が左右に分かれ、渋沢を捕えるべく向かってきた。周囲の客がとばっちりを避けようと、次々とあわてて席をたつ。

渋沢はコップを右手で掴み、カッパの顔面に向けて投げつけた。カッパは右手を顔の前にかざしてコップを払いのけた。コップが壁まで飛んでいく。

「てめえ！」

二人は一斉に床を蹴って渋沢に突進した。

渋沢は座っていた椅子に足をかけ、テーブルの上に飛び乗った。身軽で俊敏な動きであった。それから間髪入れずに膝のバネを使い、テーブルを蹴って右に飛ぶ。運動選手なみの高い跳躍だった。ラットマンが手を伸ばしたが、渋沢を掴み損ねた。渋沢は右側の列の一番手前のテーブルに着地した。スニーカーがテーブルの上に乗っていたミルクレープを皿ごと踏み潰《つぶ》した。その席に座っていた若い女は「うわっ」という声を上げて椅子ごと後ろにひっくり返り、頭を打った。

渋沢はもう一度ジャンプして、呆気《あっけ》に取られている保坂に飛びかかった。左肩から保坂の胸に体当たりを食らわせ、二人は一緒になって倒れた。

何人かの客が二人を跨《また》ぎ越して逃げていった。他の客もそれに続けとばかりに、階段のおり口に殺到した。

豚まんとピグミーが二階への階段を駆け上がろうとした時、上から大勢の人間が血相を変えて駆け下りてきた。階段の幅は狭く、まともにすれ違うことはできない。

「おわっ！」

豚まんは変な声を上げて後退り、背後にいた相棒の小男にぶつかった。身長一五〇センチ、沢木にピグミーと名付けられた小男は、はちきれんばかりの贅肉《ぜいにく》をまとった豚まんの体重を支えきれず、倒れて潰された。

そこへ大勢の人間がつまずき、のしかかり、階段は大混乱に陥った。

――いていていてっ！

――ぐおお！

――きゃあああ！

混乱の様子がトランシーバーを通じて沢木の耳に飛び込んだ。

「豚まん、ピグミー、どうした！」

呼びかけたが、応答はない。混乱は二階でも起きているようだ。

カッパとラットマンの狂ったような喚《わめ》き声。

保坂の苦しげな呻《うめ》き声。

誰かが誰かを殴りつける鈍い音。

テーブルや椅子が倒れる音、皿やコップが砕ける音。

沢木はもう一度送信ボタンを押した。

「くそ足袋、線目、車からおりて店の中に突入しろ」

——りょ、了解です！

「警視正、今『三ツ星コーヒー』西口二号店ですが、店が大変なことになっています。二階で乱闘が行なわれているようです」

秋吉は二階を見上げながら、マイクに向かって早口で報告した。

「どうした」

そこへ金髪の石巻も到着した。

「なんだかえらいことになっているみたいです」

その時、背後でけたたましい急ブレーキの音がした。二人が振り向く。

窓を濃い遮光シールで覆《おお》った黒いセドリックが路肩に強引に突っ込んできて、駐車していた白のワゴン車に轟音《ごうおん》を立てて鼻面をぶつけると、玉突きのように前方に押し出した。セドリックから男が二人飛び出してきた。一見してやくざとわかる。一人は線のように細い目をしたパンチパーマ。もう一人は金髪、出っ歯で水色の繋《つな》ぎ作業服を着ていた。足には作業用の足袋を履いている。

石巻が動いた。

ガードレールを跨いで歩道に飛び込んできた二人の前に、影のように立ちはだかった。

「何だ、お前らは」

「どけ馬鹿《ばか》野郎！」

線目パンチパーマが喚き、右の拳《こぶし》を後ろに引いた。石巻は目にも止まらぬ速さで右手を突き出し、掌底を男の鼻に叩《たた》きつけた。線目パンチが「うっ」と呻いて膝を折る。石巻は左足の親指の付け根に力を込め右膝を上げると、男の胸板を靴底で押し出すようにして蹴った。男は後ろにふっ飛び、ガードレールに後頭部をしたたか打ちつけると白目をひん剝《む》いた。

金髪の足袋男がひるむ。顔が蒼白《そうはく》だ。

「ざけんじゃねえ！」

腹巻に右手を差し入れ、抜いた。ケースにおさまった刃渡り二十センチほどのサバイバルナイフが握られていた。左手でケースを摑み、引き抜くと地面に捨てた。見せるだけでも充分に威嚇《いかく》効果のある、肉厚の恐ろしげなナイフだった。これを見たら、誰でもそれが自分の肉体を切り裂くイメージが湧《わ》き、ぞっとするだろう。

石巻も一瞬固まった。危険な瞬間であった。

パン、パン、パン、パン、と短く乾いた銃声が立て続けに響いた。クリスマスのクラッカーより少し大きいくらいだ。金髪足袋が「ぎゃっ」と叫び声を上げ、膝をがくりと折り曲げて前方につんのめった。尻《しり》と太股《ふともも》の四カ所に、黒い穴。やがてその穴からじわじわと赤い血が滲《し》み出し、その勢いはだんだんと増していった。

「いでえええええ」金髪足袋が情けない声を上げた。

石巻はわずかの間、呆然《ぼうぜん》とその様子を見つめていた。視線を上げると、右手にレーザーサイト付の22口径スタームルガーを握った秋吉が、上半身を折って地面に反吐《へど》を吐いている。時間の流れが止まったような錯覚を覚えた。

「ああああああん」金髪足袋がまるきり子供のように泣く。

やっとのことで店の外に飛び出した客たちが、倒れた二人を見て目を剝き、恐怖の悲鳴を上げながら通りの左右に散っていった。

石巻の時間が再び流れ始めた。携帯電話を抜きだし、御代田を呼んだ。

「警視正、負傷者二名出ました」

「こちらにですか?」

「わあああああああん」なおも泣きじゃくる金髪男の頭を、石巻はサッカーボールのように思い切り蹴《け》り飛ばした。男はぐったりとして静かになった。静かになったところで報告を続ける。

「いいえ、やくざです」

「では放っておいて、店の状況報告を願います」

御代田の声は非常に事務的だった。

「じき、所轄《しょかつ》署の人間が駆けつけるでしょうから、速やかにお願いします」

電話が切れた。

「助けて、くそ足袋が撃たれた……」

石巻が声のした方を向くと、倒して気絶したと思っていた線目パンチパーマが、手にトランシーバーを持って仲間と連絡を取っていた。二歩で男に近づいた石巻は、二つの線目の間を靴底で思い切り蹴った。頭蓋骨《ずがいこつ》が潰れそうな勢いでガードレールにぶつかり、トランシーバーが手から落ちる。今度は本当に気絶したようだ。

秋吉はガードレールに手をつき、相変わらず吐き続けている。

石巻は、ジャケットの下に吊《つ》ったショルダーホルスターからスタームルガーを抜いた。一発目は既に薬室に装填《そうてん》されている。親指の腹で安全装置を外す。急がなければやくざの仲間がやってくる。

「おい、今の何だよ」二号車のバカ黒が不安げに訊《き》いた。

「銃声みてえだな」ヘビメタが答えた。

——バカ黒、ヘビメタ。くそ足袋が撃たれたらしい。線目もやられた。

「撃たれただとお！　冗談じゃねえ、そんなの聞いてねえぞ」

バカ黒は目玉をひん剝いた。まっ黒い肌のせいで白目がやけにくっきりと見える。

——何が聞いてねえだ馬鹿野郎。さっさと行きやがれ。


保坂は胃袋を左手で押さえ、俯《うつぶ》せになって吐いた。吐きながらも、金の入ったバッグは右手でわが子のようにしっかりと抱いていた。

「岡部を返せ」渋沢が保坂の首に手を回し、無理矢理自分の方へねじ曲げようとする。ラットマンが渋沢に飛びついた。その上にカッパも飛び乗り、渋沢は二人の体重に潰され、保坂は三人の体重に潰された。由美子が意味不明の叫び声を上げ、プラスチックの製図ケースを頭の上に振り上げ、カッパに突進すると背中にケースを叩きつけた。とても図面が入っているとは思えない重々しい音がして、カッパが呻いた。奈美のアイデアでケースの中には鉄パイプが入っていたのだ。

由美子が二打目を放った時、カッパも切れた。渋沢をラットマンに任せると、由美子を倒すべく立ち上がった。

ラットマンは背後から、渋沢の髪をわし摑《づか》みにして床にたたきつけた。渋沢の目の中に火花が散った。意識が遠のきながらも、ほとんど反射的に左膝《ひだりひざ》を胸の前に引き寄せ、裾《すそ》をまくり上げた。ソックスの内側に、長さ十センチのマイナスドライバーがセロテープで止めてあった。ドライバーの先端はヤスリで鋭利に研いである。それを剝《は》がし、左手にしっかりと握ると上半身を捻《ひね》りラットマンの足に力任せに突き立てた。嫌な感触だった。ラットマンが絶叫し、渋沢の髪を摑んだ手の力が緩む。ドライバーを引き抜き、さらなる力をこめてもう一度突き刺した。

カッパは由美子がふり下ろしたケースを右手でうるさそうに払いのけ、飛びかかった。由美子は仰向けに倒れ、背中を嫌というほど床に打ち付けた。

その上にカッパがのしかかり、顔を拳で殴った。

「くそあま、てめえっ!」

それから何を思ったか、カッパは歯を剝き出し由美子の首筋にかじりついた。そうしながら両手で由美子の胸を揉《も》み始めた。由美子はカッパの耳元で鼓膜を破らんばかりの悲鳴を上げたが、効果はなかった。よほど欲求不満らしい。

向き直った渋沢は、ラットマンの左目をドライバーの柄の底で殴った。悲鳴とも泣き声ともつかぬ声を上げてのた打ちまわるラットマンを放って、由美子に襲いかかったカッパめがけてダッシュした。カッパは尻を渋沢の方へ向けていた。まるっきり無防備だった。カッパの尻に飛びつき、左手でベルトの後ろを摑むと、右手のドライバーをカッパの尻の穴へ、軸が全部埋まるまで押し込んだ。

石巻は店内に踏み込んだ。カウンターの奥にいたアルバイトの店員が、石巻を見て一斉に頭を引っ込めた。

「出ろ、早く」石巻が命じると、アルバイトたちは先を争って飛び出していった。階段には転んで怪我《けが》をした数人が呻いていた。二階では乱闘がまだ続いていて、何人もの喚き声とともに床が激しく揺れた。拳銃《けんじゅう》を両手でしっかりと保持し、慎重に階段をのぼっていく。

「大丈夫か」

渋沢は由美子を抱き起こした。

「ええ、大丈夫」

由美子は目に涙を浮かべながらも気丈に答えた。右の首筋の皮膚がわずかに破れ、血が流れ出していた。殴られた口のあたりも痛々しい。

「ああっ、ああっ」尻の穴を刺されたカッパは全身を痙攣《けいれん》させ、刺さったドライバーを無謀にも自分で引き抜いた。糞《くそ》の混じった鮮血がズボンの尻を汚した。

「逃げよう」由美子の手を取る。

由美子は頷《うなず》き、階段の方へ向かおうとした。渋沢はそれを引き止めた。

「そっちはだめだ、ここから」

窓に歩み寄ると、ロックを外して窓を開け放った。むせるような熱気が顔を撫《な》でる。

「と、飛び下りるっていうの？」

「簡単だよ。日除《ひよ》けの庇《ひさし》があるから、それを伝っておりれば怪我なんかしない」

そう言うや否《いな》や、窓枠《まどわく》に足をかけると軽い身のこなしで外へ身を乗り出した。オレンジ色のビニールの庇が渋沢の足の下で大きくたわんだ。ちょっと不安になる。

由美子はまだとまどっている。

「早く、さあ！」

その時、階段から誰かが二階に駆け込んできた。長身で金髪、黒ずくめの服装の男だった。由美子が振り返り、また悲鳴を上げた。男の目が渋沢の目とぶつかった。男の目に戸惑いが浮かんだ。由美子は窓枠に足をかけ、抱き止めようと両手を広げて待っていた渋沢の胸に頭から突っ込んだ。

渋沢はバランスを崩し、二人は抱き合うような格好で庇を転がり落ちていった。

白洲はバイクを横滑りさせ、後輪で路面に黒い弧を描きながら素早い動きで飛び降りた。大きな音を立ててバイクは横倒しになった。後続の乗用車が悲鳴のようなクラクションを鳴らしてバイクをよける。郵便局前通りは動脈硬化の血管みたいに流れが悪くなった。歩道に飛び込み、腰のホルスターからスタームルガーを引き抜き、驚いてとびのく通行人たちの間を縫って『三ツ星コーヒー』西口二号店へ突っ走った。

店の前に二人の男が倒れていた。その傍らで白いワンピース姿の秋吉が、右手に拳銃を持って盛大に吐いていた。俯せに倒れた作業服の男の尻と太股に赤い穴が四つ。秋吉が撃ったらしい。

「石巻はどうした！」白洲は訊いた。

「……中へ……」秋吉はそれだけ言うと、またしつこく吐き出した。

「チンピラ撃ったくらいでいちいち吐いてんじゃ……」

白洲の頭の上で女の叫び声がした。見上げると、店の出入り口の上の日除けの庇が大きくたわみ、次の瞬間、人間が二人、かたまって落ちてきた。男と女だった。仰天した白洲は、思わず後ろにとびのいて尻餅《しりもち》をついた。

抱き合うような格好で落ちてきた二人は、店の前に倒れた作業服の男の背中に墜落した。作業服の男の口から血反吐が、グシュッ、という音を立てて飛び出した。まるで床に落ちた歯磨き粉のチューブを踏んづけたみたいに。

「おえっ!」白洲もたまらず反吐をアスファルトにぶちまけた。

今、転げ落ちた男、あれは渋沢じゃないか。

石巻は、呻いている保坂と、目を押さえて転げ回っている男の体を跨《また》ぎ、尻から血と糞を噴き出して苦悶《くもん》している男を避けて窓際《まどぎわ》へ行き、下を見た。

下を見ると、秋吉は相変わらず吐いている。駆けつけた白洲も左手を口に持っていって戻していた。白洲の足下には転げ落ちた渋沢と、眼鏡をかけた若い女が倒れている。

一体何がどうなっているのかわからない。伊勢崎は、そして、その手下のカップルは?

「そいつは渋沢だ」石巻が白洲に言った。

「ああ、こっちの女はどうも林田由美子みたいだぜ」白洲は答えた。

「二人とも生きてる。この足袋野郎がクッションになったんだ。運がいい。そっちはどうだ、保坂は生きてるか?」

「生きてるが、怪我しているらしい。ちょっと見てみる」

石巻は階段の方へ戻り、保坂の具合を見た。胎児のように体を丸めて片手で胸を押さえ、青い顔で激しく咳《せ》き込んでいる。目の焦点が合っていない。それでも、もう片方の手で金の入ったバッグをしっかり握りしめている。

御代田に状況報告すべく携帯電話を抜いた。

左側に殺気を感じた。一瞬遅れて〈プライベート〉と書かれた従業員用の扉が開き、人間が飛び出してきた。携帯電話を捨てて身構えようとした瞬間に、固いもので額を殴られた。反射的に頭を庇《かば》おうとしたが相手の二打目の方が早かった。


杉野は、トレイの返却カウンターの奥にある洗い場に飛び込み、騒ぎが一段落するまで体を縮こまらせて待っていた。

首を伸ばすと、三人の男が床に倒れ、それぞれ苦しみにのた打ち回っていた。出ようとしたところへ、拳銃を持った金髪の男が踏み込んできたのでまた頭を引っ込めた。男は窓際に歩み寄り、下を見下ろした。そして下にいる何者かと言葉を交わした。それから倒れている保坂の具合を見に来た。

杉野は特殊警棒を伸ばし、襲いかかる瞬間を待った。唇が乾く。舌なめずりして湿らせる。男が携帯電話を取り出したらしく、ピッという電子音が聞こえた。その瞬間に飛び出して襲いかかった。頭を二回殴ると、あっさり気絶した。

杉野は保坂に歩み寄り、バッグをもぎ取ろうとした。すると意外なことに保坂が反応し、離すまいとバッグを引き寄せた。

その意地汚さと金への執着心に杉野の怒りが、爆発した。

拝金主義の豚が！
杉野は保坂の顔面に七回、警棒をたたきつけた。眼鏡が割れ、目玉が潰《つぶ》れ、鼻がひしゃげ、歯が折れ、しまいには頭蓋骨が陥没した。返り血が眼鏡に飛び散ったので掌《てのひら》で拭《ぬぐ》い取る。もう一度バッグを引くと、今度はあっけなく自分の手に移った。立ち上がり、保坂の死体に唾《つば》を吐きかけた。

ざまあみろ、腐れ大企業の腐った豚め。

階段をそっと駆け降り、外にいる連中に気づかれないよう頭を低くして一階の洗い場に駆け込むと、ゴミ捨て場に通じる裏口のドアを開け、止めてあった自転車に駆け寄った。バッグをカゴに入れ、スタンドを蹴ると、二、三メートル押してから飛び乗ってペダルを漕《こ》ぎ始めた。

混乱を生じさせ、それに乗じて金を奪い取る。なんだかひどく雑な作戦に思えたが、結局はうまくいった。

バカ黒とヘビメタは『三ツ星コーヒー』西口二号店の前を車で通過した。店の前には数人が倒れていて、線目とくそ足袋もその中に混じっていた。

「おい、通り過ぎちまったじゃねえかよ」バカ黒はヘビメタの肩を拳《こぶし》で小突いて言った。

「おめえはあんなとこに止まりてえのかよ、こっちはチンケなナイフしか持ってねえんだぞ」ヘビメタが青白い顔で怒鳴る。

「逃げたら沢木の兄キに殺されるじゃねえかよ」バカ黒も怒鳴り返す。

「じゃどうすんだよ」

「クソッ、とりあえずそこの脇道《わきみち》に入れ」

「入ってどうすんだよ」

「車とめて少し考えるんだよ」

「そんな余裕あるかよ、ボケ」

「いいから、そこ入れ」

「ああ、もおっ、くそったれ！」

ヘビメタは乱暴にハンドルを切って脇道に突っ込むと、急ブレーキをかけて停車した。

「考えろ考えろ考えろ」バカ黒が呪文《じゅもん》のごとく唱え始めた。

「ああ、もう駄目だ。どっちにしろ殺される、死にたくねえ」

ヘビメタは二日前に洗ったきりの金髪頭を抱えた。

と、その時、右手の細い路地から自転車が出てきた。ごく普通のいわゆるオバチャリだ。問題はその自転車の前カゴに入れられたバッグだった。

「あっ」とヘビメタは大声を上げた。

「あのバッグ、兄キが言っていた玉虫バッグだ」

バカ黒が呪文を唱えるのをやめ、顔を上げた。

「何、どこだよ」

「ほら、あそこ」

ヘビメタは前方を指さした。自転車は大型カメラ店が軒を並べている通りの雑踏に紛れ、遠ざかっていく。

「本当かよ、奴《やつ》がバッグを持ってたのか？」

「間違いねえったら。俺は視力だけはいいんだ、追うぞ！」

ヘビメタが車を出す。

「助太刀にいかなくていいのかよ」

「金を追う方が大事に決まってんだろ。沢木の兄キだってそう言うさ」

それもそうだ、とバカ黒は納得した。それに助太刀に行ってチャカを持った奴と渡り合うよりずっといい。

「そうだな、よし追え」

バカ黒はそう言うと、トランシーバーを掴み、送信ボタンを押した。

「沢木さん、バカ黒です。三千万円のバッグを持った男を見つけました。チャリに乗って駅方面へ向かってます！」

「間違いないのか、本当に例のバッグなんだな」

沢木は念を押した。

――間違いないっす……って、ヘビメタは言ってますけど。

「違ってたら、二人とも殺すぞ」

一秒ほどの間。

――ああ、と、とにかく追います！


石巻がなかなか戻ってこない。保坂の容態を確かめるだけなのに、なにをこんなに時間を食っているのだ。白洲はしびれを切らし、渋沢と由美子を秋吉に任せると店に飛び込んで、階段に倒れている数人の間を縫って二階へ駆け上がった。

そこで顔面を徹底的に破壊された保坂らしき男を見つけて、ワッと声を上げた。

こりゃひでえ。

保坂の傍らに額から血を流した石巻が倒れていた。他にチンピラ風の男二人が、それぞれ目や尻を押さえて苦しみにのた打ち回っていた。フロアーはひどいありさまだった。

保坂はどうひいきめに見ても死んでいる。

白洲は石巻の傍らに膝《ひざ》をつき、肩を摑んで揺すった。意識は戻らなかったがとりあえず生きている。そこでハッ、と気づいた。

金の入ったバッグがない。周囲を見回したがどこにも見えなかった。秋吉の報告で、保坂は玉虫色の妙なバッグを持っていたと聞いた。それがない。

消えた。

やられた。

――沢木さん、バカ黒です。三千万円のバッグを持った男を見つけました。チャリに乗って駅方面へ向かってます！

突然どこからか無線の声が聞こえた。

――間違いないのか、本当に例のバッグなんだな。

無線の会話は、倒されたテーブルの陰から聞こえてくる。

――間違いないっす……って、ヘビメタは言ってますけど。

白洲は立ち上がって、テーブルをブーツの先で蹴《け》った。トランシーバーがそこにあった。それを拾い上げる。

――違ってたら、二人とも殺すぞ。

――ああ、と、とにかく追います！

――ノーチン、クチクサ、聞いたな。お前らも行け。自転車の男だぞ！

「自転車の男か」白洲は呟《つぶや》いた。

外で車の急停車音が聞こえた。尻から血と糞を漏らしている男を飛び越して窓際に駆け寄ると、外に身を乗り出した。

二台のワンボックスカー、紺色のホンダ・ステップワゴンと銀色の日産キャラバン・エルグランドが店の前に止まっていた。御代田警視正の移動指令車と二号車だ。車体横のスライドドアが開き、佐山や他の監察官たちが飛び出してきた。彼らの格好を見て、唖然《あぜん》とした。誰もが、魚市場で働く人間のような膝下まであるビニール製のエプロンを着用していたのだ。さらにはゴム長靴という念の入れようだ。血や反吐《へど》で服が汚れないようにという配慮なのだろうが、あまりにも異様な光景だった。彼らは渋沢と由美子、二人のチンピラを生死にかかわらず手際よく収容していく。慣れた動きであった。御代田はパトカーがもうすぐ飛んで来るかもしれないというのに、妙に悠然とした態度で秋吉から何やら話を聞いている。

この切迫した状況に、御代田のエプロン姿はひどく間抜けに見えた。

白洲は指で輪を作って口に持っていき、鋭く指笛を鳴らした。御代田が上を見上げた。

「保坂が殺《や》られました！　石巻も負傷しています」

「金は？」御代田が訊《き》く。

「奪われました。今、やくざがそいつを追っています。自転車に乗った男です」

白洲はトランシーバーを御代田に見せた。

「奴らが使っている物です。こいつを傍受して大体の位置がわかりそうです」

御代田の唇の端がわずかに吊《つ》り上がった。御代田もまた右手に同じトランシーバーを持っていて、それを白洲に見せた。下で倒れたチンピラが持っていた物だろう。

白洲は窓枠《まどわく》を跨ぎ越して庇《ひさし》の上に乗ると、膝を曲げて、地面に飛び降りた。足首に衝撃がきたが別にどうということもない。

「俺が追います」

「お願いします。負傷者と死人を収容したら、私たちもすぐに追いかけますから」

「相手が自転車ならすぐに追いつけるでしょう」白洲は言って駆け出した。

白洲の背に向かって御代田が声をかける。

「自転車を馬鹿《ばか》にしちゃいけませんよー。ウチの長官を狙撃《そげき》した奴だって自転車で逃げおおせたんですから――っ」

バイクに戻って起こそうとすると、歩道際の植え込みの陰に、制服を着た若い警官が、膝を抱えてしゃがみこみ小さくなっているのを見つけた。『三ツ星コーヒー』の前での騒ぎをこっそり見ていたその若い警官は、飛び出そうなほど目玉を大きく剝《む》いて、口でハアハアと息をしていた。

白洲と警官の目が合う。警官が「ひっ」と引き攣《つ》った声を上げる。

「今はまだ行かない方がいいぞ」

白洲が諭すように言うと、警官はこくんこくんこくん、と何度も頷《うなず》いた。

息を詰めて一部始終を聞いていた飯田は、おそるおそるトランシーバーを手に取り、送信ボタンを押した。

「あの、ちょっとすみません」

——なんだお前は。

沢木のおっかない声が返ってきた。

「いや、あの、飯田ですけど、運転手の……」

——ああ、運転手君か、どうした。

「オヤジ、じゃなくて専務はどうなったんでしょう」

短い沈黙。

——どうやらくたばったらしい。

沢木の声には何の感情もこもっていなかった。

なんと呆気《あっけ》ない結末だろう。あのオヤジがこんなふうに簡単に死んでしまったなどとは、にわかに信じがたかった。

——もう帰ってもいいぞ。専務を迎えに行く必要はなくなったからな。

「金は、取られてしまったみたいですね」

言ってから、沢木が激怒するのではないかと恐《こわ》くなった。

――そうだ。問題はもうこっちの手に移った。俺達はそいつを捕まえに行く。でないとこっちがタダ働きになるからな。

「はあ……」

オヤジがくたばった。もう俺は自由だ、自由なんだ。気管が広がり、肺の細胞の一つ一つがみずみずしく蘇《よみがえ》ったみたいだ。こちこちに固まっていた肩の筋肉もたちまちほぐれていく。

「じゃ、あの、すみませんが僕、これで帰らせていただきます」

――いちいち断ることはない。

「あ、そうだ。このトランシーバーどうしましょう」

――やるよ、そんなもの。

「あ、はい。すみません、それじゃ！」

交信を終えると、途端に顔が笑いで崩れた。

「静香、待ってろ。今いくぞ」

飯田はそう呟くと、舌なめずりをして車を発進させた。

有川奈美は、通りを隔てた向かい側の『三ツ星コーヒー』の前で男たちが争うのを見ていた。白いワンピースの女がいきなりバッグから拳銃《けんじゅう》を取り出し、作業服を着た男を背後から撃った瞬間、全身が石のように固まり、次いで膝からすべての力が漏れ出してその場にへたりこんでしまった。

渋沢と由美子が二階の窓から庇に身を乗りだし、抱き合うような格好で転がり落ちた時には思わず「ワッ」と声を上げ、目を固く閉じた。

(あんなふうに落ちたら助からない)

ふたたび恐る恐る目を開けたとき、紺色のワンボックスカーが店の前に急停車した。通りの左右からパトカーのサイレンが迫っていた。

(どうしよう。まず立たなきゃ。でも立てない、腰が抜けた。情けないったらない。あたしってこんなに臆病者《おくびょうもの》だったの?)

「立って」奈美は自分の膝に哀願した。でも立てなかった。膝が奈美の努力をあざ笑うかのように震えた。それでもなんとか腰をあげ四つん這《ば》いになった。

銀行にいた大勢の人々も入り口に殺到し、通りの向かいを見て騒ぎ出した。ワンボックスカーが、来た時とくらべて随分と重たそうに発進し、脇道に消えた。奈美は自分の目を疑った。渋沢も由美子も、倒れた二人の男も掻《か》き消されたようにいなくなっていた。

魔法のような手際《てぎわ》の良さ。

プロという言葉が頭に浮かんだ。何のプロかよくわからないけど、渋沢も由美子も実に手際よく連れ去られてしまった。

（なによ！　あたし何の役にも立たなかったじゃない、馬鹿みたい）

涙がどっとあふれた。

十数台のパトカーが次々と店の前に止まり、たちまち大勢の警官が通りに溢《あふ》れた。

秋吉と御代田警視正はシートを取り外したまっ平らな荷物室で、死体と負傷者たちの隙間《すきま》に窮屈そうに腰を下ろした。

この車には足袋をはいた男の死体と、目を潰《つぶ》された男、負傷した石巻、それに二階から下ろしたカッパみたいな頭の男と、目の細いパンチパーマの男が収容され、ほとんど重量オーバーだった。渋沢や由美子など残りの人間は二号車に収容されている。保坂の死体だけは、御代田の指示によりコーヒー屋に放置してきた。秋吉が理由を訊くと、社会的に名のある人間はこっそり処理するのが難しいから、という答えが返ってきた。カッパと線目パンチパーマは車に放り込まれるや否《いな》や、それぞれ腕や首筋に麻酔注射され、眠らされている。

車内には血の匂《にお》い、内臓の匂い、糞《くそ》の匂いが充満して、まるで野戦病院のようだった。秋吉はハンドバッグから取り出したハンカチで口と鼻を覆《おお》い、かろうじて込み上げる吐き気に耐えていた。

御代田は嗅覚《きゅうかく》など持っていないかのような涼しげな顔で、魚屋エプロンのポケットから細いプラスチックのカプセルを取りだし、それを真ん中で折ると石巻の鼻の下にあてがった。

五秒経《た》っても石巻は何の反応も示さなかった。

「駄目かな」御代田の口ぶりは駄目なら駄目で別にいいのだが、とでもいうような軽いものだった。石巻の全身が電気に打たれたようにぴくん、と痙攣《けいれん》した。

「お、きましたね」

石巻が突如目を開けて頭を起こし、次いで「ううっ」と呻《うめ》くと、殴られた額を手で押さえた。

「やあ、良かった良かった」

石巻が無言で周囲の状況を見回した。その顔には目覚めなければよかったという後悔がありありと表れていた。無惨《むざん》な死体を見ると石巻はあわてて口を押さえたが、突き上げてきた反吐を押し戻すことはできず、ビニールシートを敷きつめた床に吐いた。わずかに血も混じっている。

新たな匂いが加わって、秋吉はほとんど気絶しそうになった。

「……やられました」

石巻は面目なさそうに呟き、苦しげな息を漏らした。

「大丈夫ですよ、白洲君がバイクで追ってくれていますから。彼から連絡が入ったら我々も全力で追います」

「頭が痛くて死にそうだ」

「そうでしょうね、とりあえずこいつを飲んでおきなさい。痛み止めです」

 御代田はまたポケットから、今度は茶色の液体が入った小さな細いガラス瓶を取り出し、それを石巻に差し出した。石巻は不安そうな顔でその瓶と御代田を交互に見た。

「大丈夫ですよ、本当にただの痛み止めですから」

石巻はその言葉を信用して薬を一息に飲み干し、顔をしかめた。

「さあ、お二人とも死体と負傷者を袋に詰めるのをちょっと手伝ってください。これ以上放っておくと、床が血やらなにやらでびちゃびちゃになってしまいますからね。エプロンも用意してありますから使ってください」

「あの、やくざたちの始末はどうするんです？」秋吉は一瞬だけハンカチを顔から離し、訊いた。すぐにまた顔におしつける。

「死体は後で然《しか》るべき場所に持って行って捨てます。負傷者は情報を引き出すのに使えそうなので連れてきたのです。それに、こいつらが雇い主からどれだけ事情を知らされているかわかりませんが、警察に捕まってべらべらしゃべってもらいたくない」

「警視正！　白洲から連絡が入りました！」

運転席の佐山監察官が御代田を呼んだ。

「どけ、ばか、くそ、ジャマだ」

ヘビメタは狂ったようにクラクションを鳴らし、通行人を追い散らす。どこもかしこも大きな買い物袋をさげた人間で一杯だ。本来は車道なのに、軒を並べた大型カメラ店の買い物客のせいで歩行者天国と化している。運転する人間にとってこれほど苛々《いらいら》することはない。

「どけえええ！」

クラクションを鳴らしっぱなしにして叫ぶ。通行人は皆、敵意むきだしの目で彼らを睨《にら》み、中には車のまん前をわざとゆっくり歩く奴《やつ》もいる。自転車を完全に見失ってしまった。

「追い立てろよ、轢《ひ》かれると思えば馬鹿だってよける」

バカ黒が言う。

二人のワゴンの脇《わき》をノーチンのバイクが擦り抜けていった。あいつがなんとか犯人を見つけてくれることを期待した。

「頼むぞ！」

どうせ聞こえないだろうが、バカ黒はノーチンの背中に叫んだ。ヘビメタは脅かしてやるつもりでアクセルを踏み込んだ。ワゴンがガクン、と飛び出すと通行人は左右に散った。

「よしよしよし、そのまま行け」

「抜けるぞ！」ヘビメタはさらに加速した。

前方に大きな荷物運搬用の台車が現れた。家電屋の搬入トラックから下ろされた大型テレビが四つ縦に積まれていて、従業員が二人で危なっかしく搬入していた。台車を横から押さえていた男が驚き、押していた男に何か言った。押していた男は、突っ込んでくる車を見てあわてて方向転換させようとした。一番上に積まれていたテレビの箱がグラッと傾き、箱が路上に落ちた。箱の中でブラウン管が破裂し、爆音が轟《とどろ》いた。

「げっ！」ヘビメタは叫び、ブレーキを蹴っ飛ばした。

ワゴンのノーズがテレビを跳ね飛ばし、箱は四メートルも地面を滑って通行人を二人薙《な》ぎ倒した。

人だかりができて道が完全に塞《ふさ》がってしまった。

「バックしろ、バック！」バカ黒がヘビメタの後頭部を平手でぶっ叩《たた》いて叫んだ。ヘビメタはパニックに陥ってろくに後ろも見ずに車をバックさせ、買い物客を一人はね飛ばした。

「ひええ、轢いちまったじゃねえか、馬鹿。どうすんだよ」

「お前が轢いたんだろ、ボケ」

バカ黒ははねた人間が生きているか確かめようとドアを開け、外に飛び出した。そこへバイクが突っ込んできた。バカ黒は悲鳴を上げ、右に飛んだ。その脇をバイクが擦り抜けていった。クチクサのバイクではなかった。荷台に〝Qバイ〟と書いた黄色い箱を乗せたホンダのバイクだ。

「ざけんじゃねえ、Qバイ野郎っ」

バイクはバカ黒の抗議を無視して、通行人の間を縫って駅方向へと消えた。

Kデパート前の通りを、中央分離帯に沿って走るとんでもないヤマハTZR250を見つけた。白洲も追いつき、二台のバイクは一列縦隊で逆走を始めた。向かってくるどの車も、馬鹿野郎と叫ぶ代わりにクラクションを連打して二台をよける。

ヤマハのライダーがちら、と後ろを振り向いた。こいつも自転車を追っているのだ。だが、肝心の自転車は見えない。いや、いた。

デパート前の歩道でも騒ぎが起こっていた。通行人が尻餅《しりもち》をついていたり、拳《こぶし》を振り上げて何者かに罵声《ばせい》を浴びせている。バッグ野郎が通行人を追い散らし、跳ね飛ばしながら無理矢理突っ走っているのだ。自転車の進む方向に人波が割れるのでわかりやすい。

見つけたぞ。

「白洲です、自転車の野郎を見つけました、うわっ!」

前のバイクが突然蛇行運転を始めた。白洲は右側が空いた一瞬の隙をついて、前方のバイクを追い越そうとした。

二台のバイクが並んだ。ヤマハのライダーがあまり長いとはいえない足で白洲のバイクを蹴倒《けたお》そうとした。白洲もほとんど同時に左足を蹴り出した。白洲の方が数センチ長かった。ブーツの底がキャブレーターに当たり、ヤマハのバイクがよろめいた。白洲はスロットルを開け、加速した。正面から向かってきたセダンとあわや正面衝突という寸前に車体を分離帯ぎりぎりに寄せ、きわどくかわした。

ヤマハのバイクは分離帯に接触して倒れ、火花を散らしながら横滑りした。軽トラックが横転したバイクを跳ね飛ばし、急停車する。ライダーは腰から地面に落ちて激しく転がり、軽トラックを避けようとした後続の乗用車のノーズに後頭部をぶつけられて車体の下に巻き込まれた。

「おめえが悪いんだからな」

白洲は背後に向かって吐き捨てた。

「おい、遅いじゃねえかよ、馬鹿野郎《ばか》」

伊勢崎は助手席の橋田澄子の顔を、左手のバックハンドで殴りつけた。澄子は「ひっ」と引き攣《つ》った声を上げ、殴られた口を押さえる。

「何やってんだよ、あのクソは」

　クソとは杉野浩のことである。もう十二時四十分を過ぎた。奴が責任を持って三千万円を持ってくる算段になっていたのに。

　何かトラブルが起きたか、杉野が裏切ったか。裏切って金を持ち逃げすれば、女を革滅の仲間に差し出すと脅しをかけておいた。だが、この女では人質として安かったのだろうか。

「早くこいよ、馬鹿」

　伊勢崎は右手の人差指を鼻の穴に深く突っ込むと鼻クソをほじった。ガリッ、という音がして皮膚が傷ついた。伊勢崎は顔をしかめ、指を引き抜いた。血がこびりついていた。血が唇から顎《あご》へと滴《したた》る。

　伊勢崎は突如切れた。

「遅えんだよお」

　八つ当たりの対象は当然、澄子だった。澄子の頭を左手で思い切り押して助手席のウインドウに叩きつけた。まだ飽き足りなかったので髪の毛を摑《つか》むと、無理矢理自分の股《こ》間《かん》に押しつけた。

「杉野が来るまでしゃぶってろ、この狂革女め」

　ジッパーを下ろし、三日間洗っていないペニスを引っ張り出してそれに澄子の顔を押しつけた。

「噛《か》んだら殺すぞ、クソアマ」

ピピピピ、と電子音が鳴った。ダッシュボードの上の携帯電話だ。伊勢崎は電話をひっ摑んだ。

——俺です。

杉野だった。息がやたらと荒い。走りながら話しているらしい。

「何もたもたしてんだ、早く持ってこい！」伊勢崎は怒鳴った。怒鳴りながら澄子の顔を一層股間に強く押しつける。

——それがその、バイクに追われて……追いつかれそうになったんで、はあはあ、やむなく、い、今、地下鉄に逃げ込んだんです。

「何だと？」

——ま、丸ノ内線へ……は、は、今、階段を……。

「誰が勝手に地下鉄に乗っていいと言った！」

伊勢崎は声の限りにわめいた。

大ボケかましやがって。

だが、ここでわめき続けても金は手に入らない、と考えるだけの冷静さはかろうじて残っていた。

「よし、よく聞け。もう仕方ないからそのまま電車に乗るんだ。荻窪方面行きに乗って、新中野駅でおりろ。ホームの真ん中辺りに、反対側ホームに通じる連絡通路があるから、そこを通って二番ホームへ出て二番出口から地上に出る。そこに杉山交差点がある。そしたら中野通りを中野駅方面へ向かえ。少し行くと道の右側にαパークという二十四時間駐車場がある。そこで拾ってやる」

――わかりま……。

電波が途切れた。

「いつまでしゃぶってんだ！」

伊勢崎は澄子の後頭部に肘鉄《ひじてつ》を食らわした。

――おめえが悪いんだからな。

白洲の声が無線機から聞こえた。

「それより場所を教えてくださいよ」

御代田が独り言を呟《つぶや》いた。

しばらく白洲の荒い息遣いだけが聞こえた。どうやら、マイクだけ持ってバイクからおりたようだ。

――警視正！　野郎は自転車を乗り捨てて、駅に入りました。丸ノ内線の乗場に向かっているようです。

「方向を……」

しばしまた荒い息遣い、駅の雑踏の音、電車の音も微《かす》かに聞こえる。

「彼、小銭持ってるかな」

御代田は妙にのんびりとした口ぶりで呟いた。

ピンポーンという音。

——さがって、乗車券を入れてから……。

「持ってなかったようですね」

——見つけた！　荻窪方面行き……。

音声が途切れた。

「行こう」御代田は運転席の佐山監察官に声をかけた。移動指令車は青梅街道に出て、地下鉄丸ノ内線を追い始めた。


——ノーチンがやられました。ひでえ死にかたです。

クチクサが切羽《せっぱ》詰《つま》った声で連絡してきた。

「落ち着け、お前は生きてるんだからいいじゃねえか」沢木は平然と言った。どうせ死んだって二日もすれば忘れられてしまうような奴だ。どこに大騒ぎする必要がある？

「で、何がどうなっている」

――向こうにもバイクに乗った仲間がいるんです。金を持った奴は駅ん中へ入っていきました。バイクの奴もです。

「お前は今どこなんだ」

――俺も今、バイクを乗り捨てて、駅に入ったとこです。

クチクサは走っているらしく、息遣いが荒く不規則だ。

「見えてるのか？」

――はい、バイク野郎は結構でかいんで頭が見えてます、はあ、はあ、今、ＪＲの改札前……。

ざわめきが大きくて声が聞き取りにくい。それにノイズもひどくなってきた。沢木はトランシーバーを耳にぴったりと押し当てた。

――丸ノ内線かも……。あっ！

「どうした！」

――バイクの野郎が地下鉄の改札を飛び越えました、くそっ。

「見失うな、お前も乗るんだ」

ノイズがますますひどくなってきた。

――……電……来ま……。

「クチクサ！　どっち方面だ！」

——……も乗り……。

突如、何も聞こえなくなった。

「馬鹿野郎、方向がわからねえじゃねえか。おい、バカ黒、ヘビメタ、どこで何やってんだ」

——ああ、えと……ちょっとその……まずい状況に。

バカ黒が応答した。こいつも走っているらしく息が荒い。お前らは車じゃなかったのか？

「まずい状況だと」

——あの、人、はねちゃって、逃げてるんです。

沢木のこめかみに太い血管が一本浮き出た。

「殺すぞ、てめえ」

——すす、すいませんすいません、あのごめんなさい……はっ、はっ……。

「お前ら、ひょっとして車捨てたのか？」

——ああうあ……あの、どうにも身動きが取れなくなっちゃって、それで……はっ、はっ……あの……そうなんです。

目の前に二人がいたら、互いの額を叩きつけて殺していただろう。

「車が要るんだ」

——ごめんなさいすみません、あああ、じゃああ、くそ足袋が乗り捨てた車は？　あのあの、コーヒー屋の前……。

「店の前は警官だらけだ、カス。よし、クチクサが乗り捨てたバイクを使え。ヘビメタはバイクの免許持ってたな？」

——そうなんすか？

沢木は怒りのあまりトランシーバーを握り潰《つぶ》しそうになった。

「お前ら、バイクに二人乗りして、新宿通りを四ツ谷駅方向に向かって走れ、いいな」

——四ツ谷ですか。

「そうだ、クチクサがどっち行きの電車に乗ったかわからん。二手に分かれて両方の電車を追うんだ」

——了解です！

「飛ばし過ぎるなよ。電車を抜くんじゃなくて追うんだからな。クチクサはいずれどこかの駅から連絡してくる。そしたら速攻で駆けつけろ。俺は荻窪方面を追う」

電車に飛び込むと、白洲は車両を奥の方へと進んだ。男は白洲よりも二両後ろに乗った。男が乗っている車両に近づくと、徐々に歩調を緩める。

男が乗っている車両への連結口の手前で立ち止まり、窓越しに前方の車両を覗《のぞ》いた。男は退色した黒のポロシャツを着ていた。身長は一五五から一六〇と小柄。すぐに見つかった。進行方向右側のシートに、バッグを膝《ひざ》の上に抱えて座っていた。明らかにおちつかなげにキョロキョロと左右を見ている。

白洲は男と目が合わないようにした。あいつが伊勢崎と合流するまで泳がせる必要があるのだ。この電車内ではマイクも携帯電話も通じない。なんとかして連絡を取らないと、このままずっと一人で追わなくてはならなくなる。この電車は荻窪行きだが、中野坂上で方南町行きに乗り換えることも考えられる。ここで捕まえるか、という考えも浮かんだ。奴《やつ》はどうにかやくざの追跡を振り切った。こちらの逮捕をジャマする人間はいないのだ。捕まえて伊勢崎の居場所を吐かせた方が手っ取り早くはないだろうか。

電車が中野坂上のホームに滑り込んだ。男は降りなかった。

奴があまり長く電車に乗っていると、いざ連絡が取れた時、御代田は遥《はる》か後方という事態にもなりかねない。仮にサイレンを鳴らしたって所詮《しょせん》地下鉄にはかなわないのだ。

御代田は、犯人が荻窪方面行きに乗ったという白洲の報告を受けると、即座に堀内監察官が運転する二号車に、サイレンを鳴らして先に中野坂上駅に向かうよう指示した。

——警視正。

数分後、二号車の堀内から御代田に連絡が入った。

――犯人も白洲もここでは降りなかったようです。

「わかりました。それじゃまた合流しましょう」

無線を切ると御代田はぽつりと言った。

「どこで勝負をしかけてくるかな」


沢木は後部席に乗っている戦闘要員のゲンジンを、中野坂上で下ろした。ゲンジンという名は、男の頬骨が北京《ペキン》原人みたいに異様に発達していることから、沢木がそう名付けたのだ。

ゲンジンは犯人が方南町行きに乗り換えることを警戒し、駅で見張る役だ。そのゲンジンからたった今、金を持った男も、その仲間のバイク男も、二人を追ったクチクサも降りてないらしいと報告が入った。

「よし、お前は次の電車に乗って新中野で上に出ろ。そこで拾ってやる。今から五分か十分後だ。もたもたするなよ」


――今から五分か十分後だ。もたもたするなよ。

「鉢合わせするかもしれませんね」

トランシーバーで傍受した会話を聞きながら秋吉は心配そうに言った。

「ええ、そうですね。おい佐山君、ちょっとスピードを落としてくれ」御代田が言った。

車のスピードが若干落ちる。

御代田はまたエプロンのポケットを探り、何やら取り出した。今度は注射器と、小さな透明の瓶だった。瓶の蓋《ふた》を取ると、注射器のキャップを外し、針の先端を瓶の中に挿入し、中の液体を吸い上げた。一杯になると注射器の尻《しり》を押して液体をぴゅっと飛び出させる。

「秋吉さん、そこのカッパみたいな男の右腕を」

「はあ……」秋吉はためらいながらも言われた通りに、カッパ男の右腕を御代田に差し出した。

「どうも」

左手でカッパ男の肘を持ち上げ、肘の内側に浮き出ている青くて太い血管に、何のためらいもなく針を突き刺した。

「消毒は？」秋吉は思わず声を上げた。

御代田は顔を上げ、秋吉に向かってウインクしてみせた。そして、佐山にもう終わったからスピードを上げてもいいと指示し、黙って待った。三十秒ほど経《た》ってから、突然カッパの全身が激しく痙攣《けいれん》を始めた。死者が生き返ったみたいで最高に気味が悪かった。

やがてカッパは激しく咳《せき》こみ、さも苦しげに目を開けた。かなり強力な薬らしい。

「おはよう」御代田は彼の顔を見下ろし、無表情に言った。

エプロンの内側に右手を差し入れる。抜いた手には平べったい小型の自動拳銃《けんじゅう》が握られていた。

カッパが口を開きかけると、御代田は銃身の先端でその上唇をめくりあげ歯茎に銃口を押しつけた。

「喋《しゃべ》らなくても結構です。私が訊《き》いたことにだけ答えてくれればそれでいいんですから」

そう言って、にやりと歯を見せて笑った。カッパは銃口から顔をそむけようとした。御代田は拳銃のフロントサイトを唇の端に引っ掛け、ぐい、と手前に引いた。カッパの唇が伸びる。秋吉の全身に寒気が走った。石巻も呆然《ぼうぜん》とその様子を見守った。

勿論《もちろん》、一番ぞっとしたのはカッパ男である。カッパはわずか二分ほどの間に所属する組織、保坂から依頼を受けた経緯、計画の首謀者の名前まで洗いざらい喋った。

首謀者は稲口会系島田組の沢木という幹部だ。

「沢木の乗っている車は？」御代田が訊いた。

「助けて、あの、お願い助けて、尻から……」

「沢木の乗っている車は？」御代田はもう一度訊いた。

「白の、セダン……」

「それだけではわかりませんね。日産？　トヨタ？　ロールスロイス？」

「わかんない、俺、車のことはよく……免許ないし」

「車のナンバーは？」

「あいや、それもちょっと、なんだか」

「わかりませんか？」

御代田は引き金を引いた。

クチクサは電車のドアが閉まる寸前に、先頭車両の一番前のドアから飛び込んだ。ほっと一息つき、それから立て続けに深く息を吸うと、ゆっくりとした足取りで車両を奥に向かって歩き出した。立っている乗客は少なく、車両を仕切る扉の窓からかなり奥まで見通すことができた。

後ろから二両目に達し、半分ほど進んだ時、背の高い、ノーチンを潰したバイク野郎を見つけた。クチクサは用心して立ち止まった。デニムのジャンパーの、両袖《りょうそで》を引きちぎったベストの胸に右手でそっと触れる。鞘《さや》に収めて肩から吊《つ》ったサバイバルナイフの感触を改めて確認する。

カッパが悲鳴を上げた。尻の辺りでビリッという空気の漏れる音もした。

御代田は拳銃の遊底をひいて一発目を薬室に装塡《そうてん》した。今度は銃口をこめかみに押し当てる。

「さあ、今度はちゃんと弾が出ますからね。それで、沢木の車のナンバーは？」

「えと……あ……最初が4、だった」

御代田は無言で先を促した。

「次は6とか、8とかだったような」

「困りますね、そういうことでは」

電車は新中野駅に近づきつつある。

バッグを持った男の様子に変化が現れた。膝を揺らし、一層落ち着きがなくなった。次で降りる、と白洲は確信した。計画的に地下鉄に乗ったのではなさそうだ。本当は新宿駅周辺で、伊勢崎が車で拾う手筈《てはず》だったのかもしれない。電車であんまり遠くへ行ってしまうと車では追いつけなくなるから、とりあえず新中野あたりにしたということなのか。あるいは伊勢崎に、あの辺の土地勘があるのかもしれない。

首謀者である伊勢崎の頭脳レベルがなんとなくわかってきた。全然大した奴じゃない。

電車が速度を落としてホームに進入すると、男は待ち切れず真っ先に席を立ち、ドアの真ん前に立った。白洲はその様子を横目で睨《にら》みながらドアの前に移る。あの様子では、奴はきっとドアが開いた瞬間に全速力で駆け出すだろう。白洲は三回息を深く吸い、全力疾走に備えた。

プシュッ、という空気の漏れる音と共にドアが開いた。

案の定、男はバッグを胸に抱えて駆け出した。見失わないためには自分も走るしかない。そうすれば奴は当然気づくだろうが、それはそれで仕方がない。白洲は男と同じようにホームの人々をよけたり、押し退《の》けたりしながら走った。男が一瞬後ろを振り返る。白洲に気づくとぎょっとして、捕まったら殺されるとばかりに全速力で逃げた。男は改札に向かわず、ホームの中程にある反対側ホームへ通じる連絡通路に駆け込んだ。白洲も後を追う。二番ホームに出ると、男はホームの端の改札へとひた走った。

感心なことに、男はちゃんと切符を買ってから乗っていた。キップを自動改札機に入れ、出るとまた走り出す。その三秒後、白洲は駅員の目の前で自動改札の扉を跨《また》ぎ越した。駅員はその時、途中下車したからその分の料金を返せ、と声高に主張する大正十五年生まれの男の相手をしていたので、白洲を追いかけるタイミングを逸した。

「警視正、聞こえますか。奴は新中野で降りました。今、追っています」

男は改札を出ると階段へ向かった。白洲が階段に達した時、男はもう上り切ったところで一瞬にして視界から消えた。白洲は一気に二段飛ばしで階段を駆け上がる。

ふいに背後に殺気を感じた。何者かが迫っている。振り向いた瞬間、そいつとの距離は一メートルもなかった。そいつは右手に握り締めたサバイバルナイフのグリップに左手を添え、目をぎらつかせて突っ込んできた。

白洲は左に飛んで刃先をかわすと、階段の途中で立ちすくんでいた、短い髪を紫に染めた太り気味の少女に全身でぶち当たった。二人はもつれあって階段を転げ落ち、その下にいたスーツ姿の中年男にぶつかりそうになった。中年男は「うわっ」と声を上げ、山の斜面を転がってきた丸太を飛び越そうとでもするかのように真上に飛び上がったが跳躍力が足りず、着地したのは白洲の脇腹《わきばら》だった。当然バランスを崩し、つんのめって倒れると二人の仲間入りをした。

ナイフの男はとどめを刺すべきかどうか一瞬迷ったが、金を追うのが先決と判断したのか、白洲を放って階段を駆け上がり始めた。

白洲は転がった際に顔の左側と左肩をステップに打ちつけ、おまけにジャンプに失敗した中年男の靴底で内臓を踏みつけられたので、苦痛に意識が遠のいた。

「ふざけ……」それ以上言葉が出なかった。

少女は、白洲の下でステップにぶつけた顔を掌《てのひら》で押さえ、呻《うめ》いている。ほとんど無意識のうちに拳銃を抜いた。上を見上げると視界が回り出しそうに揺らめいた。襲ってきた奴は、あと十段ほどで階段を上りきるところだった。右手を目一杯伸ばし、銃口を向ける。

目の前に立ちすくんでいる喪服の中年女が邪魔だった。女はとりつかれたように銃口を凝視している。

「どけ！」白洲は叫び、女がまだ完全によけきらないうちに引き金を引いた。六発立て続けに撃ちまくる。飛んでいった弾丸のうち二発がヒットした。一発は男の右の尻に食い込み、もう一発は左の膝の裏から入って、膝の皿を粉々に吹き飛ばして抜けた。残りの四発は壁や階段に当たって気紛れに跳ね返ってから、地上に飛び出したり床に落ちたりした。

男は前につんのめり、咄嗟《とっさ》に両手を前に出して倒れたが、階段のステップの角に思い切り手を突き、指を二本へし折った。ナイフが手から落ちる。男はヒステリックな悲鳴を上げ、泣き出した。地団太を踏むような泣き声だった。

「ざまあみろ、ボケ！」

白洲は構内中に響き渡る声で叫んだ。体の痛みもその時だけは消え失《う》せていた。

膝をついて立ち上がり、よろけながらも階段を再び上り始める。男を追い越しざま、もう一発ぶちこんでやろうかとも思ったが、急いでいるのでやめた。

「警視正……奴が地上に……くそ、見失った」

——沢木さあん……。

沢木はトランシーバーから漏れるクチクサの、泣きの入った弱々しい声に胃袋を引き締めた。

やられたか。

——撃たれた……痛い……医者、呼んで、医者、ほ、骨も。

「よし、今どこだ。拾ってやる」

——新、中野、です、早く……。

「わかった、唾《つば》でも塗っとけ」沢木は答えると、後ろに座っているダイブツに声をかける。

額の中央に大仏のような大きな丸いホクロのある男だ。目蓋《まぶた》も腫《は》れぼったくて、それがまた大仏っぽさを醸《かも》し出している。

「新中野だ。死ぬ気でかかれよ、バッグ寄越せ」

ダイブツがシートから腰を浮かせ、シートと背もたれの隙間《すきま》に手を差し入れた。見られるとやばいものは大抵そこに隠す。ダイブツがもたもたしている。

「早くしろ」

ダイブツがようやく引き抜いたのはどうということのない、黒のナイロンバッグだった。沢木はそれを左手で受け取り、片手だけで器用にファスナーを引き開け、中に手を入れる。大きくて破壊力のありそうな自動拳銃が出てきた。カナダ製のパラ・オーディナンス45口径。米軍の旧制式拳銃であるコルト・ガバメントのコピーモデルであるが、複列弾倉を採用していてコルト・ガバメントの倍の十四発を装塡できる。ただでさえ十二ミリもある45口径を複列にしたのでグリップはぶ厚く、沢木のように日本人離れした手のでかい男でないと、まともに握ることさえできない。

玉虫バッグの男を待つ人間が、どこか近くに必ずいるはずだ。そいつと衝突することはほぼ確実である。予備の弾倉はないので十四発でカタをつける。

バッグを後ろに投げ返す。バッグにはあと二丁、拳銃が入っているが、どちらもブラジルとかフィリピンとかから入ってきた激安リボルバーだ。

「お前、逃げようだなんて考えるなよ」

不安に顔を曇らせるダイブツに、沢木は低く、不気味な声で念を押した。

「どうせ永遠にゃ生きられねえんだ。いつか死ぬんだからいつも覚悟しとけって言ったろ」

ダイブツの顔がみるみる死人のように強《こわ》ばっていく。

「修羅場になって逃げ出しそうな奴《やつ》ってのは、目をみりゃわかる。俺が、こいつは逃げようとしていると判断したら、そんな役立たずはその場で撃ち殺すからな。逃げなくても、その場にしゃがみこんで貝になっちまう奴もいる。そういう奴も撃ち殺す。はったりじゃねえぞ」

ダイブツはうっと呻き、左の掌で口を覆《おお》った。だが、根性でゲロを飲み下した。

結構、使えるかもしれない。


「どうしましょう、この辺りで駐車するのは不可能ですよ」

杉山交差点が近づいてくると、運転席の佐山が言った。

「ああ、それなら大丈夫。確か信号を右折した左側にマンションのモデルルームがあったはずだから、そこの正面に乗り上げて。小さな駐車スペースがあるはずだよ」

御代田はてきぱきと指示した。土地勘があるらしい。

秋吉と石巻は立ち上がり、車窓越しに周囲に目を凝らした。どこかに伊勢崎か、バッグを持った男の仲間がそいつを待っているかもしれないのだ。

「降りて周りを探してみます」石巻が言った。

「頼みます。お気をつけて」御代田は答えた。

「君もだ」石巻は秋吉に向かって言い、スライドドアを開け放した。交差点が目の前に迫っていた。石巻はスピードを落としたワンボックスカーから車道の端に飛び降り、すぐさま歩道に飛び込んだ。秋吉も仕方なく拳銃の入ったハンドバッグを持ち、あぶなっかしくそれに続く。頭が猛烈に痛むが、今はただ堪えるしかない。

「君は青梅街道をこのまま真っ直《す》ぐ行け、俺は中野通りを北へ行く」

言うが早いか走りだし、交差点に達すると横断歩道を走って渡っていった。

秋吉はというと、横断歩道の信号が青に変わるまでしばしの間じりじりと待たねばならなかった。

車道の信号が青に変わり、車が流れ出した。車が二台右折し、その次に御代田の移動指令車が右折して中野通りに進入しようとしたその時、白い4ドアのセダンが後ろから猛スピードで移動指令車の内側に割り込んできた。暴挙である。セダンと移動指令車はあわや接触しそうになり、指令車は外側へ大きくスリップした。後ろの堀内の二号車は危うく追突しかけたが、すんでのところでかわし、中野通りに進入して十五メートルほど走ってから止まった。

セダンはそのままスピードを落とさずに、マンションのモデルルーム入り口に突っ込んで急ブレーキをかけた。歩道を歩いていた人々があわてて逃げ惑う。

秋吉の心臓が冷たくなった。まさしくカッパ男の言っていた沢木の車だった。

背後で車のスリップ音が轟《とどろ》いたので石巻は立ち止まり、ルガーのグリップに手をかけて振り向いた。

交差点角の歩道に、白いセダンが乗り上げているのが見えた。ドアが次々と開き、二人の男が飛び出した。一人は身長一九〇センチ近い、ひときわでかい男だ。

沢木だ、と直感が告げた。もう一人とは明らかに貫禄《かんろく》と迫力が違う。金を持った奴を捕まえに現れたのだ。

御代田の移動指令車がセダンの後部に突っ込んでいった。


そのワンボックスカーは、さっき右折する時に強引に割り込んで外へ弾《はじ》きとばしてやった奴だった。どうせ堅気だから文句は言えまいとタカをくくっていたら、なんと突っ込んできたのでちょっとあわてた。

ワンボックスカーのノーズがクラウンの後部右側に激突し、車体はキューで突いたみたいに大きく左に弾かれた。車の左側に立っていたダイブツが跳ね飛ばされ、地面に転がった。

沢木は拳銃《けんじゅう》のグリップを摑《つか》んで引き抜きながら、同時に親指でハンマーを起こした。フロントサイトが敵の車のフロントガラスを捉《とら》えると同時に引き金を引く。殴りつけるような感覚で三発撃ちこんだ。一キロ四方にまで響き渡るような轟音《ごうおん》と共に、運転席側のフロントガラスにブス、ブス、ブス、と穴が三つ開いた。

運転手は咄嗟《とっさ》に頭を引っ込め、車をバックさせた。荻窪方向から左折してきた車がワンボックスカーにぶつかり、より大規模な衝突を引き起こした。

「てめえ、ふざけんなよ」

沢木はもう二発、運転席にぶちこんでやった。排莢口《はいきょうぐち》から蹴《け》り出されたどんぐりみたいな薬莢が右斜め後方に勢い良く飛んでいく。

沢木の唇の端がわずかに吊り上がった。全身の血が軽快に体内の血管を駆け巡り始める。こういう感覚は久しぶりだ。


石巻はルガーを抜き、来た道をまた走って引き返した。腹に響く恐ろしげな銃声が、続けざまに三発鳴った。続いて交差点で衝突事故が発生し、大混乱に陥った。沢木が移動指令車めがけてもう二発発砲した。頭がくらくらし、手足が萎《な》えてしまいそうな恐ろしげな銃声だ。石巻はスタームルガーを両手で構え、沢木の背中を狙《ねら》った。グリップを握り込むことでレーザーサイトのアクティベイトスイッチが作動してレーザーサイトから光線が照射された。

沢木の背骨の真ん中あたりに、ぽつんと赤い点が浮かび上がる。

撃てばあそこに命中するのだ。実にわかりやすい。

「銃を捨てろ」石巻は叫んだ。やはりいきなり撃つ、ということはできなかった。警告も職務のうちだ。しかしその声は、沢木が放った六発目の銃声によって掻《か》き消された。

沢木は不気味なほど超然としていて、命というものに何の執着ももっていないかのように見えた。自分のでかすぎる図体を隠そうともしない。

「捨てろ」石巻はもう一度叫んだ。これが最後だ。

沢木が上体を捻《ひね》ってこちらを向いた。石巻は沢木の脇腹に二発撃ち込んだ。人間を撃ったのは初めてだ。沢木の服が弾けた。沢木は撃たれたことに気づかぬかのようにさらに体を捻り、銃口を石巻に向けた。

銃口を向けられたのも生まれて初めてだった。


杉野は、地上に出ると杉山交差点を右に曲がって中野通りに入った。

（αパーク、αパーク、αパーク、どこだ、どこどこどこどこどこ）

αという看板の文字が目に飛び込んできた。三十メートル以上も先じゃないか。

「ああクソ、ああクソ！」杉野は焦《あせ》りで気も狂わんばかりだった。車道の端に立つと、四台やり過ごしてから、ダッシュして道のど真ん中へ飛び出す。当然、ドライバー達が一斉にクラクションを鳴らす。自分の行動が狂気の沙汰《さた》であることは充分わかっている。わかっているが、体が勝手に動いてしまうのだ。

「浩っ！」声がした。澄子が駐車場の入り口で杉野に向かって手を振っている。

ゴールが見えた。あと少し。棒立ちになって反対車線の車を三台やり過ごしてから、またダッシュした。ガードレールに股《もも》の内側をぶつけながら跨《また》ぎ越し、ようやく歩道に飛び込んだ。つんのめりながら澄子の方へと走る。

「早くしろ、馬鹿《ばか》！」

伊勢崎が、レンタルしたグレイのカローラの運転席から顔を突き出して怒鳴った。

こっちは命を張ったというのになんて言い草だ。何か言い返したかったが、心臓が苦しくて言葉も出ない。

「乗って」澄子も恐怖に目を吊《つ》り上げて促す。

交差点の方角から耳障《みみざわ》りな車のスリップ音がして、続いて派手な衝突音が轟いた。

杉野は頭から、開け放してあった後部座席に突っ込んだ。澄子が杉野の尻《しり》を押し、自分も乗り込もうとした時、腹にずしりと響く物凄《ものすご》い銃声が立て続けに轟き、二人は体を硬直させた。しかし、伊勢崎はまるきり関心を示さず、ドアが閉まり切らないうちに車を急発進させた。

銃声がまた三発、続いてもう少し軽い銃声が二発。

「おらああ、どきやがれええ」

伊勢崎は喚《わめ》き、クラクションを鳴らしっ放しにして強引に中野通りへ飛び出した。他の車と接触しかけるが危うくかわして、中野駅方面へと突っ走り始めた。

「なにがどうなって……」

急速に遠のいていく交差点を呆然《ぼうぜん》と見ながら、杉野は呟《つぶや》いた。

「なんだろうが、こっちの知ったこっちゃねえ。それより、尾行がついてねえか確かめろ」

杉野は窓越しに後ろを見た。「大丈夫みたいです」

「バッグをこっちに寄越せ、妙なマネすると撃ち殺すぞ」

伊勢崎は左手でハンドルを操りながら、右手を重たい尻の下に差し入れ、隠してあった拳銃を抜いた。ニューナンブではない。昔、革滅のアジトをガサ入れした時に見つけて、提出せずに自分の物にした古いブローニングの32口径だ。

杉野は目に怒りを湛《たた》え、それでも言われた通りにバッグを助手席に投げて寄越した。

「ごくろう」

ねぎらいの言葉はそれだけだった。

御代田の移動指令車が沢木の車に突っ込んでいった。その直後に大きな銃声が三発轟き、秋吉は腰から下の力が抜けてヘナヘナとその場に尻餅《しりもち》をついた。指令車はすぐさまバックしたが、そこで交差点を曲がってきた別の車と衝突してしまった。交差点は大混乱に陥った。「てめえ、ふざけんなよ」という男の怒鳴り声がした。そしてまた銃声が二発。

流れ弾を恐れたドライバー達が次々と車を捨てて逃げていく。秋吉は無我夢中でハンドバッグを開け、中から拳銃を摑み出した。できればこのまま何もせずにここで縮こまっていたい。だがその一方で、数はこっちの方が多い、やっちまえという野蛮な声も頭のどこかで聞こえた。

衝突で歪《ゆが》んだ移動指令車の後部ドアから、拳銃を持った御代田が出てくるのが見えた。死人よりも無表情だった。御代田はドアを盾にして撃ち返すチャンスを窺《うかが》っている。

結局、秋吉も歯をかたかたと鳴らしながら、乗り捨てられた何台もの車を遮蔽物《しゃへいぶつ》にして恐る恐る沢木の方へ近づいていった。車高の高いRV車の傍で腹這《はらば》いになると、車体の下から覗《のぞ》く。沢木の車の後輪の傍には、はね飛ばされた男が頭と口から血を流して気絶している。それに沢木の二本の足も見えた。距離は七、八メートルというところだ。これは非常にいい射線だ。

パンパン、と軽い銃声が二発。石巻が応戦したのだ。

またドオン、という凄い銃声がした。

「ぼけ野郎、なめんじゃねえ!」

沢木が吠《ほ》えた。まったく凄い奴だ。石巻はやられてしまったのか?　秋吉は両手でグリップを握り、銃を車輪の陰から突き出した。沢木の左脚のふくらはぎを狙う。さっきと違い、それほど恐《こわ》くはない。脚を撃っても相手が死ぬことはないから。

それでもまた急速に吐き気が込み上げてくる。

吐き気をこらえながら、狙いを定める。沢木のズボンの裾《すそ》に赤い、小さな点が浮かび上がった。

拳銃が滑稽《こっけい》なほど震える。

秋吉は弾倉に残っていた弾をすべて撃ち尽くした。


石巻に向けられた銃が火を噴いた。

時間が凍りついた。

どこか遠くで銃声が鳴ったような気がした。

沢木の左肩が下がり、戦艦のようにでかい体がぐらりと大きく傾いた。

また別の銃声がした。

拳銃を持った沢木の右腕がびくん、と痙攣《けいれん》し、拳銃が意志を持ったみたいに大きな手から飛び出した。沢木は地面に膝《ひざ》をつき、体の左側を下にして地面に崩れ落ちた。背中には大きな赤い滲《し》み。その中心は黒く見える。

石巻は呆然と立ち尽くし、その様子を見守った。倒れた沢木と目が合った。沢木の目にはもはや何の感情も宿っていなかった。おそらく助かるまい。頭の一部分だけが妙に冷静に状況を分析していた。

誰かに肩を摑まれた。顔を上げると、御代田がいた。御代田が石巻の目を見て何か言ったが、言葉は頭の中にまで届かなかった。御代田が、摑んだ肩を強く揺さぶる。

「当たってませんよね？」

ようやく声が聞こえた。今まで耳の中に詰まっていた水がふいに出たみたいだった。

「は？」それしか言葉が出なかった。

「しっかりしてください、石巻さん。あなた、撃たれたけど弾は当たってないんですよ」

その言葉でようやく凍りついた時間がまた流れ出した。

石巻は服の中をゴキブリでも這い回っているかのように、両手で自分の全身を探った。弾がどこにも当たっていないことを確かめるために。確かにどこにも当たっていなかった。奇跡だ。体中をすうっと冷たいものが駆け抜け、いまさらながら全身に鳥肌が立った。

「弾は……」

「行方ですか？　わかりませんね」

御代田は拳銃の遊底側面のレバーを下げて撃鉄を倒すと、腰のホルスターにしまい、言った。

「さあ、撤収です。素早くやりましょう」

新宿方向からパトカーのサイレンが近づいてきた。

全員で沢木ともう一人を移動指令車に放り込むと、重量オーバーで石巻と秋吉は乗れなくなってしまった。御代田は二人に、これからの行動は追って連絡するから、とりあえず速やかにこの場から立ち去るよう指示し、衝突事故で交差点の片側だけがすっかりがらがらになった中野通りを、中野駅方面に向かって猛スピードで走り去っていった。

御代田たちの交差点での滞在時間は、わずか三分足らずであった。

石巻と秋吉は御代田たちを追うようにＪＲの中野駅へと徒歩で向かった。

「連絡を待つ間、どうしましょうかね」

青白い顔で秋吉が言う。

「死んだやつらが化けてでないことを祈るさ」

石巻は本気でそう言いながら、大股《おおまた》で歩き続けた。わずかな時間にあまりにも人が死にすぎたため、神経が参ってしまいそうだった。

白洲はバッグの男を見失った。こんなに交通量と歩行者の多い大交差点で一旦《いったん》相手を見失ったら、見つけだすのは至難の業だ。第一、奴《やつ》がどの方向へ逃げたかがわからない。もうとっくに伊勢崎か奴の仲間が、あいつを車に乗せて走り去ったかもしれない。

せっかくここまで来て……。絶望が肩にのしかかる。

今地下鉄に乗ってきた方角へ戻るとは考えにくいので、残りの三方向のどれかだ。

焦る。早くしないと。焦りが思考の邪魔をする。

このまま地下鉄と同じ方向に青梅街道を直進したと考えるには、感覚的に違和感がある。やはり垂直に交わっている中野通りの方が逃走経路として理にかなってはいまいか。わざわざ駅の連絡通路を通ってこちらへ出てきたということは、交差点の信号待ちを避けたかったからだろう。となると中野駅方向か。白洲は交差点を右折し、歩道を走った。

人、人、人。車、車、車。

どこへ消えた。どこへ。

「おい、さっさと来いよ、本当に逃がしちまうじゃねえか」

マイクに向かって怒鳴る。

「馬鹿野郎が……」

その言葉は、見失った男、ナイフで襲いかかってきた刺客、なかなかこない御代田たち、そして何のあてもなく走っている自分、そのすべてに向かって投げつけられたものだった。全身を、汗が、滝のように流れる。

いない。このままもう少し先まで行くか、やめて引き返すか。気が狂いそうな焦燥に髪の毛が逆立つ。

（くそ、負ける、奴に負ける、冗談じゃねえ）

血走った目で周囲を見回す。膝から下は心の迷いと焦りをそのまま映し出していて、今にもタップダンスを始めそうに小刻みに跳ねている。

きいい、という車のスリップ音が交差点の方角から聞こえた。道は緩やかにカーブしていて、白洲が立っているところから見通すことはできない。

(奴か？　それともただのスリップか？)

どかん、という車同士の衝突音が轟《とどろ》き、続いて腰から下が萎えそうな恐ろしい銃声が続けざまに空気を震わせた。

白洲はもと来た道を走って戻り始めた。が、さっきのような力強さに欠ける。行けば、とんでもないことに巻き込まれそうだという不安のせいだ。二十メートルほど走ってカーブに差しかかった時、通りの反対側のビルとビルの間から、グレイのカローラが狂ったようにクラクションを鳴らしながらロケットのように飛び出した。あわてた他の車が酔っ払ったようにふらつく。

カローラは派手に尻を振りながら白洲の方へと向かってくる。逆光のせいで運転手の顔は見えないが、直感があいつだと告げた。白洲は反射的にナンバープレートを読む。

カローラは白洲の目の前をかすめ、前方の車を追い立てながら猛スピードで走り去った。白洲は、もう一度後ろのナンバープレートを読んで頭に叩《たた》き込んだ。再びマイクに向かって怒鳴る。

「伊勢崎を見つけたぞ！　ナンバーは……」

その時、堀内の乗った二号車が白洲の目の前に現れた。白洲はナンバーを告げながら、カローラの走り去った方向を指し示した。二号車がスピードを上げて走り去る。

（馬鹿野郎、俺を乗せろよ）

白洲はくたびれてガードレールに手をつくと、肩を大きく上下させ、苦しげに呼吸をした。街路樹のセミどもの鳴き声が、頭の中を痺《しび》れさせる。

少し経《た》って、腰の携帯電話が鳴った。

「二号車だ」

堀内監察官の声がした。

「車、見つけたぞ。今、中野駅を越えて西武新宿線方面へ向かっている」

大きな安堵《あんど》の息が漏れる。

「ただ、このままずっと一台で尾行すると、いつか感づかれる。警視正は追跡に加われない状況だから、君も車でこちらに追いついて欲しい。どこかでスイッチしよう」

「車って言ったって、どこに車があるんだよ」怒りを抑えて言う。

数秒の沈黙。

「よし、運がいい。君が今いる場所から中野方面へ三百メートルほど行ったところにトヨタのレンタリースがある。大急ぎでそこへ行って、なんでもいいから車を借りるんだ。借りたらこっちに電話してくれ。適当なところで尾行をスイッチしよう」

「もう疲れた」

「交差点で死体の後片づけするより楽だぞ。迅速に頼むよ」

電話が切れた。

「なんだよ、畜生」白洲は罵《のの》しった。

新宿方向からパトカーのサイレンが近づいてきた。


堀内監察官たちの乗った二号車から、豊島区池袋本町で伊勢崎の車を見失ったという連絡が入った。借りたトヨタ・ビスタを飛ばしていた白洲は携帯電話に向かって「馬鹿野郎」と怒鳴りつけた。

それから十五分後、また状況が変わった。

堀内たちが、池袋本町四丁目で乗り捨ててある車を発見した。車はすでにもぬけの殻だった。

二十五分後、白洲は堀内たちと合流した。伊勢崎の乗っていた車がレンタカーであることは、コンピューター検索ですでにわかっていた。

「まだ遠くには行っていない。この辺りの家に潜んでいるはずだ」

堀内は断定した。焦《あせ》りと苛立《いらだ》ちで顔つきが変わっている。白洲は同調しなかった。

「そりゃどうかな。ここに別の車が置いてあって、それに乗り換えて逃げたのかもしれないぜ」

　堀内は即座に違う、と否定した。

「そうは思わない。車を乗り換えるとしたら逃走の初期段階に行なう方が効果的だろう。新中野からこんなに離れた場所でいまさら追跡をまくために車を乗り換えるのはあまり意味がない」

「オーケー、それじゃ仮に、奴らがこの辺りの家に潜んでいるとしてだ、一体この密集地域からどうやって見つけだすってんだ？」

「レンタカーを借りたのは橋田澄子という女だ。名前と生年月日から前科者リストを検索したら、四年前H大学構内での暴行と器物損壊で捕まっている」

「活動家か」

　伊勢崎は公安の革滅派担当だ。本来、敵対関係にある者たちがどういうわけか結託してしまったわけだ。

「その橋田って女の住所は？」

「青森県六ヶ所村だ」

「なんだよ、手詰まりじゃねえか」

「焦るな。もしもあのカップルが同棲《どうせい》しているのならこの辺りに男の家か、部屋があるはずだ。そこがアジトだ」

「だからって一軒一軒しらみ潰《つぶ》しに当たっている時間はねえぞ。なんかいい手を考えろよ」

「今考えている！」堀内はついに怒鳴った。

　こうしている間に伊勢崎は金を他のバッグに移し変え、とっとと逃げてしまう。この車を取りに来るほど馬鹿《ばか》ではないだろうから、車を見張っても無駄だろう。

「おい、ちょっと待て」白洲は俯《うつむ》けていた顔を上げた。

「橋田が大学で逮捕された時、一緒に逮捕された仲間がいるんじゃないのか？」

「そりゃいるだろうな。一人で暴れたらただの馬鹿だ」

「その仲間たちの名前と現住所を調べるのは可能か？」

「すぐにってわけにはいかないが、多分できるだろう」

「すぐにやってみろよ」

　堀内は白洲の意図がよくわからぬようだった。

「いいか聞け、これは賭《か》けなんだよ。女が逮捕された時に、俺らが追っているチビ野郎ももしかしたら一緒に逮捕されたかもしれないって思ったんだ。そいつら、同じ大学で学生運動やったことがきっかけでくっついたってこともありえるからな」

「それはどうかな」堀内は否定的だった。

「やってみなきゃわからねえだろうが。橋田と一緒にぱくられた野郎ども全員の名前と住所を見てみろ、この辺に住んでいる奴がいるかもしれないぞ」

堀内は考え込んでいる。

「他にもっといい手があるんなら聞くぜ」

二人は三秒ほどにらみ合った。

「警視正に訊《き》いてみる」堀内は答えた。

「ああ、そうしろよ、くそ」

堀内は車に乗り込み、御代田の指示を仰いだ。

白洲は蒸し暑さと極度の疲労のため、めまいに襲われた。車のドアに手をつき、背中を丸めて、肩で大きく呼吸した。

疲れた。本当に疲れた。しかしまだ終わらない。キャラバンの中で麻酔を打たれて眠りこけている渋沢や由美子が羨《うらや》ましい。

堀内が車から出てきて、言った。

「君の言う通りにやってみる。警視正も、トラックに指令車を収容してもらったらすぐにこっちへ向かうそうだ」

「小川君？　ちょっとトラブルだ。車にタマ穴開けられて……ああ、大丈夫。急いでトラックをこっちに寄越してくれ。……今、中野区本町六丁目十七番にある廣和ビルの裏に隠れているんだ。どれくらいで来られる？……もっと早く来られない？……わかった、なんとかなると思うが、なるべく早くね」

　御代田は携帯電話を切った。佐山に向かって「まあ大丈夫だよ」と言った。

　すぐにまた携帯電話が鳴った。

「はい……おお、堀内君……見失った？　どこで……車ね……白洲君も一緒、そりゃいい……うんうん……うん……ほお……いや、いいじゃないですか、上出来ですよ。すぐにかかってください。こっちは今トラックの手配をしたから。収容してもらったら、即刻そちらに向かいます……はい、それじゃあ」

　電話を切って佐山に言う。

「見失ってしまったそうだ。でもきっとなんとかなるよ」

　佐山は呆《ほう》けたような顔で小さくうなずいた。車内には、さっき沢木に撃たれた時に佐山が漏らした小便の匂《にお》いがたち込めていた。

　御代田には言えなかったが、顔を弾丸が掠《かす》めた時、小便を漏らしてしまい、まだ乾いていなかったのだ。

「一人いたぞ。杉野浩、住所は四丁目二十六の××。目と鼻の先だ。今でもそこにいるかはわからないが」

「ファックスで顔写真も送ってもらえ」白洲は言った。

「それも頼んだ。もうすぐ送られてくる、ほら、来た」

キャラバンに搭載したファックスから、杉野浩の顔写真がはき出された。

「どうだ、奴か？」

「当たりだ、この畜生」白洲の胃が痛いほどに引き締まった。


杉野の家はまだそこにあった。

平屋造りで、手入れされていない小さな庭には丈高い雑草が生い茂り、周囲の他の家とは異なる不気味な雰囲気を醸《かも》し出していた。なんといっても錆《さ》びついた門に取付けられた真新しいワイヤー錠が奇妙だ。門にワイヤー錠とは。一人暮らしの老人の家でたまに似たような雰囲気の家を見かけることはあるが、杉野はまだ二十四だ。

白洲は匂いを嗅《か》ぎ取った。ここに違いない、と半ば確信した。

堀内が既にびしょ濡《ぬ》れになったハンカチで額を拭《ぬぐ》いながら、もう一度警視正に指示を仰ぐと言って携帯電話を抜いた。彼も疲労の色が濃い。

「警視正に報告する。突入か待機かの指示を仰ぐ」

「阿倍と三人じゃきついと言ってくれ。奴らが銃を持っていないとも限らないからな」

御代田が出ると堀内は早口にしゃべり出した。

「警視正、堀内です。白洲のカンが当たりました。杉野浩、二十四歳。元活動家です。顔も確認しました。今、杉野の家の前です。住所は池袋本町四丁目二十六の××……はあ、クサイですね、妙な雰囲気です。それで、どうしましょう……はあ……ええ、はい……わかりました。やってみます」

電話を切ると堀内は白洲に向かって言った。

「一刻も早く確保する必要がある。警視正を待っている暇はない。三人でかかろう」

「なぜ三人じゃきついと言わないんだよ、ボケ。あのオヤジが突入しろと指示したのか」

「そうだ」

「危険だ。お前だって嫌なんだろ、顔に書いてある」

「応援を待って踏み込んで結局もぬけの殻だったら、奴《やつ》らに逃げる時間をくれてやるだけなんだぞ」

白洲は目を吊《つ》り上げて堀内に詰め寄った。

「じゃ、訊くがお前には突入の経験はあるのか?」

「ない。最初の突入は君に任せろとの指示だ」

白洲は堀内の胸倉を摑《つか》んで引き寄せた。堀内の顔に唾《つば》を飛ばしながら言う。

「よく聞けよ、このクソど素人《しろうと》野郎。突入に大事なのは連携だ。いざとなって、てめえらが一瞬でも躊躇《ちゅうちょ》したら、俺がくたばるってことなんだぞ。てめえにやり遂げる度胸があるのか？」

「信用しろ、ちゃんと援護はする」

「俺たちには家の間取りはわからねえんだ。素早く判断して、即座に行動が取れるのか？　びびって小便漏らしてるような暇はねえんだぞ！」

「信用しろったら！　こっちにはそれなりの装備があるんだ。来い」

キャラバンには驚くほどたくさんの物が装備されていた。堀内が取り出したでかい散弾銃を見た時は、さすがに度肝を抜かれた。

他にも催涙弾を発射する銃。ガスマスクも人数分あった。

「こいつはイタリア製のフランキＰＡ８－Ｉ散弾銃だ。君が持て。使い方は至って簡単、銃身下部のスライドを引いて戻し、引き金を引けばいい。装弾数は六発だ。銃身はわざと短くしてあるから弾丸はかなり広範囲に広がる。突入には最適だ」

白洲はそれを受け取った。ずしりと重い。

「で、手順はどうする？」白洲が訊《たず》ねる。

「手順は任せる、君はプロだからね」

「オーケー、まず俺が奴を呼ぶ。杉野が出て来たら、銃を突きつけて外へ引きずりだす。それからドアの隙間《すきま》から催涙弾をぶち込め」

「出てこなかったら？　いきなり撃ってきたりしたら？」

「俺がドアにこいつで穴をぶちあける。あのちゃちなドアなら二発も撃てば抜けるだろう。そしたら穴に催涙銃を突っ込んで撃て。それから突入する。本当なら庭をカバーする奴も必要なんだが、三人しかいないんじゃしかたない。阿倍かお前が庭もカバーするんだ。庭に飛び出す奴がいたら、とにかく威嚇《いかく》で一発ぶっ放せ、銃を向けられたら、そんときゃ自分でなんとかしろよ」

堀内も阿倍も青白い顔でうなずいた。

「さあ、やるぞ」

阿倍が大型のワイヤーカッターで門に取付けられたワイヤー錠を切断し、三人は足音を殺してドアに向かった。

この敷地内だけ、蚊の数が異常に多いような気がした。いや、気がするのではなく、多分本当に多いのだろう。白洲は散弾銃を右腕に抱えてドアの脇《わき》に立ち、左手でノックし、「杉野さん」と名を呼んだ。

返事はない。もう一度呼ぶがやはり返事はない。

静かすぎる。もうとっくに逃げたのか？

ガスマスクを装着しているため、蒸れて不快な汗が頭の天辺《てっぺん》から噴き出し、目尻《めじり》に入って滲《し》みた。拭《ふ》くことができないのが忌《い》ま忌ましい。

同じ手でドアノブを摑み、そっと回してみたが引っかかりがない。

右腕に蚊が一匹とまり、ずうずうしく血を吸い始めた。

そのまま手前に引くとドアはあっけなく開いた。

白洲はドアの隙間に散弾銃を差し入れ、ドアを外側へ払うと大きく開け放した。

少しでも動くものの気配があればぶっ放してやるつもりだったが、何も起きなかったし、動くものの気配すらなく、静まり返っていた。ガス銃の必要はなさそうだ。家屋に入ってからぶっ放すのは馬鹿だ。白洲はガスマスクを外した。

途端に血の匂いがした。紛れもない血の匂い。こんなに匂うなんて並大抵の量じゃない。それに糞《くそ》の匂いもする。

誰かが死んでいる。間違いない。

白洲は後ろを振り返り、堀内に来い、と目で合図した。阿倍は庭をカバーするためにドアの外で待った。白洲は銃を腰だめに構え、土足で踏み込んだ。

平屋というのはこの場合ありがたかった。二階からの銃撃を心配する必要がないからだ。二階建ての家を、未経験の二人を従えて制圧するのはあまりにも無謀だ。

家の中は薄暗く、気持ちの悪い熱気がこもっていた。玄関を上がると一人分の幅しかない狭い四メートルほどの廊下だ。一番手前の左は便所らしい。奥へ行くと右手が台所、左手が居間らしいが障子で仕切られている。便所のドアを引き開けたが、誰もいない。奥へ向かう。三メートルほど後ろから堀内もついてくる。血と糞の匂いは奥へ行くほど強くなる。

居間で誰かが死んでいる。間違いない。杉野か？　仲間割れでもしたか？　大いにありそうなことだ。

障子を開けるのは覚悟が要った。

白洲の両腕には、今や四匹の蚊が吸い付いていた。叩《たた》きつぶしたいが、今はできない。

（やめてやる）

白洲は決めた。

（これが終わったら警察をやめてやる。やめてやるやめてやるやめてやるふざけんな）

左手で障子に隙間をつくり、ブーツの底で蹴《け》り開けた。

猛烈な悪臭がわっと襲ってきた。

惨状を一目見るや、白洲は一歩あとずさり、その場に吐いた。後ろから駆けつけた堀内も、廊下を外へ向かって走りながら反吐《へど》をまき散らした。

伊勢崎は頭蓋骨《ずがいこつ》を目茶苦茶に破壊され、仰向けになって死んでいた。露出した脳味噌《のうみそ》に早くも蝿《はえ》が数匹たかっている。またズボンの後ろは漏らした糞で茶色く汚れていて、そこにも蝿がたかっていた。杉野浩と橋田澄子は顔面と頭を同様に破壊された上に、喉《のど》を鋭利な物で切り裂かれ、自らの血の海で溺《おぼ》れ死んでいた。

もう一人、男がいた。

手足を厳重に縛られ、猿ぐつわをされ、目にもガムテープを貼《は》られて畳の上に転がっていた。おまけになぜかズボンをおろされて下半身が剝《む》き出しだ。耳の上には血の塊がこびりついている。

見覚えがあった。

「岡部か……」

血溜《ちだ》まりを踏みつけて岡部に近寄り、しゃがむと首筋に指先を当てる。非常に弱いが、脈があった。

立ち上がり、堀内たちを呼びに行こうとした時、金の入ったバッグが見当たらないことに気づく。岡部をキャラバンに収容してから家の中と外を隈《くま》なく探したが、玉虫バッグも、金も、見つからなかった。

助手席の池橋は顔面蒼白《そうはく》で、呆然《ぼうぜん》自失の態《てい》だった。池橋の漏らした小便が匂う。

奥住槙雄は汗ばんだ右手に伊勢崎から奪った32口径のブローニングを握り締め、左手でハンドルを操り、股《また》ぐらに大金の入った黒いスポーツバッグをしっかりと挟みこんでいた。

杉野の家に侵入した池橋から電話で、家の中で縛られて気絶している男を見つけた、という連絡があった。奥住はなんとなく興味を持ち、久しぶりにズボンを穿《は》いて外出した。

杉野の家に着くと、男の耳たぶを百円ライターで軽く炙《あぶ》って起こし、それから尋問を開始した。もともと痛めつけられて弱っていた男は、奥住がろくに苛《いじ》めないうちからぺらぺらと喋《しゃべ》り出した。

男の名は岡部哲晃。これまで三度にわたってダイトーという大企業を脅迫してきたが、四回目の脅迫状をファックスで送ろうとでかけたところを襲われて、気がついたらここにいた、ということだった。首謀者らしき年配の男が岡部から脅迫状を取り上げて、読むなりそれを破り捨てて新たな脅迫状を書いた。そしてそれを若い男に持たせダイトーへ送らせた、という。新たに書き直された脅迫状の内容はわからないが、脅迫状を送った後で年配の男が携帯電話で、金を返すから俺をまた店に入れろとか話していたところをみると、ダイトーから金をゆすり取るつもりだったのだろう。

そして今日、三人は岡部をほったらかしにして出かけていった。

面白い、と奥住は思った。何の苦労もせずに大金を手にできるチャンスかもしれない。だから、池橋と共に連中が帰ってくるのを待つことにした。

岡部の処分をどうするか迷ったが、死にかけている奴をいまさらいたぶっても仕方ない。そこでズボンを脱がせ、ケツの穴や縮こまったチンポコをポラロイドで撮影して遊んだ。池橋はただひたすら煙草《たばこ》を吸い続け、喉が渇くと台所に行って蛇口に口をつけ、水をがぶ飲みした。

杉野たちが帰ってきたのは午後二時半過ぎだった。

二人は寝室兼居間の障子の脇に立って、待ち構えた。奥住は台所の流し台の下にしまってあった錆びたフライパンを握り締め、真っ先に部屋に入ってきた奴の頭を叩き割ってやるつもりだった。

最初に入ってきたのは、おおきな黒いスポーツバッグを抱えた伊勢崎だった。奥住は躊躇《ためら》うことなく伊勢崎の側頭部にフライパンの縁の部分を叩きつけた。伊勢崎が倒れると、さらにもう六回フライパンを振り下ろした。頭蓋骨は陥没し、その割れ目から脳味噌が飛び散った。

杉野と連れの女は呆然とその場に立ち尽くした。女は橋田澄子だった。この二人がデキていたとは少々意外だ。

二人ともこんなところで奥住と会うなんてまったく予想していなかったはずだ。滑稽《こっけい》なほどのあわてようだった。

奥住は手始めに橋田の額をテニスのフォアハンドの要領で殴りつけ、倒した。杉野はい。

尻餅《しりもち》をつき、仕方なかったんだと言い訳して命乞《いのちご》いを始めた。命乞いされると気分がい

「土下座して謝れ」奥住が言うと、杉野は言われた通りに額を畳にこすりつけた。

奥住はその頭にフライパンを四回叩きつけた。杉野がくたばると、仰向けに倒れて呻《うめ》いている橋田の顔面をさらに五回殴打《おうだ》した。興奮して勢いがついてしまい、ついでに自宅から持ってきた包丁で杉野と橋田の喉をかっさばいた。物凄《ものすご》い量の血が噴き出し、返り血を浴びた奥住自ら死体みたいになった。

それを見ていた池橋は失禁し、畳にうずくまって吐き続けた。

奥住は妙にさっぱりした気分でズボンとポロシャツを脱ぎ、流しで簡単に洗ってからまた身につけた。どうせすぐに乾く。

金の入ったバッグを摑むと池橋に言った。

「行こうぜ」

池橋は魂が抜けたみたいに、何を話しかけても反応しなくなった。

奥住は池橋の車を路肩に止めた。掌《てのひら》を池橋の顔の前で振ってみるが、無反応である。

「ダメだ、こりゃ」

奥住は苦笑し、ブローニングをズボンに差すと、運転席から外に出た。ボンネットを

回り込んで助手席の側に立つとドアを開け、池橋のシャツの襟《えり》を掴んで外へ引きずり出した。池橋は芋虫のようにのろい動作で膝《ひざ》を抱え、胎児のように丸まった。脇腹を靴の先で思い切り踏みつけたがやはり反応しない。

本当に、ダメだこりゃ、である。

「じゃあな」

奥住は言い捨て、運転席に戻ると池橋を路上に残して走り去った。もう少し走ったらどこかでゆっくり金を数えてみよう。

「いつまでも革減じゃねえだろ」口に出して言った。

そうだ、と頭の中で声がした。

「ちったあ大人にならなきゃよ、しょうがねえじゃねえか」

「仕方ありませんね」

御代田は言った。白洲たちが杉野の家で死体を発見してから三十分後のことである。

「終わりですか？」

蠅どもがぶんぶんと飛び回る中、石巻はハンカチで口と鼻を覆《おお》い、御代田に訊《き》いた。

白洲は家の外で地面にしゃがみこんで煙草を吸い、秋吉はキャラバンの中でエアコンの吹き出し口に額をくっつけて頭を冷やしている。岡部はキャラバンに収容され、堀内たちに手当を受けている。皆、疲労困憊《こんぱい》していた。

家の真ん前には車体側面に〝急送引っ越しセンター〟と大書された四トントラックが停車している。御代田と佐山はこのトラックに乗って到着したのである。住宅密集地帯で、このような大型のトラックが長時間駐車するために考えられたカモフラージュであろう。

「死んでしまってはね。誰が金を持ち去ったのかはわかりませんが、追ってもしょうがないでしょう。我々の獲物はあくまで伊勢崎警部ですからね」

「どうやって終わらせるつもりなんです？」

「殉職ですよ。伊勢崎警部は情報提供者に裏切られ、革滅の連中に殺された。殺した奴《やつ》は逃亡」

「やくざ連中の死体は、どう始末するんです」

「身元不明の死体として片づけますよ」

「そんなに簡単にいくんですか？」

どこかの死体安置所に御代田の子飼いの部下がいるということだろうか。そいつも自分らと同じように、何かまずい事をしでかして、それを帳消しにするために死体を引き受けているのだろうか。気味が悪くてそれ以上追及する気にはなれなかった。もっとも、追及したところで御代田が答えるとも思えない。

それにしても、警察の陰の部分を一手に引き受けているというのに、御代田のこの飄々《ひょうひょう》とした態度はいったいなんなのだろう。

「死体はそれでいいとして、負傷者はどうするんです」

「どこかにまとめて捨てますよ。夏だから凍死することもないでしょうしね、ほほ」

御代田は笑ったが、石巻は後味が悪かった。

あと一歩のところまで追いつめたのに。

だが、ともかく終わったのだ。

御代田は伊勢崎の無惨《むざん》な死体から顔を上げ、石巻に向かって言った。

「どうも、ご苦労さまでした」丁寧に頭をさげる。

「はあ……」石巻も妙な気分でお辞儀を返した。

自分の罪はとりあえず帳消しということか。少し肩が軽くなる。

「急いで脳波の検査を受けてください。後であなたにポックリいかれでもしたら、私も気分が悪い」

石巻は苦笑した。それだけでまた頭に鋭い痛みが走った。

「警視正もそんなこと気にするんですね」

御代田はちょっと傷ついた目で言い返した。

「そりゃ気にしますよ、勿論《もちろん》」

「ちょっと失礼」石巻は携帯電話を抜いて、御代田から離れる。

「どちらへ電話を?」

「ちょっと娘に……」

なぜかどうしようもなく、馨の声が聞きたくなったのだ。危うく死にかけ、自分がちゃんと生きているということをしっかりと確認したくなったのかもしれない。

馨の携帯電話を呼ぶ。コール三回で馨が出た。馨の声が天使のように聞こえた。

「馨か? 父さんだよ。今、家か?……お前、今日の夜、暇だろ? 予定ないよな……え?……そんなもの録画すればいいだろう。なあ、今日これから母さんも誘ってデパートに行って、買い物しまくろう。それから三人で食事するんだ。……なんでもない、気にするな。父さんがそうしたいんだよ、いいだろう、たまには。母さんいるか? 呼んでくれ」

妻が電話に出ると、石巻は勢いに乗ってほとんど一方的にしゃべりまくった。喋りながら胸が熱くなった。俺はこのところ良くない父親だった。今なら素直に反省できそうだった。

疲れて休んでいる場合ではないのだ。

二人乗りしていくらも走らないうちに、ヘビメタがだしぬけにアッと声を上げた。

「くっそ、なんだよもお」怒りながらどんどんスピードを落とし、バイクは路肩に止まった。

「なんだよ、まさかガス欠か？」バカ黒は不機嫌な声で訊いた。

「そんなんじゃねえ、この先は乗り換え駅だらけなんだよ」

ヘビメタは道の先を顎《あご》で示した。

「新宿三丁目に、四ツ谷に、赤坂見附に、国会議事堂前に……無理に決まってんだろうが！」

「ええ？　そうだっけ？」バカ黒はきょとんとした。「じゃあ、野郎がどこ行くかわかるわけねえじゃん」

「そうなんだよ、どっちみち二人なんかじゃ無理なんだよ。かあああ、もお」ヘビメタはヘルメットを外し、不潔な金髪を掻《か》きむしった。フケを飛ばしながら嘆く。「なんだよ、もおお。沢木の兄キも大したことねえなあ」

「ホントだ、大したことねえ」バカ黒も全面的に同意した。

バカ黒はトランシーバーの送信ボタンを押し、呼びかけた。

「すいません、沢木さん」

応答がない。

「沢木さん、バカ黒ですう、沢木さあん」

やっぱり応答がない。

「なんだよ畜生、ホント大したことねえなあ、あいつ」

バカ黒は言った。ちょっとスカッとした。

終章

八月二十九日の夕方六時半。

バー『クリング・クラング』のマスター・響堂は、いつもの通り開店三十分前に店に着いた。鍵《かぎ》を開けて店に入り、壁のスイッチを捻《ひね》って明かりをつけた瞬間、世にも不思議な経験をした。

ストゥールの片づけられたフロアーの中央に、三人の男女が死体みたいにまっすぐ並べられていたのだ。

よく知っている三人、岡部哲晃、渋沢泰人、林田由美子である。

響堂は目を丸くし、唾《つば》を飲み込んだ。おそるおそる三人に近寄る。

「ちょっと、君たち……」

呼びかけても誰も応《こた》えない。

耳を澄ませると微《かす》かに呼吸している。

三人とも生きていた。救急車を呼ぼうとしたが、直感がこれは何かわけありだぞと警告を発した。そこで慎重な策を取ることにした。最近あまり顔を見せないが、常連客の一人である外科医に携帯電話をかけた。運良くつかまり、一時間以内になんとか仕事を抜け出してそちらへ行く、と言ってくれた。まずは安心だ。響堂は、逆さにしてテーブルの上に置いてあるストゥールをひとつ下ろすとそれに腰掛け、改めて三人を見た。

まだしばらく目覚めそうにはない。

シャツの胸ポケットから煙草《たばこ》を一本抜いてくわえ、火をつける。そして、ここ最近、どうもおかしなことが続くよな、と心の中で呟《つぶや》く。

少し前のことを思い出す。

「猪又さん、これ要る?」

カウンターに座って飲んでいる理恵に、響堂はそれを差し出した。

猪又理恵はそれを受け取った。

「これ何?」

見慣れない機械らしく、理恵は形の良い眉《まゆ》を真ん中に寄せる。響堂は理恵の耳に口を近づけ、小さな声で言った。

「盗聴器みたいなんだ」

理恵は目を丸くした。

「どうしてこんなもの」

「知らないけど、さっきカウンターを掃除してて見つけたんだ。電池は外してあるからもう機能していない」

「いやね、誰が……。カクテルがまずくなりそう」

「わからない。そういやこの前、変な新聞の勧誘員が来たから、もしかしてそいつだったのかも。まあ、俺もこういう性格だからいちいち気にしてないけど。もし要るようだったら持ってってよ」

「そうね、ちょっと気味悪いけどもらっとくわ」

猪又理恵は今、来月の個展に向けて猛然と作品造りに取りかかっていた。

個展のタイトルは『いきものましん』。

いきものましん達の体内にはさまざまな機械が埋め込まれているが、それは皆ジャンクである。用済みの歯車、発光ダイオード、スピーカー、集積回路……作品にはそういったガラクタが大量に必要だった。そのため、この店に出入りする常連たちに、要らない精密機械があったらなんでもいいからくれ、と頼んでいるくらいだ。

「どう、調子は?」

「これ飲み終わったら、アトリエに戻って、また朝まで仕事よ」

「個展、見に行くよ」

「来てね」

「チケットは皆にあげてるの？」

「うん、常連の人にはだいたいあげたわ。そお、この間初めて会った筒井さんにもあげちゃった」

「へえ」

「ねえ、筒井さんてちょっと格好いいと思わない？」

「そういわれればそうだけど、でも、なんかちょっと得体が知れない感じだな」

「いい人よ」理恵は言って、カクテルをもう一口飲んだ。


「奈美ちゃん？」

一瞬、誰だかわからなかった。

「響堂だよ」

「マスター！　どうしたの……」

「あのさ、なんというのか、こんな不思議なことは初めてで、俺もすっかり混乱しちゃってさ」

響堂らしからぬあわてた声だ。

「何があったの？」

「俺が教えて欲しいよ、まったく何がなんだか」

響堂は早口に喋《しゃべ》り出した。

岡部と渋沢と由美子が、三人いっぺんに戻ってきたのだ。

三人は『クリング・クラング』のフロアーにきちんと並べられていたという。

「まったくさ、宇宙人が地球人の体を調べて、返していったみたいな感じで置いてあったんだよ。奈美ちゃんは三人と仲がいいだろう？　何かわかるんじゃないかと思って」

「よかった……」安堵《あんど》の涙がどっと溢《あふ》れてきた。

目の前で由美子と渋沢が連れ去られてから、奈美は絶望と混乱で頭が半分おかしくなり、呆然《ぼうぜん》と街をさまよっていたのであった。

彼らがどんな目に遭ったのかわからないが、とにかく生きて戻ってきたのだ。

「すぐ行くわ！　待ってて」

「おばあちゃん、あのおじさん、ゴミバコ、いっしょけんめい、さがしてるよお」

孫が彼女の手をぐいっとひっぱって言う。

孫の視線を辿《たど》ると、スーツ姿の若い男がOデパート入り口脇《わき》のゴミ箱を一心不乱に漁《あさ》っていた。

嘆かわしい。

ついにあんな若者までが、ゴミ漁りをするような世の中になったのか。

世の中に物が溢れる一方で、あんなふうに他人が捨てた物を拾って生活する人間が増えている。何かが間違っている。嫌な世の中だ。

それにしても若者の目つきは異様に切羽《せっぱ》詰《つま》っていた。なんかいいものないかな、という感じとは違う。あきらかに目的を持って何かを探しているようだ。

心配になり、つい孫と一緒に見つめてしまう。

やがて若者の動きが止まり、右手が何かを引き抜いた。その手に鮮やかな青の紙袋が握られていた。紙袋には英語でＴＩＦ……なんとかと書いてある。目が悪いし、英語は得意でないので読めない。

「あった」若者は目を輝かせ、独り言を呟《つぶや》いた。

あれを探していたのだろうか。

袋を開け、中から小さな箱を取り出した。蓋《ふた》を開ける。若者の顔が安堵と喜びでだらしなく緩んだ。

「あれさがしてたのお？」

孫が彼女の顔を見上げて訊《き》く。

「そうみたいね。買った物を間違って捨てちゃったのかしら」

言いながら、まさかそれはねえ、と否定した。

若者はあっという間に外に走り出て、二人の前から消えた。

「静香ちゃん！」

電話の声は飯田つよしだった。

一日の客をすべてさばき終え、酷使した肉体と同様に重たく、どんよりとした頭の中に、その若々しい声は心地よく響いた。

不覚にも涙さえ出そうになった。

やっぱり私、彼のこと好きなんだ。

「ああ、飯田君」

「今、なにしてる？」

随分と嬉《うれ》しそうな声だ。おまけに鼻息が荒い。

「仕事終わって、マンション出たとこ」

仕事と言ってしまったことを後悔した。こんなの仕事じゃない。

「そりゃいいや。なあ、これから会えないか」

なぜだかわからないが、静香の頭に、早く散歩にいこうと尻尾《しっぽ》を振って急《せ》かす柴犬《しばいぬ》の姿が浮かんだ。自然と口元が緩む。

「いいけど。どうしたの？　なんか興奮してない？」

その興奮が自分にも伝わり、少し足取りが軽くなった。

「ああ、ちょっとね。なあ、会ったら一緒に行きたいところがあるんだ。付き合ってくれよ」

「行きたいところって？　どこ？」

「質屋」嬉しくてたまらないというふうに飯田は言った。

「質屋？」

おかしなことを言う。

「そう、質屋。借金をちょいと減らしに行こうぜ」

飯田は電話の向こうで笑い出した。

特別エッセイ　オ・サ・ラ・バ「エースのジョー」

宍戸《ししど》　錠（映画「溺《おぼ》れる魚」に本人の役で特別出演）

一九五四年、映画俳優になった。純情な学生二枚目役で順調だったが、時間のルーズさ、女性問題、何よりも小心者が原因で干された。

五六年になって「イイ役」が二本来た。失意を払拭《ふっしょく》するチャンスだ。でも「ナニカ」が要る、と思った。俺は「ナニカ」を形態に求めた。美容整形に走った。豊頬《ほうきょう》手術をした。美しくはならず、醜くホッペタが膨らんだ。

しかし、折からのモデルガンブームにも乗って、「殺し屋ジョー」は売れた。日活映画の館主たちと会社は、ダイヤモンドライン（ユージロー、アキラ、トニー、ヒデ坊）に「エースのジョー」を加えた。以来四十四年間、膨らんだホッペタで親しまれた「エースのジョー」は健在だ。

整形後、しばらくは「女々しいやつ」「臆病者《おくびょうもの》」「卑怯者《ひきょうもの》」と異端児扱いされたが、強引（ゴーイン）グ・マイ・ウエイを続けた結果、六対四ぐらいだった非容認派と容認派の比率は、それを知らないワカイコたちに受け入れられ、四対四プラス二ぐらいになった。映像露出度がまァ多い方だからなのか、シシド・カイの父親だからなのか、カッコイイオジンといわれるようになった。

三百本弱の映画出演数（主役は五十四本）の中で、「エースのジョー」の役名は七、八本あるが、今度の映画のような「宍戸錠」という役名は初めてだ。

俺自身「シシド・ジョー」とか「エースのジョー」にウンザリしていたので、〝消す〟にはグッド・タイミングだ。形態に走った「ナニカ」は本質的機能に転換すべきだ。

二十一世紀初頭に、俺は豊類物質・オルガノーゲンを摘出することにした。

贋物《にせもの》とはいわないが、擬態的（模擬的）なものから本物志向へとスタートを切る。

この映画は、宍戸錠本人が役の中で「エースのジョー」になっていくのが実に馬鹿馬鹿《ばか》しくて、いいよって引き受けた。もちろん、こんな役は原作にも載ってない。でも、両方の役がやれたんだから、実に楽しかった。

少しだけ読者の皆さんに、映画での俺の役どころを教えちゃうと、犯人との最後の取引現場である新宿西口の広場に、オープンの喫茶店が設定してあって、そこで俺が「パパさんクッキング」という番組で、オムライスを作る。「きょうのお客様は宍戸錠さんですー」って言われて登場するんだ。

司会者が「やっぱオムライスのコツは卵ですか」と訊《き》くと、俺は「そうだ、よく見ろ。

宍戸卵《シシドラン》、光っていうんだよ」と答える。その後、「それはどこでつくってるんですか？」「宮城県《みやぎ》に、おれ養鶏場持っててな」みたいな感じでやり取りが続く。「じゃ、お米はどうするんですか？」「宮城県に一反歩の農場を持ってるよ」「調味料は？」「サシスセソってわかるだろ。サシスセソシシドって言うぐらいだ。砂糖に塩に醬油《しょうゆ》に酢に味噌《みそ》だよ。おれが一番こだわっているのは塩だよ。俺はちゃんと太平洋から十二トン積みトラックのタンク一杯に海水持ってきて、田んぼにまくんだよ。そうするとな、太陽の熱で塩になるんだ。これを塩田と言うんだ。これを炎天下のジョーと言ってな……」という風に、気障《きざ》で大げさなセリフを平気でつくっちゃうんだ。

こういうセリフを全部、撮影現場で考える。台本の四倍ぐらいしゃべったんじゃないかな。堤幸彦《ゆきひこ》監督は、こういうことをしてくれとか、どうのこうのとは言うが、いい言葉を思いつくと、どんどん脚色してしまう人だった。

昔出ていた日活映画でも、やはり助監督なんかと相談しながら、このセリフつまんねえよな、どうする？　といったやりとりは年中やっていた。台本がない映画を随分撮ったよ。二〜三枚ぐらいしかないホンを持ってくるんだ。筋はどうなの？　ってスタッフに聞くと、こんな話になるんじゃないでしょうか、と曖昧《あいまい》なことを言うだけ。だから、産みの苦しみというのをものすごく味わってきた。そのおかげで俺は、何が起きても平気なんだ。テレビの生ドラマの時代だって知っているんだから。

そういう作業が今でも続いているのは、うれしかったね。監督さんの一番楽しいところなんだろう。ちなみに鈴木清順さんは、こういうふうにしたいんだけど、どこをどう撮りゃいいんだ、なんてことを平気で当日の朝に来て皆にいう監督だった。そういうタイプの人もいれば、黒澤明さんみたいに、一字一句間違えても怒る、絵コンテがきちんとあるから、はみ出ちゃいけないタイプの人もいる。いろいろなタイプの監督さんがいたよ。

オムライスのシーンの裏では、犯人たちが取引していて、傍らにいた野際《のぎわ》陽子さん扮《ふん》する新興宗教の教祖が「あんた、うるさいっ」ってピストルを撃つ。すると、その弾がオムライスに当たるんだ。そして、オムライスに付いてるケチャップが顔につくと、「俺のツラに色つけたのは、みんな墓の下でオネンネしてな……」といって、俺は突然「エースのジョー」に変身するんだ。

そこへ「錠さん　錠さん！」ってピストルを投げてくるのが、椎名《しいな》桔平《きっぺい》君が演じる白洲《しらす》という刑事なんだ。それを受け取って、俺が撃つと、弾はクッションしながら二人のギャングに当たるわけ。

実はここも、原作には出てないんだけど、白洲という刑事は、ものすごい宍戸錠フリークなんだ。常に宍戸錠グッズを、部屋やムスタングのような派手な車の中に置いている。「ジョー」って書いたガンベルトとかね。この辺が、堤監督ならではのコメディタッチだ。実際、原作にも、ヤクザの連中のニックネームとか、ドタバタぶりがコメディ風に書いてあったから、そういうノリでやれたんだろう。

椎名君には「ジョージ・エース」っていうビデオを渡したし、俺のグッズもいっぱい貸してあげた。「プリクラで、宍戸錠と同じ格好をして撮りました」って言ってた。「ほっぺたに綿詰めたか？」と聞いたら、「はい、やりました」って笑ってたよ。

堤監督と仕事をするのは、これが初めて。世の中には彼のフリークがいるみたいで、とても人気があるんだってね。多分、脚本の横谷昌宏さんも同じような考え方だろうと思う。秋吉刑事に扮する窪塚《くぼづか》洋介さんは、「GTO」とか、トレンディドラマなどから出てきた人で、この映画では女装するのが大好きな、おかまっぽい男の役だったけど、彼もなかなかいいキャラクター出していた。でも、主役の二人に負けず劣らず魅力的だったのは、IZAMなんだよ。彼のイメージは、謎《なぞ》のグラフィックアーティスト、岡部哲晃のキャラクターにぴったりだった。

原作を意識すれば当然だけど、この映画のキャスティングは、すごい。どの俳優さんも独特のキャラクターを持っている個性派ばかり。堤監督は、すげえことを考えたと思う。しかも、登場人物をもっと強烈な性格にしようと、たとえば白洲刑事を宍戸錠フリークにしたわけだ。スタッフ全員が、そういうコメディ屋のセンスを持っていたから、俺も起用されたんだろう。

原作をどう料理するか、そういう点でハリウッドの映画の創《つく》り方は昔から凄《すご》かった。ジェームズ・サーバーの「虹を摑《つか》む男」なんて、たかだか三十枚くらいの短編小説ですヨ。ダニィ・ケイの好演もさることながら、話の膨らませ方、想像力の壮大さは、我々じゃお手上げだナ。ヘミングウエイの「殺人者」にしてもそう。リメイクも沢山あるが、バート・ランカスターの時も、リー・マーヴィンの時も、それぞれの面白さがあった。

そしてピーター・ベンチュリーの「ジョーズ」。この長編をどう削っていけば面白くなるか、スピルバーグの手腕の見せ所だったね。原作にある、ロイ・シャイダー扮する警察署長のカミさんが海洋学者のリチャード・ドレイファスとデキちゃうところや、彼女がガソリンスタンドのトイレを借りて、局部を洗って香水振って、パンティを脱いでみたいな、俺にはオイシイ場面をバッサリ切っちゃうんだ。それでいて、鮫《さめ》殺しのプロを自称するロバート・ショーを黒板に爪《つめ》を立ててキーッという音で登場させて、そのキャラクターを一発で表現しちゃう。ジョーズに勝つのか負けるのか、ロバート・ショー自身のサスペンスも観客に抱かせてしまうんだ。ハリウッドは、そういう映画屋が多い。

「俳優という海の中で溺れる魚（＝シシド）」を与えてくれた原作者と映画演出家に、俺は喝采《かっさい》を送る。

戸《と》梶《かじ》さんは、新しいミステリー娯楽活劇が書ける優れた小説家です。生活体験・映像体験を高度な技術で換骨奪胎できる優秀なシミュレーターであり、エンターティナーです。奇才・堤幸彦監督との出会いも楽しみです。

溺れる魚
（エイガ……を）
みてから読むか？
読んでからみるか？
それは君の勝手だ。
戸梶圭太《けいた》。
久々のエンターティナーの登場だ。

（二〇〇〇年十一月、俳優）

この作品は一九九九年十一月新潮社より刊行された。

清水義範著　秘湯中の秘湯

絶対に行けない前人未踏の秘湯ガイドや、無知な女子大生、うんざりするほど長い手紙など身近な言葉を題材にした傑作爆笑小説11編。

清水義範著　名前がいっぱい

子供の命名でパニック。戒名を自分で考えて四苦八苦——本名、あだ名、ペンネーム、匿名などなど名前にまつわるすったもんだ10篇。

清水義範著　ターゲット

キング、クーンツらのホラー小説を大胆不敵にパロディ化し、奇想天外の結末に読者を連れ出す、めくるめく清水流ホラーワールド。

小池真理子著　夜ごとの闇の奥底で

雪の降る山中のペンションに閉じこめられたフリーライター。閉塞状況の中、狂気が狂気を呼び、破局に至る長編サイコサスペンス。

小池真理子著　柩の中の猫

芸術家と娘と家庭教師、それなりに平穏だった三人の生活はあの女の出現で崩れさった。悲劇的なツイストが光る心理サスペンス。

小池真理子著　水無月の墓

もう逢えないはずだったあの人なのに……。生と死、過去と現在、夢と現実があやなす、妖しくも美しき世界。異色の幻想小説8編。

小林信彦著

唐獅子株式会社

任侠道からシティ・ヤクザに変身！ 大親分の指令のもとに背なの唐獅子もびっくりの改革が始まった！ ギャグとパロディの狂宴。

小林信彦著

日本の喜劇人

芸術選奨受賞

エノケン、ロッパから萩本欽一、たけしまでの喜劇人たちの素顔を具体的な記述の積み重ねで鮮やかに描きだす喜劇人の昭和史。

小林信彦著

ちはやふる奥の細道

〝俳聖〟芭蕉をアメリカ人の眼でみれば……。カルチャー・ギャップから生れる誤解を、過激な笑いに転じて描くギャグによる叙事詩。

小林信彦著

和菓子屋の息子

―ある自伝的試み―

東京大空襲で消滅した下町、商家の暮しぶりを、老舗の十代目になる筈だった男がここに再現。ようこそ、幻の昭和モダニズム界隈へ。

真保裕一著

ホワイトアウト

吉川英治文学新人賞受賞

吹雪が荒れ狂う厳寒期の巨大ダムを、武装グループが占拠した。敢然と立ち向かう孤独なヒーロー！ 冒険サスペンス小説の最高峰。

真保裕一著

奇跡の人

交通事故から奇跡的生還を果した克己は、すべての記憶を失っていた。みずからの過去を探す旅に出た彼を待ち受けていたものは——。

重松　清著

見張り塔から ずっと

3組の夫婦、3つの苦悩の果てに光は射すのか？　現代という街で、道に迷った私たち。新・山本周五郎賞受賞作家の家族小説集。

重松　清著

ナイフ

坪田譲治文学賞受賞

ある日突然、クラスメイト全員が敵になる。私たちは、そんな世界に生を受けた――。五つの家族は、いじめとのたたかいを開始する。

鈴木光司著

楽園

日本ファンタジーノベル大賞優秀賞受賞

いつかきっとめぐり逢える――一万年の時と空間を超え、愛を探し求めるふたり。人類と宇宙の不思議を描く壮大な冒険ファンタジー。

鈴木光司著

光射す海

恋人たちの宿命的な問題。日常の裂け目から生じる危うい関係。すべての運命を操る遺伝子の罠。気鋭の作家が描く新しいミステリー。

宮沢章夫著

牛への道

新聞、人名、言葉に関する考察から宇宙の真理に迫る。岸田賞作家が日常の不思議な現象の謎を解く奇想天外・抱腹絶倒のエッセイ集。

宮沢章夫著

わからなくなってきました

緊迫した野球中継で、アナウンサーは、なぜこう叫ぶのか。言葉の意外なツボを、小気味よくマッサージする脱力エッセイ、満載！

髙村　薫著　黄金を抱いて翔べ

大阪の街に生きる男達が企んだ、大胆不敵な金塊強奪計画。銀行本店の鉄壁の防御システムは突破可能か？　絶賛を浴びたデビュー作。

髙村　薫著　神　の　火（上・下）

苛烈極まる諜報戦が沸点に達した時、破天荒な原発襲撃計画が動きだした――スパイ小説と危機小説の見事な融合！　衝撃の新版。

髙村　薫著　リヴィエラを撃て（上・下）
日本推理作家協会賞／日本冒険小説協会大賞受賞

元ＩＲＡの青年はなぜ東京で殺されたのか？　白髪の東洋人スパイ《リヴィエラ》とは何者か？　日本が生んだ国際諜報小説の最高傑作。

辻　仁成著　そこに僕はいた

初恋の人、喧嘩友達、読書ライバル、硬派の先輩……。永遠にきらめく懐かしい時間が、笑いと涙と熱い思いで綴られた青春エッセイ。

辻　仁成著　グラスウールの城

デジタルサウンドが支配する世界で、自分を見失ったディレクターの心に響く音とは？　孤独を抱え癒しを求める青年を描く小説二編。

辻　仁成著　母なる凪と父なる時化

転校先の函館で、僕は自分とそっくりの少年に出会った……。行き場のない思いを抱えた少年の短い夏をみずみずしく描いた青春小説。

乃南アサ著　**トゥインクル・ボーイ**

小学生の拓馬は、美しい笑顔で大人たちを喜ばせ、欲しいものを何でも手に入れたが――。少年少女たちの「裏の顔」を描いた短編七編。

乃南アサ著　**再生の朝**

品川発、萩行きの高速バス。暴風雨の中、走る密室が恐怖の一夜の舞台に。殺人者・乗務員・乗客の多視点で描いた異色サスペンス。

乃南アサ著　**花盗人**

「あなたが私にくれたものは、あの桜の小枝だけ」。夫への不満を募らせる女は逃げ場を求め――。10編収録の文庫オリジナル短編集。

乃南アサ著　**死んでも忘れない**

誰にでも起こりうる些細なトラブルが、平穏だった三人家族の歯車を狂わせてゆく……。現代人の幸福の危うさを描く心理サスペンス。

乃南アサ著　**凍える牙**　直木賞受賞

凶悪な獣の牙――。警視庁機動捜査隊員・音道貴子が連続殺人事件に挑む。女性刑事の孤独な闘いが圧倒的共感を集めた超ベストセラー。

黒川博行著　**疫病神**

建設コンサルタントと現役ヤクザが、産廃処理場の巨大な利権をめぐる闇の構図に挑んだ。欲望と暴力の世界を描き切る圧倒的長編！

天童荒太著

孤独の歌声

日本推理サスペンス大賞優秀作

さぁ、さぁ、よく見て。ぼくは、次に、どこを刺すと思う？　孤独を抱える男と女のせつない愛と暴力が渦巻く戦慄のサイコホラー。

北杜夫著

船乗りクプクプの冒険

執筆途中で姿をくらましたキタ・モリオ氏を追いかけて大海原へ乗り出す少年クプクプの前に、次々と現われるメチャクチャの世界！

北杜夫著

さびしい乞食

若様乞食の御貰固呂利《おもらいころり》が、地の底から湧いて出たストン国王や、アメリカ乞食、正体不明の大金持らと共に宇宙的運命に翻弄される。

北杜夫著

さびしい姫君

〝さびしい王様〟ストン国王と三歳で結婚し、子供ができないため離婚させられたローラ姫。大笑いしながらちょっぴり悲しい長編童話。

北杜夫著

どくとるマンボウ青春記

爆笑を呼ぶユーモア、心にしみる抒情。マンボウ氏のバンカラとカンゲキの旧制高校生活が甦る、永遠の輝きを放つ若き日の記録。

北杜夫著

マンボウ氏の暴言とたわごと

時に憤怒の発作に襲われるマンボウ氏。ウヌッ、許せない！　世界の動きから身辺のあれこれまで、ホンネとユーモアで綴るエッセイ。

新潮文庫最新刊

辻　仁成著
そこに君がいた
君と過ごした煌めく時間は、いつまでも僕のいちばんの宝物だ――。大切な人への熱い想いがほとばしる、書き下ろし青春エッセイ集。

江國香織著
神様のボート
消えたパパを待って、あたしとママはずっと旅がらす…。恋愛の静かな狂気に囚われた母と、その傍らで成長していく娘の遥かな物語。

柳　美里著
男
時に私を愛し、時に私を壊して去っていった男たち。今、切ない「からだ」の記憶が鮮やかに蘇る。エロティックで純粋な性と愛の物語。

伊集院　静著
海　峡
―海峡　幼年篇―
かけがえのない人との別れ。切なさを噛みしめて少年は海を見つめた――。瀬戸内の小さな港町で過ごした少年時代を描く自伝的長編。

吉本ばなな著
キッチン
海燕新人文学賞受賞
淋しさと優しさの交錯の中で、世界が不思議な調和にみちている――〈世界の吉本ばなな〉のすべてはここから始まった。定本決定版！

北村　薫著
おーなり由子絵
月の砂漠をさばさばと
9歳のさきちゃんと作家のお母さんのすごす、宝物のような日常の時々。やさしく美しい文章とイラストで贈る、12のいとしい物語。

新潮文庫最新刊

嵐山光三郎著

追悼の達人

文士は追悼に命を賭ける。漱石から三島まで、明治、大正、昭和の文士四十九人への傑作追悼を通し、彼らの真実の姿を浮き彫りにする。

和田迪子著

万能感とは何か
「自由な自分」を取りもどす心理学

人付き合いの悩みには、必ず万能感の罠がある！　臨床心理の視点から日本人の行動力の弱さを指摘、真に自由な生き方を提案する。

大槻ケンヂ著

オーケンののほほん日記ソリッド

死の淵より復活したオーケン、しかし目の前に新たな試練が立ちはだかる――。ロックに映画に読書に失恋。好評サブカル日記、第二弾。

髙橋大輔著

ロビンソン・クルーソーを探して

『ロビンソン漂流記』には実在のモデルがいた！　三百年前に遡る足跡を追って真の〝ロビンソン〟の実像に迫る冒険探索ドキュメント。

石原清貴著
沢田としき絵

「算数」を探しに行こう！
「式」や「計算」のしくみがわかる五つの物語

算数が苦手な子供とおとな、そしてすべての世代の数学好きに贈る算数発見物語。現役の小学校の先生が処方した、算数嫌いの特効薬。

D・ケネディ
中川　聖訳

幸福と報復（上・下）

赤狩り旋風吹き荒れる終戦直後のマンハッタンを焦がす壮絶な悲恋――。偶然がもたらす運命に翻弄される男女を描き切る野心作。

溺《おぼ》れる魚《さかな》

新潮文庫　と－14－1

平成十三年一月一日発行
平成十四年六月二十日十刷

著者　戸《と》梶《かじ》圭《けい》太《た》

発行者　佐藤隆信
発行所　株式会社 新潮社
郵便番号　一六二―八七一一
東京都新宿区矢来町七一
電話　編集部(〇三)三二六六―五四四〇
読者係(〇三)三二六六―五一一一

価格はカバーに表示してあります。

乱丁・落丁本は、ご面倒ですが小社読者係宛ご送付ください。送料小社負担にてお取替えいたします。

印刷・東洋印刷株式会社　製本・株式会社植木製本所

ISBN4-10-124831-1 C0193